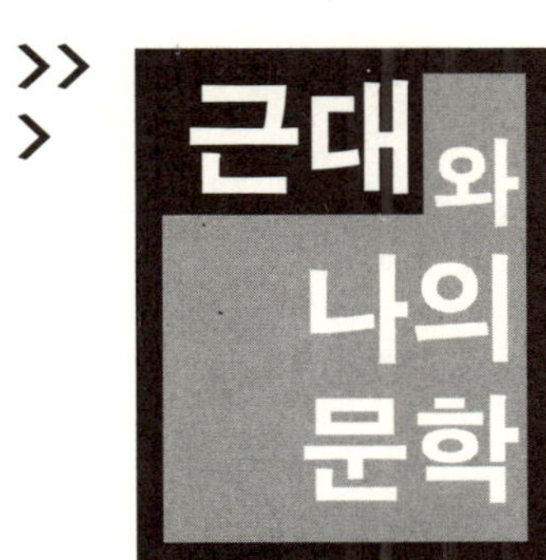

근대와 나의 문학

2007 한중문학포럼

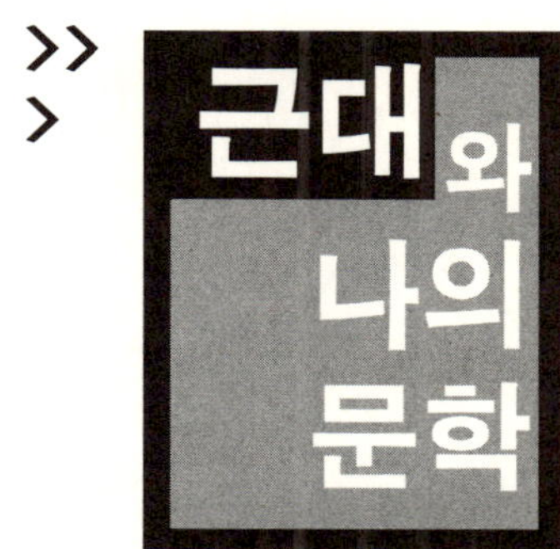

>>> 고은, 모옌 외 21인 지음
김태성 옮김

>>> 민음사

한국 작가의 글

중국 작가의 글

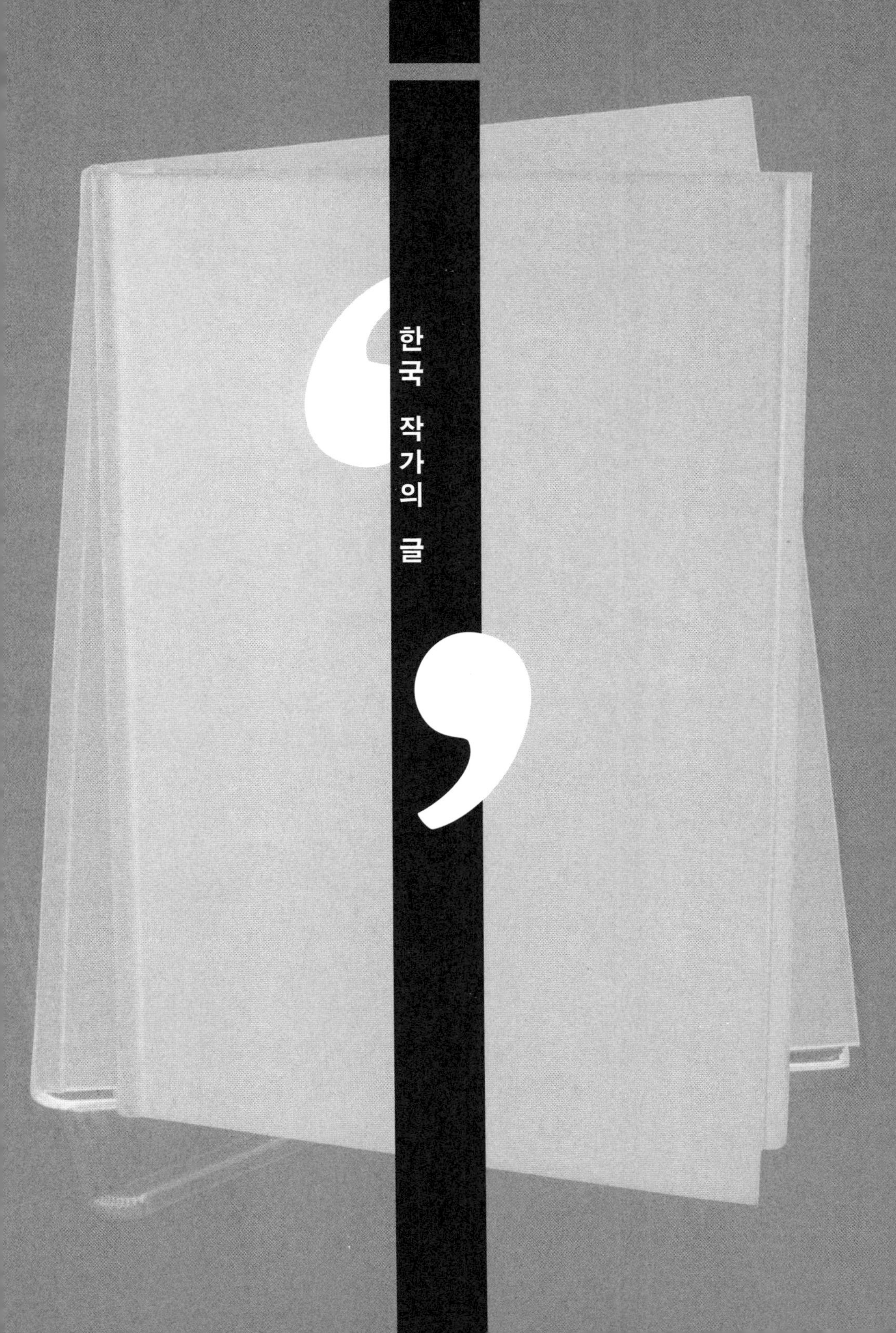

한국 작가의 글

근대와 나

고은

행여 근대라는 것이 하나의 의식 장치로 고착된다면 나는 그런 근대는 가차 없이 사절할 것이다. 그러므로 이 글은 왜 근대에만 갇혀 있는가라는 질문을 던지는 곳에서 출발한다.

나는 고대의 승려 시인 월명이 피리를 불어 그 피리 소리로 하여금 밤하늘의 달의 운행을 멈추게 했던 시를 통해서 고대인이 된다. 내가 이백의 시를 읽을 때 그 고대의 이백이 근대의 내 심금 속에 와서 살아 있다. 근대는 근대 자체만으로는 도저히 완결적이지 않다. 근대가 아무리 나의 동시대의 사유 공간일지라도 나는 그것으로부터의 해방을 지향한다. 분명한 것은 이 근대 속에서 살아온 내가 근대 이전의 모든 시대들의 통시적(通時的)인 낯선 과거로부터 반추되어야 할 나 자신의 전신(前身)을 찾아내는 것을 삶의 한 목적으로 삼고 있다는 사실이다.

또한 나는 근대 이후의 미래와의 예정조화(豫定調和)도 가능한 한 선험하고자 한다. 그래서 이미 있었던 고대와 아직 오지 않는 미래에 대한 전방위적인 존재의 자유만이 자유라는 진정한 가치를 지닌다는 것을 확인하고자 한다. 따라서 고고학적 기억과 상상이 만나는 접점으로서의 현재는 현재 이상이다. 한 티끌이 온 세계를 아우른다는 것은 한 찰나가 온 시간을 내장한다는 뜻이기도 하다. 그럼에도 불구하고 종종 '가장 뒤떨어진 시대가 현재이다.'라는 역설에 대해서 우리는 지금 우리가 살고 있는 동시대에 대한 격의 없는 성찰이 있어야겠다.

'근대와 나,' '근대 문학으로서의 나'라는 이런 명제가 일단 '근대의 나'라는 대범한 이름으로 집약되기를 바란다. 그간 근대에 대한 인식 도식(認識圖式)의 여러 발언들이 쏟아 낸 근대 의미론에 대해 역겨움을 떨쳐 버릴 수 없다. 어떤 사람에게는 '짧은 20세기'인 근대가 어떤 사람에게는 너무나 길고 긴 지겨운 20세기였을 것이 틀림없다. 아니 어떤 사람에게는 근대는 이미 조종(弔鐘)을 울린 것에 지나지 않기도 하다. 또한 근대라는 것이 있지도 않은 허구이거나 그것이 자신의 삶에 아무런 연동 작용도 없는 외부로서의 풍경이었을지도 모른다. 이 같은 여러 층위의 근대를 내가 살고 있다는 종합적 실감과 함께 나의 태생으로서의 우연이 어느덧 필연으로 될 때 느끼는 당혹감도 뿌리칠 수 없다. 역사의 종언이란 기껏 역사주의의 종언에 지나지 않는다는 것이 이러한 근대에의 이의 제기에 얼마쯤 부합될 것이다.

모든 역사는 선사 시대에 빚지고 있다. 심지어는 일련의 석기 시대 선사를 역사의식의 영역이라고 주장하는 경우도 있다. 이런 역사의 광의(廣義)를 받아들일 때 왜 근대만 있는가, 왜 근대사만 역사이고 현실이겠는가라고 묻게 된다. 근대란 근세, 중세 그리고 고대의 아득한 후예로서의 시간인 것이다. 그러므로 근대중심주의는 커다란 지적 오류이다. 근대가 근대 이전의 자식이라면 그것은 또한 앞으로 이어지는 다른 시대들의 태생지일 것이다. 100년 뒤의 당대가 지금의 근대를 얼마나 상대화할 것인가를 상정한다면 근대는 한갓 어느 역사의 한 부분일 수밖에 없다. 나의 근대는 그러므로 내가 근대인인 것과 동시에 전근대인이고 후근대인이라는 복합적 근대 의식이 의식의 외연(外延)으로 되고 있는 것을 뜻한다.

나는 이미 시작된 근대 속에서 태어났다. 고대 한4군(漢四郡)의 지역에서나 중세 몽골 복속(服屬) 100년이나 그 밖의 1,000번 이상의 침략을 견디어 내며 하나의 언어로 생존해 온 삶을 과거로 삼고 식민지 시대로서의 객체로 그 언어를 잃을 뻔한 고통의 연대기 속에서 나라는 한 개체의 운명도 시작된 것이다. 중국의 근대가 반유교적인 깃발 아래 일어난 5·4운동으로부터라는 언설이 있다. 그 운동에 상당한 자기 동일성을 공급한 한국의 3·1운동 역시 유교 부재의 근대적 자아가 표출된 역사 운동이었다. 바로 봉건 체제의 억제된 규범들이 힘을 잃은 것을 뜻하는 것이라면 두 지역의 근대는 거의 동시적이다.

이는 아시아에서의 근대 자생론 내지 내재론의 타당성을 지지하는 기반이 될 것이다. 이미 동아시아 한자 문화권은 송학(宋學)에 대한 실학(實學)을 선각적으로 향유하기 시작할 때 봉건 잔재로서의 전통에 대한 회의와 새로운 각 지역의 자아 발견이 함께 진행되었다. 한국의 금강산 그림들은 그 이전의 동양화라는 보편적이거나 중화주의적인 산수화 세계로부터 서슴지 않고 풀려난 자아 정신을 드러내고 있다. 실경(實景)이란 바로 이 자아를 실현하는 자아 대상화이기도 하다. 아직도 당송(唐宋)의 시풍을 전범으로 삼고 있는 양반 사회의 문학 행위가 여전히 그 유전적(遺傳的)인 권위를 내걸고 있었지만 그것의 해체 징후는 강력한 것이었다. 16세기 한글 소설이 나온 사실은 고대 시가 이래의 한국어 문학이 단절되지 않은 하나의 실증이 된다. 아니 그 소설이 담고 있는 주제가 사회의 누적된 모순을 타파하는 이상적인 자아실현일 때 그것은 이미 근대의 발생을 반영한다. 이와 함께 시 역시 이두(李杜)의 복제를 거부한 허균이 자신의 창조라는 시의 의의를 표방할 때 역시 거기에서 근대 자유시의 예감을 불러일으킨다. 이러한 사실을 바탕으로 17세기 양반 시조 파괴의 사설(辭說)과 판소리 그리고 18세기 패관 문학(稗官文學)과 박지원을 이은 정약용에 이르는 '조선시(조선시)'의 시대가 열렸다.

근대 문학의 이 같은 환경은 어떤 출발점으로 설정하기보다는 이것이 하나의 과정으로 인식될 때 서양 외세와 식민지의 충격을 이겨 내는 정치적 자아와 만나는 것이다. 근대 문학의 계몽주의는 그것이 밖으로부터의 계몽주의를 수용할 경우에도 전근대 속에서의 근대 진행의 의식에 친연(親緣)되고 있는 것이다.

만약 온갖 근대론들을 다 벗어난 거기에 서 있는 내 동시대가 근대의 원점이라면 그것은 내가 고향을 공간 개념이 아니라 시간 개념 안에 담고 있다는 것을 확인해 주는 것일 것이다. 근대로서의 고향이란 사실상 불가능한 것인지 모른다. 오랜 전통 사회를 만들어 온 농경 사회가 담지(擔持)하는 불변의 향토성은 어느덧 지워지고 있다. 이미 고대에도 고향이란 떠난 자가 다시 돌아갈 때 낯선 곳으로 확인되는 비애의 장소로 술회되었다. 하물며 근대 산업 사회의 도시화가 몰고 온 삶의 방식에서는 인간 각자가 불가불 고향 상실자의 삶을 살 수밖에 없다. 근대 한국시의 한 실례로 정지용이 읊은 지난날의 고향에 대한 회상은 고대 성당(盛唐) 시인의 고향 이탈의 애수와 별반 다른 것이 아니지만, 근대 사회란 전통 사회의 원풍경(原風景)을 제도적으로 유린한 행위로 가능한 것이다. 공장과 집단 거주지, 고층 건물이 들어서는 모든 개발은 20세기 철학에서의 단독적 존재 의식이 배경이 되어 주었다. 그러므로 전통적 선린(善隣)이나 태어난 곳의 애착을 낳은 고향은 어쩌면 한 생물 종의 멸종에 해당할 수 있다.

　나의 근대는 이러한 고향 부재의 공간을 자명한 것으로 만들었다. 여기에 식민지로서의 고향은 학대와 약탈, 소외의 대상이었고 전쟁으로서의 고향은 인간을 비인간으로 만든 잃어버리는 현실이었다. 오랜 혈연성과 천부적인 우애들을 실현하는 농업 공동체의 미덕이 더 이상 남겨질 수 없게 된 것이다. 이러한 근대의 질곡은 분단 시대의 적대적 상잔(相殘)과 현대 문명의 경쟁 상황에서 한층 더 엄혹할 수밖에 없다. 근대는 인간이 기나긴 생활사를 통해서 다져 놓은 곡선들을 지워 버리고 직선이 그 자리를 차지하기를 다그쳤다. 바로 이 공간으로서의 고향 상실을 모면하는 일은 시로서의 고향밖에 없을 것이다. 다시 말하면 나의 고향은 이미 내가 태어나거나 자라난 현장이 아니라 내가 태어나고 자란 그 시간 속에 남겨져 있다는 것, 그 시간 속의 기억들이야말로 바로 나의 모태감(母胎感)이나 동정감(童貞感)으로 오래오래 소멸되지 않는 설화적인 과거를 보존하고 있다.

　여기서 한 보기를 들겠다. 유난히도 근대와 근대성 그리고 근대 문학으로의 한국을 탐험해 온 한 평론가는 그가 왜 소설가가 되지 않고 평론가가 되었는가를 인상 깊게 밝혀 주고 있다. 두메산골에서 태어난 아이가 처음 만난 양지바른 길가의 제비꽃의 쪽빛에 대해서 좀 더 자라난 뒤 항구 도시에 가서 처음으로 만난 확 트인 바다의 쪽빛이 그 아이의 성장 기적 원상(原像)이 되었다. 아이는 장차 문학의 길에 들어섰을 때 미(美)의 목적론적 정지 상태에서 역사성으로서의 지평선과 응축으로서의 시를 동시에 해석하기에 이른다. 아득히 펼쳐 나간 바다의 쪽빛과 한 점으로 응축된 제비꽃의 병치(竝置)로 하여금 아이는 식민 시대 말기와 전쟁의 외상(外傷)에 대한 상상적 치유인 소설 쓰기보다 역사적 근거에 의존하는 치유로서의 바탕에 투사한 것이다. 근대는 이 밖에도 얼마든지 있었던 이런 개별 체험들이 명멸하는 시간 속에서 하나의 보편적인 연대기에 공헌해 왔다.

그러므로 근대의 고향은 시간에 결부될 수밖에 없다. 기억과 기억으로서의 상상이란 바로 이 시간의 의미와 동떨어지지 않는다. 설령 근대가 자생성과 내재성으로부터 작동되었다 하더라도 그것의 지속은 밖으로부터의 근대화라는 힘의 논리와 두절될 수 없는 것이다. 이는 봉건 시대를 견디어 온 자아가 사대주의의 보편주의에 얼마나 구조적으로 부정되었는가, 얼마나 억압받았는가라는 문제와도 결부되지 않을 수 없다는 실제 상황을 밝혀 준다.

세계의 육지 5분의 4를 자신들의 영토로 경영했던 서양 문명이 주도한 근대는 아시아, 아프리카, 라틴아메리카의 운명을 실질적으로 좌우했다. 근대화란 이러한 서양화의 다른 이름일 뿐이라는 탄식은 당연하다. 바로 이 같은 근대로서의 서양을 이식하는 일이 근대 사회의 모든 역학을 추동해 왔다. 그럼에도 근대란 결코 일목요연하게 정의되지 않는다. 그 타당성이나 복합성 그리고 각 지역의 생활상의 여러 상이성들에 대해서 근대의 의미는 쉽게 마무리되지 않는다. 요컨대 근대는 해답이 주어질 수 없는 문제군(問題群)일지 모른다.

우선 사회 체제가 자본주의 체제인 것을 전제하기로 한다. 거기에 민주화야말로 근대화의 기본 지표라는 사실이 1차 명분으로 수긍되어야 한다. 이것은 개인주의건 자유주의건 마르크스주의건 두루 포함시켜야 할 정치적 단초이기도 하다.

하지만 근대의 또 다른 의미는 이른바 아시아적 정체성(停滯性)을 탈각한 경제 성장과 공업화 문제도 실질적으로 천착할 때 드러날 것이다. 어떤 경우는 근대를 일정한 역사적이거나 구체적인 사태를 지시하는 개념이 아니라 초역사적인 개념으로 파악하려는 '근대성 — 합리성'의 사유도 있다. 그래서 근대가 하나의 정당한 의미를 가질 경우 먼저 오랜 봉건적 전근대적인 굴레를 벗어 버린 자아 찾기와 직면한다. 이것이 서양 르네상스 시대를 통해서 근대의 첫 특징을 발견하고 시민 사회 시대로 그것의 완성을 보는 도식(圖式)과 일치된다.

가령 그것은 반세기 이래의 서양 자본주의와 한국이나 중국 등지의 동아시아에서의 자율적 근대의 여러 징후와도 시차(時差)가 큰 것이 아니다. 다만 서양 근대 과학의 놀라운 발전의 가속(加速)이 과시한 도시 문명의 탄생이나 화폐 경제의 신장(伸長), 상공업 팽창과 시민 및 농민의 사회적 각성과 기독교 개신교와 계몽 사상, 정치의 활성화를 가져온 선거 제도의 확립들이 어떻게 가능했는가가 궁극적으로 근대의 척도가 되고 있다.

한국 역시 17세기 이래의 자발적 실학으로 싹튼 근대가 19세기 개항(開港)에 이르는 동안 왕의 백성이 천부(天賦)의 인민으로 깨어나는 사실은 바로 그 자아의 발견과 함께 타자의 발견이 동행하는 명제로 되었다. 만반 준비가 끝난 근대의 전사(前史)라고는 할 수 없으나 그 각성의 자발적인 과정은 기대할 만한 가치였음에도 불구하고 그것이 식민지 체제에 의해 좌절되었다. 그리고 그것은 타자로서의 근대로 치달았다.

나는 이런 시대의 변경에서 봉건 교육의 골방에서 근대 교육의 교실로 옮겨졌다. 한자 교육이 중단된 상태에서 식민지 지배 언어로 교육 받는 한 아이가 된 것이다. 내가 배우는 문자는 그때까지 있어 온 조선어 수업이 없어진 일본어였다. 그 일본어를 '국어'라고 불러야 했다. 이런 시기임에도 나는 마을의 머슴으로부터 한글을 배움으로써 이 집 저 집 굴러다니는 한글 소설 따위를 호젓이 읽을 수 있었다. 1945년 식민지 시대가 끝났을 때 나는 유일하게 한글을 읽는 초등학교 학생이 되었고 중학교에 들어갔을 때의 최초의 국어 교과서에서 이육사의 시 「광야」를 읽은 것이 내 운명에 문학의 씨를 뿌린 것으로 되었다. 나는 이 시로서 '광야'라는 무한한 공간을, '천고(千古)'라는 무기한적인 시간을, 그리고 '백마를 탄 초인(超人)'이라는 초월적 존재로서의 인간과 대면한 것이다. 바로 이 사실에서 내가 근대에 갇혀 있을 수 없는 시간 공간 인간 그 이상의 생태(生態)에 지향하는 가능성을 터득했는지 모른다.

1960년 4월 혁명이 근대적 자아의 폭발이라면 그것은 이미 1910년대 말의 3·1운동, 아니 그 이전 봉건 말기의 갑오농민전쟁과 각종 민중 봉기 역시 근대 인간의 동기 부여적인 선례(先例)들이다. 그러나 4월 혁명은 1년 뒤의 군사 쿠데타 체제에 의해 정치를 상실한 대신 경제가 주도하는 근대화 과정을 통해서 그 시대적 명분은 무단적(武斷的)으로 유보되었다. 바로 이런 사회 현실 위에 나의 근대 문학은 우연히 놓여 있게 되었다.

여기서 근대의 의미는 우선적으로 한자 시대가 끝난 뒤의 한글 시대를 총칭하는 일로부터 근대 의식을 내세울 때 가능할지 모른다. 한국의 근대화가 서양화 내지 공업화로만 규정될 때의 자기 정체성(正體性)이 실종되는 상황과 성장 개발 그리고 기술의 발달만으로 규정할 때의 그 물화(物化)의 비극을 방어해야 하는 것이다. 실제로 박정희 정권은 문화를 '제2경제'로 표방하기까지 했다.

이런 경우 한국어로서의 한글로 말하기와 쓰기는 근대로서의 자기 실현을 표상한다. 근대의 본래 명제가 반봉건에 있지만 그 시대의 지배 언어인 한자가 아닌 근대의 개인에 합당한 민중 언어인 한글을 향수(享受)함으로써 그것은 봉건의 극복에 이를 것이다.

1950년대 전쟁 이후의 전통계승론과 전통단절론이 논쟁적인 고민으로 나타났다. 그 계승과 단절의 통합적 지향이 근대 개념의 대승적(大乘的) 시각에도 기여할 때 거기에 한국어로서의 고대 시가나 중세 가요 그리고 근세의 성리학 체제에도 불구하고 민중과 여성을 통한 생활 시가(生活詩歌)들이 이어짐으로써 그것이 근대의 서술 주체에 닿을 수 있었던 것이다.

나의 시는 20세기 벽두의 언문일치 이래의 한문 혼용 한글로 시작해서 1970년대 민중주의적 한글 전용의 문학에 이르러서야, 한자가 문학 유산의 전거로 되고 나서야, 비로소 한글의 삶이 온전할 수 있다. 이 한글 전용에 이르는 과정 자체가 근대의 시간으로 명명된다. 바로 그것이 움직이는 근대이며, 어제와 오늘 그리고 내일이 서로 소통하며 동시에 서로 복사(複寫)되지 않는 근대일 것이다.

근대가 복지 향상을 목적으로 한 삶의 질 문제나 생산력 확대 및 공업화의 진도(進度)로만 이론화되지 않는 전체로서의 역사 발전 단계로 인식될 때마다 거기에 전제되어야 할 것이 근대로서의 언어 문제인 것이다. 근대 언어란 언어가 사회적 문화적으로 자아실현을 반영할 때의 의미이다. 그것은 단순한 전근대적 언어 행위의 극복만이 아니라 자아가 실재하는 언어이지 않으면 안 된다는 규범을 찾아내는 일이기도 하다.

나는 전후 폐허 위에 남겨진 언어의 파편들을 습득함으로써 어린 시절의 고향 언어로부터 떠났다. 이것은 내가 언어의 고아였다는 사실을 말하는지 모른다. 동시에 나는 짓눌린 언어의 상속자가 아니라 새로운 언어에 의한 자유를 누리는 폐허의 사생아였는지도 모른다. 전쟁은 내전으로서는 남과 북의 동족상잔이었고 외전으로는 세계 16개 국과 2개 이상의 사회주의 국가의 참전으로 이루어진 세계대전의 규모였다. 그런데 3년간 500만 명이 죽어 간 이 전쟁의 광기와 야만은 살아남은 자의 폐허 위에 잃어버린 언어 대신 새로운 언어를 만나게 하는 전환점이 되었다. 이제까지의 명사(名詞)들도 개념어들도 달라졌다.

한국 근대어는 식민지 시대 기간 내내 다져진 근대 문학 이전의 어투

와 그 이후의 어투가 공존한 것이 거의 종료되다시피 한 1950년대 이후
의 언어에 대한 서술적 단계를 이루고 있다. 이와 함께 오늘날 유려한
자기 표현력을 구사하는 근대로서의 언어는 15세기 창제된 한글이라는
문자 언어가 새의 울음소리나 어떤 짐승의 소리도 다 표기할 만한 능력
을 가지고 있다는 긍지와도 솔선적으로 만나고 있다.

나는 이런 언어를 학습보다 생존으로 하여금 익혀 왔다. 한두 번의 임
시 국어 사전을 외우는 일도 내 언어 생활에서는 예외였다. 그러므로 나
는 언어 교육에 의해서가 아니라 내 생존의 여러 고비를 넘기는 동안 하
나의 언어 형식을 불규칙적으로 획득할 수 있었던 것이다. 최소한 내 문
학 생활 50년은 분단 시대의 중요한 시기의 축도(縮圖)이기도 하지만 한
국 근대 문학 100년에 걸친 언어의 변천에 임의로 동행하는 시간의 연
장선상이기도 하다. 나의 이전 시대는 1910년대의 2인 시대, 1920년대의
동인지 시대 그리고 1930년대 이후의 비정상적 순수주의와 저항적 현실
주의 문학의 명멸로 진행되었다. 그것이 1950년대 전쟁 시대의 종군 문
학과 1960년대 이래의 분단 시대 문학을 영위하는 토양을 이루었다.

휴전선 이북에서는 점차 이남의 언어에 대한 정치적, 사회적 이질화가
고착되었고 그 같은 이북의 체제 언어나 이남의 규범 언어는 오랜 자국
민 언어를 현저히 종속화시키는 경우도 없지 않았다. 나의 언어는 이런
상황에서 표준어 중심부에서 멀어지지 않으려는 본능을 낳았으며 내 기
억 속의 자연 언어가 때때로 무력화되는 현상을 겪게 되었다. 요컨대 전
근대적 주술 언어와 근대적 의식 언어 사이에서 내 언어의 자장(磁場)은
가까스로 만들어졌다.

이런 언어 행로는 1970년대 이래의 실천적 언어의 극적인 체험을 지
나서 다시 한 번 존재가 언어에 속하지 않거나 언어가 존재에 속하지 않
는 상호 해방을 위한 존재 언어 내지 언어 존재의 경지를 꿈꾸게 되었

다. 언어는 언어다, 라는 것과 언어는 언어 이상이다, 라는 것의 반추가 거기에 있을 것이다. 마침 이 시기의 내 시 세계를 화엄의 세계라고 말하는 경우가 자주 있었다. 그 화엄이란 바로 이것과 저것의 관계적 행위이다. 그것은 모든 현실을 우주적 범주 안에서 일어나는 행위로 파악하는 일이다. 그래서 나의 언어는 우주의 한 사투리가 될 수 있다.

누가 나를 근대인이라고 말한다면 굳이 항의할 까닭은 없다. 근대로서의 나와 근대 문학으로서의 내 문학이란 근대의 어떤 바깥에서도 가능하지 않을 것이다. 어떤 정신의 매혹도 그것의 발생 환경은 시대이기 때문이다. 하지만 그 정신은 자신의 시대라는 한계를 넘어설 보편적 본능을 가지고 있다. 아니 시대 역시 다른 시대와의 타자적 접속에 의해서 명기(銘記)될 것이다.

왜 근대는 아직도 더 할 말이 많은 것처럼 근대론의 인구를 증가시키는가. 그것은 근대라는 행위가 아직 완결되지 않은 역사의 미완성이기 때문이다. 특히 동아시아는 제2차 세계대전 아시아판의 청산 과제를 그대로 안고 있다. 이것이야말로 반근대적인 존재 양식의 범죄인 바 근대의 완성을 정체시키는 주요 모순으로 작용한다. 여기에 근대 지식인의 관념적 근대 논리들이 자신들의 논리를 과장하거나 지연시키고 있는 빌미가 되고 있다.

나는 이 같은 근대에 반동하지 않을 수 없다. 우선 근대 인간의 고민을 더 이상 허비하고 싶지 않다. 이제까지 거대 명제였던 근대를 미시화(微示化)함으로써 근대론의 과체중을 덜어 주어야 한다. 그렇다고 해서 그런 명제성이 극도로 배제된 문학의 내면주의도 액면대로 승인할 이유가 없다. 특히 문학을 시장주의적, 문화권력주의적인 상관물로 만들고 있는 근대적 굴절 현상은 참을 수 없는 악덕이기까지 하다.

근대의 가치인 자아에 대한 성찰 없이 근대인으로서의 나는 무의미하다. 다만 나는 근대를, 근대는 악이다, 근대화는 암세포의 번식이다, 라고 성토하는 어떤 심층생태학의 담론들과는 다른 각도에서 근대의 성찰적 재근대화를 꿈꾸고 있다는 사실을 밝힌다.

적어도 표의 문자와 한자 문학이 표음 문자와 한글 문학, 문어체가 구어체로 바뀐 이래 구어와 문어의 경계가 소멸돼 문학, 교사의 문학이 친구의 문학, 전통의 문학이 개신(改新)의 문학, 주변부 문학이 세계 문학으로 전환하는 일은 근대 후기의 놀라운 당위에 맞닿아 있을 것이다. 이것은 또한 근대 문학은 서양 문학 내지 서양 문학 수용이라는 일방적인 수동 행위를 타파하는 일과도 동떨어질 수 없다.

그럼에도 불구하고 근대는 이제까지의 이데올로기적인 강제를 털어버림으로써 완료될 것이다. 나는 고고학적이고 미래학적인 기억으로서의 상상과 상상으로서의 기억이 함께 내 근대 문제가 버티고 있던 자리에서 화해하기를 기대한다. 그리하여 여러 생을 살고 있는 나는 하나의 근대를 궁극적으로 비근대화하고 말 것이다.

근대야, 너는 더 이상 군림하지 마라. 그리고 너는 묘지가 아니라 자궁이기를 염원하라. 이제 나는 너의 혈족(血族)이 아니라 너의 타자이고자 한다.

근대와 나의 문학

김광규

1

문학의 뿌리는 삶이다. 삶의 체험과 기억을 바탕으로 문학 작품이 탄생하기 때문이다. 흔히 문학의 특성을 현실의 모사와 허구적 상상으로 양분하지만, 둘 다 결국 체험과 기억의 소산이다. 그리고 가장 오래된 체험과 기억은 유년 시절의 고향에서 비롯된다.

나는 서울이 고향이다. 내가 태어난 서울은 지금처럼 인구 1000만이 들끓는 세계적 대도시가 아니었다. 몰락한 조선 왕조 500년의 도읍지 서울은 1950년까지 인구 60만의 아담한 고도(古都)였다. 그런데 한국의 근대화 과정에서 서울이 너무 급격히 변해서, 이제 나는 내 고향에서도 어디를 가려면 마치 외지인처럼 길을 묻거나 미리 지도를 보고 연구를 해야 찾아갈 수 있게 되었다. 강북의 사대문 안과 그 주변은 어느 정도 익숙하지만 외곽 지대나 강남, 강서, 강동 지역은 내게 외국처럼 생소하게 느껴진다. 초대형 메트로폴리스 서울의 명소를 한 바퀴 도는 관광 버스가 생겼다니 언제고 한번 이것을 타 볼 생각이다. 서울은 고향이라고 부르기엔 너무 큰 도시가 되어 버린 것이다.

경복궁의 서쪽, 청와대로 가는 효자동 큰길에서 인왕산 쪽으로 뚫린 길을 가다 보면 통인동, 누상동, 누하동, 필운동이 갈리는 오거리가 나온다. 이곳이 나의 본적지이다. 종로구 통인동 74번지. 예전에는 이 자리에 오래된 한옥이 있었다. 안채, 사랑채, 행랑채로 나뉘었던 이 집은 일제 강점기 도시 소개 정책 때문에 바깥채가 전부 철거당하고 그 자리에 효자동 길로 나가는 신작로가 들어섰다. 내가 간직하고 있는 가장 오래된 기억들 가운데 하나가 바로 사랑채가 헐린 사건이다.

가옥 철거 일꾼들이 지붕의 추녀 끝과 용마루에 쇠갈고리를 걸고 거기 달린 밧줄을 힘을 합해 잡아당기자 바깥채의 한쪽이 비명을 지르며 쓰러졌다. 어린 마음에 이 세계의 큰 부분으로 여겨 왔던 집채가 너무 쉽게 부서진다고 느꼈다. 뒤따라 엄청난 흙먼지가 일어났다. 이처럼 굉장한 흙먼지가 일어나리라고는 전혀 생각지 못했었다. 집안 식구들과 동네 사람들의 얼굴이 먼지와 눈물로 뒤범벅이 되어 있었다. 나는 그들이 왜 우는지 그때는 이해할 수 없었다. 주변의 다른 집들이 뒤따라 헐리고 먼지가 가라앉자, 무너진 집 더미 사이로 멀리 효자동 길을 지나가는 전차가 보였다. 어른들은 쓰러진 집의 잔재를 헤치고 가재도구와 나무토막 따위를 추려 내었다. 부서진 집터에서는 이상하게도 구수한 냄새가 풍겼다. 흙과 지푸라기와 나무와 돌이 오랜 세월을 두고 만들어 낸 냄새는 시멘트 건물에서는 맡을 수 없는 그윽함과 푸근함을 지니고 있었다. 지은 지 100년 가까이 되었다는 우리 집은 이제 안채만 남게 되었다. 나의 유년의 삶이 담겼던 오래된 장소에 대한 기억은 내가 다섯 살 무렵이었던 1945년, 일본의 패망과 조선의 해방을 전후로 해서 이렇게 상실과 해체의 경험으로 시작되었다. 내 문학의 가느다란 실뿌리도 아마 여기서 비롯되었을 것이다.

해방에 이어 국토 분단의 혼란 속에 초등학교에 들어갔다. 그때는 교과서가 없어서 누런 재생지에 등사를 한 교재로 한글과 셈본을 배웠다. 1학년 담임선생은 엄격한 교사였는데 학년 말에 국방군 장교로 입대했다. 아이들끼리 모이면 남쪽의 국방군과 북쪽의 인민군이 38선에서 어떻게 싸우는가에 대한 이야기가 가장 큰 화제였다. 새벽에는 민족청년단의 구보 소리가 잠을 깨웠고, 저녁때는 정치가 아무개가 피격되었다는 소문이 퍼지곤 했다. 김구 선생이 암살당했을 때는 많은 어른들이 나라의 장래를 걱정했다. 좌우 진영의 분열과 갈등에 대해서 아버지는 중도적 입장이었다. 왼팔과 오른팔이 다 있어야 힘을 쓰고, 왼 다리와 오른 다리가 힘을 합해야 제대로 달릴 수 있다고 말했다.

그러나 좌우가 힘을 합치는 대신, 동족상잔의 비극이 일어났다. 1950년 6·25사변이 터졌을 때, 우리는 서울을 사수하겠다는 이승만 대통령의 녹음 방송을 믿고 그대로 집에 머물러 있었다. 포성이 울리더니 며칠 만에 중앙청 앞에 북측의 인민군 탱크가 나타났고, 사람들이 미군이 주둔했던 내자아파트로 몰려가 집기를 약탈해 갔다. 학교에서는 자유 민주주의를 가르치던 2학년 담임선생이 북쪽의 '인민항쟁가'를 가르쳤다. 북쪽의 인민의용군으로 끌려가지 않으려고 형들은 시골로 피신하고 집에는 아버지, 어머니와 나 세 식구만 남아 있었다. 우리는 석 달 동안 인공(人共) 치하에서 죽음의 공포와 굶주림에 시달렸다. 인천 상륙 작전 후 9·28수복이 되기 전날 밤, 우리 집 대청마루는 포격으로 폭삭 주저앉았다. 남북으로 분단된 우리나라처럼 우리 집 안채는 이제 안방과 건넌방만 덩그마니 남게 되었다.

6·25사변 때 서울에서 너무 끔찍한 고생을 했으므로, 이듬해 1·4후퇴 때는 우리 가족도 손수레에 이불 보따리를 싣고 피난길에 올랐다. 꽝

꽝 언 한강을 걸어서 건너고, 말죽거리를 거쳐 사흘 동안 피난민 행렬을 따라가다가, 지쳐서 주저앉은 곳이 용인의 산 구석 촌락이었다. 마을 사람들이 많이 피난 간 덕분에 우리는 기거할 방을 하나 얻을 수 있었다. 그런데 짐을 풀기도 전에 낯선 외국군이 마을에 들어왔다. 중공군 1개 여단이 바로 이곳으로 진주한 것이다. 악성 소문이 떠돌던 터라 모두 얼굴이 흙빛이 되어 문을 걸어 잠그고 밖으로 나가지 못했다.

결국 아버지가 혼자 나가 소대장쯤 되는 병사와 한문으로 필담을 했다. 인민해방군을 자처하는 그들은 계급장도 달지 않았고 무기라고는 자루 달린 수류탄밖에 없었다. 낮에는 산으로 올라갔다가 밤이 되면 민가에 내려와서 피난 간 빈집을 뒤져 중국 요리를 만들어 먹었다. 다행히도 군기가 서 있는 부대여서, 우리가 걱정했던 정도로 민폐를 끼치지는 않았다. 전선이 다시 북상하자 이 산골 마을도 폭격으로 쑥밭이 되었다. 낮에는 유엔군이 진입하고 밤에는 중공군이 산에서 내려와 밥을 해 먹었다. 많은 사람들이 폭격으로 부상을 당하고 목숨을 잃었다. 두 주일 동안이나 유엔군과 중공군의 공방이 주간 진격, 야간 후퇴로 반복되는 와중에 거의 온 동네가 불바다가 되었다. 마지막 날에는 우리 가족이 이불을 뒤집어쓰고 있던 건넌방을 빼놓고는 우리가 머물던 집 전체가 불에 타 버렸다.

일본군, 미군, 소련군, 국방군, 인민군, 중공군, 유엔군이 좁은 한반도에서 반세기에 걸쳐 벌인 전쟁은 우리 삶의 터전을 완전히 폐허로 만들었다. 나의 초등학교 시절은 이렇게 전란 속에 가 버리고, 1953년 정전협정이 체결되었다. 뒤이어 또 다른 반세기 동안 분단된 한반도의 남쪽, 한국에서 일어난 변화와 발전은 그 이전의 수천 년 역사와는 비교할 수 없을 만큼 급진적인 것이었다. 한국은 동양의 유교 사상에 기초한 봉건적 농경 사회로부터 서양화된 역동적 현대 산업 사회로 급격히 변모해 갔다. 나의 유년의 기억과 오늘의 현실 사이에는 이렇게 근대화의 깊은 골이 파여 있다.

2

내가 중학교에 진학한 1950년대 초반에는 우리나라에 청소년이 읽을 책이 별로 없었다. 한국전쟁 때문에 온 나라가 초토화되어 생존 자체가 문제였으므로, 교양과 독서는 생각하기조차 힘들었다. 다행히 책을 빌려 주는 대본점이 더러 있어서 돈을 받고 만화나 소설을 빌려 주었다. 텔레비전은 아직 없었고 라디오도 집집마다 있는 것이 아니었으므로 주말에 책을 빌려다 읽는 것이 유일한 취미 생활이었다. 전력 사정이 나빠 밤에는 정전이 잦았다. 그럴 때면 촛불이나 석유 램프, 또는 등잔불을 밝히고 책을 읽었다. 창밖으로 메밀묵 장사가 도부치는 겨울밤에 불빛에 그림자가 어른거리는 방 안에서 방바닥에 엎드려 소설책을 읽는 재미는 그나마 아무나 누릴 수 있는 사치가 아니었다. 이광수의 장편『흙』과 역사 소설『마의태자』, 홍명희의 대하 소설『임꺽정』과 심훈의 장편『상록수』, 중국의 고전 소설『삼국지』,『수호전』,『서유기』, 펄 벅의『대지』등이 당시에 읽은 작품으로 기억된다. 리얼리즘 계열의 농촌 계몽 소설, 역사 소설, 통속 연애 소설 등을 읽으면서 나는 막연하게 문학의 세계로 발을 들여놓았다. 1950년대 후반 고등학교 시절에는 출판 사정이 차츰 호전되어 읽을거리가 많아졌다. 나는 닥치는 대로 책을 구해 읽었다.

1958년을 전후해서 세계 문학 전집이 번역 출판되기 시작했다. 가난했던 시절이지만 나는 용돈을 아껴서 책을 한두 권씩 사서 모았다. 처음으로 구입한 외국 문학 번역서가 프란츠 카프카의『변신』이었다. 당시 유행하던 실존주의의 기류가 문학 소년의 허영심을 자극하여 이 책을 사도록 만들었던 것이다. 이 작품은 나의 독서 편력에서 일대 전환점으로 작용했다. 그때까지 읽어 온 리얼리즘 문학의 준거를 벗어난 작품이었기 때문이다.

"어느 날 아침 그레고르 잠자가 불안한 꿈에서 깨어났을 때, 그는 자신이 침대에서 한 마리의 끔찍한 갑충으로 변해 버렸음을 알게 되었다." 이처럼 당돌하게 시작되는 소설을 나는 그때 처음으로 읽었다. 주인공이 갑자기 한 마리의 벌레로 변신하여 가족으로부터 소외당하다가 죽어서 쓰레기통에 버려진다는 이야기였다. 인간이 갑충으로 변신했다는 이 소설의 발단에 대하여 나는 동의할 수 없었다. 사람이 벌레로 변신하려면 적어도 이에 합당한 그럴듯한 이야기가 먼저 나와야지, 느닷없이 변신이 일어난 다음부터 이야기가 시작되다니! 그런데 이 돌연한 발단에서 시작된 이야기는 정작 한 틈의 빈 구석도 없이 세밀하게 사실적으로 전개되고 있어서, 비극적 결말까지 계속해서 읽지 않을 수 없었다. 결코 재미있는 이야기라고 할 수는 없었다. 영웅호걸이 수없이 등장하여 천하를 주유하며 힘을 겨룬다든가, 의협심 많은 도적이 탐관오리를 응징하고 양민을 돕는다든가, 청춘남녀가 온갖 난관을 무릅쓰고 사랑의 결실을 맺는다든가 하는 멋진 이야기와는 거리가 멀었다. 도대체 카프카는 무슨 의도로 이 소설을 썼단 말인가. 국어 시간에 배운 문학 작품 감상 능력으로는 도무지 이해가 되지 않았다. 책꽂이를 바라볼 때마다 한구석에 꽂혀 있는 이 얄팍한 책으로 눈길이 가면 공연히 마음이 무거웠다. '독서백편의자현(讀書百遍 意自見)'이라는 생각으로 몇 번이나 되풀이해서 읽었다. 여전히 애매모호할 뿐이었지만, 이런 소설이 있다는 것을 발견한 것은 그 자체가 하나의 충격이었다. 이후부터 나는 서서히 역사 소설이나 연애 소설 또는 통속적인 사실주의 소설로부터 멀어지게 되었다. 카프카 텍스트를 읽으면서 비로소 리얼리즘 너머의 세계인 모더니즘의 지평에

눈뜨게 된 것이다. 물론 이 충격을 흡수하여 나의 체험으로 소화시키는 데는 이후 긴 세월이 소요되었다. 나의 문학 수업의 근대는 이렇게 동트기 시작했던 것 같다.

시가 어떻게 나에게 다가왔는지 정확히는 기억나지 않는다. 1950년대 중반까지 한국에서 단행본으로 출판되는 시집은 구해 보기 힘들었다. 중학교 때 숙제를 하기 위하여 도서관에서 시집을 빌려다가 시를 베껴 써서 일종의 앤솔러지를 만들어 본 적이 있다. 김소월의 시도 몇 편 필사했다. 그때 빌려 본 낡은 시집들 가운데 『진달래꽃』(1925)의 복사본도 있었던 모양이다. 1920년대 전반기, 그러니까 김소월이 20대 초반에 쓴 대표작들(예컨대 「금잔디」, 「엄마야 누나야」, 「진달래꽃」, 「가는 길」, 「못 잊어」, 「접동새」, 「산유화」, 「부모」, 「초혼」 등)을 여기서 처음 읽었고, 곧 이 시들을 저절로 외우게 되었다.

그립다
말을 할까
하니 그리워

그냥 갈까
그래도
다시 더 한 번……

저 산에도 까마귀, 들에 까마귀,
서산에는 해 진다고
지저귑니다.

앞 강물, 뒷 강물
흐르는 물은
어서 따라 오라고 따라 가자고
흘러도 연달아 흐릅디다려.

위의 시 「가는 길」은 독자의 심금을 섬세하게 울리는 호소력을 지녔다. 3음보 율격도 시적 리듬을 더해, 낭송하기에도 좋은 시다. 한국 전통 서정시의 전형을 보여 주는 김소월의 작품은 시문학사의 구획에 의하면 20세기 신문학의 새로운 시, 즉 근대시로 분류된다. 하지만 그 민요적 시어와 낭만적 정서로 보아 20세기 서양시의 근대성과는 상당한 거리를 두고 있다. 이러한 거리를 실감한 것은 대학에서 독일 현대시를 접하게 된 데서 비롯되었다. 1960년대 초 독문과 학부 시절에 독일 시를 원문으로 읽는 강좌에서 표현주의 시도 다루었다. 이른바 독일 시학의 모더니즘이 표본적으로 구현된 텍스트와 직접 만나게 된 이때의 충격도 잊을 수 없다. 예컨대 고트프리트 벤(Gottfried Benn)이 1912년에 펴낸 시집 『시체공시장 시편(*Morgue und andere Gedichte*)』에 실린 「아름다운 청춘(*Schöne Jugend*)」이 그랬다.

갈대숲 속에서 오랫동안 누워 있던, 처녀의 입은
상당히 갉아 먹힌 것 같았다.
흉부를 절개해 보니, 식도에 구멍이 숭숭 나 있었다.
마침내 횡경막 아래 움푹한 곳에서
쥐새끼들의 보금자리가 발견되었다.
조그만 암놈 한 마리는 죽어 있었다.
다른 놈들은 간과 콩팥을 파먹으며 살았고,

차가운 피를 마시며
이곳에서 아름다운 청춘을 보냈다.
놈들의 죽음 역시 아주 빨리 찾아왔다.
놈들은 모조리 물속에 던져졌던 것이다.
아, 그 조그만 주둥이들이 얼마나 찍찍거렸던가!

Der Mund eines Mädchens, das lange im Schilf gelegen hatte,

sah so angeknabbert aus.

Als man die Brust aufbrach, war die Speiseröhre so löcherig.

Schliesslich in einer Laube unter dem Zwerchfell

fand man ein Nest von jungen Ratten.

Ein kleines Schwesterchen lag tot.

Die andern lebten von Leber und Niere,

tranken das kalte Blut und hatten

hier eine schöne Jugend verlebt.

Und schön und schnell kam auch ihr Tod:

Man warf sie allesamt ins Wasser.

Ach, wie die kleinen Schnauzen quietschten!

　독일 시의 일반적 구조를 아직 제대로 모를 때였으므로 단어의 의미를
파악하기에도 바빴지만 도대체 이런 시를 읽은 것은 처음이었다. 「아름다
운 청춘」이라는 제목과 본문의 첫 행 "처녀의 입(der Mund eines Mädchens)"
으로 넘어가며 독자가 품게 되는 상투적 예상은 두 번째 시행에 접어들
면서 이미 깨진다. 제3행 이후에서는 아름다운 청춘에 거는 모든 미학적
기대를 철저하게 외면한 채, 의학적 냉엄성이 깃든 어조로 익사자의 시

체 해부 과정을 묘사한다. 그리고 "흉부를 절개"하여, "식도에 구멍이 숭숭 나 있음"을 확인하고, "마침내 횡격막 아래"서 "간과 콩팥을 파먹으며" 살아온 "쥐새끼들의 보금자리"를 발견한다. 익사한 인간은 물질적 객체일 따름이고, 그 물체에 기생한 설치류 동물이 주체로 등장하며, 이러한 도착적 관계를 바라보는 시적 자아의 진술 또한 후자를 기준으로 삼고 있다. 원문을 직역하자면 "조그만 암놈 한 마리"를 '귀여운 누이동생'으로, "쥐새끼들"을 '젊은 쥐들'로, 그들이 서식해 온 시간을 '아름다운 청춘'으로 표현하고, 마지막 행에서는 "아"라는 유감의 감탄사까지 사용했다.

서양의 문학 작품에서 죽음은 일반적으로 삶의 완성 혹은 신에의 귀의와 동일시되어 왔다. 그러나 이 시에서는 죽음을 가시화하는 시신이 쥐들의 서식처로 물화(物化)되고 만다. 이것은 인간의 영혼에 대한 모독일 뿐만 아니라, 진·선·미의 예술적 승화를 추구해 온 고전적 문학관에도 위배되지 않는가. 독일 전통 서정시의 보편적인 상상력에 비추어 보아도 끔찍한 도발이라 아니 할 수 없다. 하물며 이 작품보다 10여 년 후에 쓰인 김소월의 시와 비교하면, 서양의 근대 서정시가 동시대 한국 시와 얼마나 큰 거리를 두고 있는가를 실감하게 된다. 무엇보다 벤의 시는 소월의 시처럼 흥금을 울리는 친숙한 시적 리듬이 약하다. 되풀이해 읽으면서 저절로 외우게 되는 유형의 시가 아니라는 점에서도 당시에 내가 가졌던 서정시에 대한 선입관을 깨뜨리는 작품이었다.

가령 앞서 인용한 김소월의 시 「가는 길」은 속으로 묵독하기보다는 소리를 내어 음독하는 것이 제격이다. 활자화된 텍스트이지만, 눈으로 읽기보다는 낭송과 음유에 적합한 텍스트라고 누구나 느낄 것이다. 그러나 고트프리트 벤의 시 「아름다운 청춘」은 정형시의 율격이 내재함에도 불구하고 낭송하기에 알맞지 않다. 묵독하고, 이미지를 머릿속에 그려 보고, 침묵 속에 텍스트의 시적 파장을 느끼게 하는 시다. 오랜 세월 지속되어 온 낭송의 전통을 단절시킨 새로운 시라고 할 수 있다. 그러니까 벤의 시는, 소월의 시처럼 운율의 특성을 살려 낭송하기보다는 눈으로 묵독을 하거나 아니면 혼자서 중얼거리듯 읽는 수밖에 없다.

'중얼거리다'는 '말하다'와 '낭송하다'의 중간쯤에 위치하는 독특한 언술 행위라 할 수 있다. 어쩌면 자본주의가 지배하는 과학 기술 시대에 점점 주변으로 밀려나는 문학 텍스트를 소리 내어 읽는 마지막 방식일 것이다. 중얼거리기는 특정한 의사를 명확히 전달하지 않는다는 점에서 사회적 소통이나 경제적 이익과는 동떨어진 발언 방식이다. 누가 중얼거리면 다른 사람들로부터 아예 무시당하거나 힐난 받기 쉽다. 그러나 많지는 않아도 이렇게 중얼거리며 평생을 살아가는 사람들도 있다. 시인이나 작가들이 그들이다. 정치·경제·사회 분야의 실용적 발언과는 대극적 언술 방식인 '중얼거리기'가 극단화되면, 문학과 현실, 작가와 독자 사이의 간극이 점차 멀어져서 마침내는 전달과 소통의 장애가 일어나는 결과를 가져올 수도 있다. 카프카의 소설이나 벤의 시에서 우리는 이러한 양상의 단초를 발견하게 된다.

이러한 유형의 문학 작품에서 귀납적으로 추출되는 여러 가지 특성을 근대성의 개념으로 수렴해 본다면, 그것을 부정적으로 평가할 수는 없다. 문학의 표현 방식이 리얼리즘 시대의 실증적인 차원을 넘어서서 모호한 중얼거림으로 변화하게 된 동기는 무엇일까. 복잡다단하게 분화된 현대 사회를 형상화할 새로운 문학적 언술 방식을 찾는 것이 불가피하기 때문이다. 이러한 패러다임의 전환은 당대 서양 문학의 경계를 넘어서 전 세계의 문학적 경향으로 확산되지 않았던가. 대학에서 독문학을 전공한 덕택에 나는 이러한 변화의 원류와 마주칠 수 있었다. 말하자면 독문학 수업을 통해 서양적 근대성의 세례를 받은 셈이다.

3

4·19학생혁명과 5·16쿠데타를 겪고 군부 독재 정권 아래서 나는 1960년대 초반의 대학 시절을 어수선하게 보냈다. 졸업 후 만 3년간 병역을 치른 다음에 취업, 결혼, 취직, 대학원 진학, 전셋집 옮겨 다니기와 집 장만, 그리고 독일 유학 등으로 정신없이 쫓기며 살았다. 1970년대 초부터 한국에서는 급격한 산업화가 시작되었다. 고도 성장의 와중에서 변동 사회에 보조를 맞추려니 각 개인의 삶은 몹시 분주하고 고달팠다. 누구나 20대 후반부터는 숨 막히게 발버둥치며 살게 마련이다. 인생은 흔히 고해(苦海)라고 하지 않는가. 이 고통의 바다에 그대로 빠져 죽지 않으려면 끊임없이 허우적거리지 않을 수 없다. 나무토막이라도 한 개 붙들 수 있다면, 암초 위에라도 잠깐 발끝을 대고 쉴 수 있다면, 하는 심정은 그때부터 오늘까지 계속되고 있다. 익사하지 않으려고 몸부림치는 내 손에 연필과 종이가 잡혔다. 파도가 잠깐씩 낮아지는 사이사이에 나는 무엇인가 짤막하게 종이에다 끼적거려 놓는다. 나의 필적을 담은 이 종잇조각들은 주위를 맴돌다 그대로 가라앉아 버리기도 하고 물결 따라 멀리 흘러가기도 한다.

누군가 이 종잇조각을 발견하고 거기에 쓰인 절박한 SOS를 수신할 수 있다면 나로서는 반가운 일이다. 1975년부터 나는 아직도 내가 물에 떠 있음을 알리는 단편적 메시지들을 시라는 이름으로 발신하기 시작했다. 계간 ≪문학과지성≫을 통하여 늦깎이 시인으로 데뷔한 것이다. 많은 익명의 독자들이 나의 젖은 종잇조각들을 받아 보았다고 했다. 태평양과 대서양 건너에서도 나의 발신에 대한 응답이 왔다. 삶의 바다에서 자맥질하며 한 손으로 시를 쓰고 또 한 손으로는 몸을 지탱하기 위해 부지런히 물갈퀴질하면서 독일 문학 텍스트를 읽고 젊은이들을 가르쳤다. 지금까지 나는 아홉 권의 시집을 출판했다. 헤아려 보면 700여 편의 시를 발표한 셈이다.

　나는 텍스트를 쓸 때 난해한 메타포의 과도한 사용이나 암호처럼 불가해한 시적 발언을 의식적으로 피했다. 생활 현장 속에 살아 있는 일상어의 도입과 간결한 구문을 통하여 시의 전달 기능과 공감 효과를 높이고 독자와의 문학적 소통을 회복해 보고자 했다. 바꾸어 말하면, 20세기 이후 한국 현대시에 적지 않은 영향력을 행사해 온 서양 모더니즘 기법의 무비판적 수용과 모방을 지양함으로써 그 폐단을 극복하고 내 나름대로 새로운 시의 지평을 열어 보려고 시도했다는 뜻이다. 나는 오늘날 일상의 현실을 뒤덮고 있는 고정관념의 껍질을 부수고 심층에 숨겨진 존재의 근원적 의미를 찾아내 보려고 노력했다. 물론 이러한 의도가 작품마다 제대로 실현될 수는 없다. 그러나 성공한 작품의 경우, 우리의 시문학에 새로운 일상시의 모형을 보여 주었다는 평가를 받기도 했다. 예컨대 나의 작품 가운데 「영산(靈山)」(1975)이라는 시가 있다.

　내 어렸을 적 고향에는 신비로운 산이 하나 있었다.
　아무도 올라가 본 적이 없는 영산이었다.

　영산은 낮에 보이지 않았다.
　산허리까지 잠긴 짙은 안개와 그 위를 덮은 구름으로 하여 영산은 어렴풋이 그 있는 곳만을 짐작할 수 있을 뿐이었다.

　영산은 밤에도 잘 보이지 않았다.
　구름 없이 맑은 밤하늘 달빛 속에 또는 별빛 속에 거무스레 그 모습을 나타내는 수도 있지만 그 모양이 어떠하며 높이가 얼마나 되는지는 알 수 없었다.

내 마음을 떠나지 않는 영산이 불현듯 보고 싶어 고속버스를 타고 고향
에 내려갔더니 이상하게도 영산은 온데간데없어지고 이미 낯선 마을 사람
들에게 물어보니 그런 산은 이곳에 없다고 한다.

이 시에서 나는 '지금 이곳'의 일상적 현실을 바탕으로 사라진 '영산'의
존재를 시적으로 복원해 보고자 했다. 실제로 우리나라는 국토의 65퍼센
트가 산이다. 그 가운데는 설악산, 지리산, 한라산 같은 명승 고산도 있
고, 골프장으로 깎여 나갈 위험에 직면한 야산도 있다. 거룩했던 옛날의
명산들이 관광 산업의 발달과 전국의 도시화로 위대한 자연의 아우라를
상실하고 세속화되었다. 이러한 상황에서 산과 사람의 진정한 관계를 문
학적으로 형상화하기란 쉬운 일이 아니다. 그 형상화가 독자의 공감을
얻어 나름대로 문학적 소통이 이루어진다고 해도 그 작품에 대한 해석이
명쾌하게 내려질 수는 없다. 「영산」의 경우, 이 산은 있기도 하고 없기도
하고 또는 있었다가 없어지기도 한다. 일체의 수사학적 비유가 없이 무
미건조할 만큼 객관적으로 서술되었음에도 불구하고 '영산'의 형상은 애
매모호하다. 그래도 동양이나 서양의 독자가 다 같이 이 시에 주목하는
까닭은 바로 이 읽기 쉬운 시의 다의성 때문일 것이다. 산과 사람, 자연
과 인간, 신비와 범속, 꿈과 삶, 이상과 현실, 자아와 세계, 생성과 소
멸…… 그 어느 경우를 여기에 대입해도 성립되는 보편적 존재 양상의
원형을 보여 준다고 할까. 이 세상 어디서나 볼 수 있고, 누구나 마음속
에 간직하고 있는 산, 그러면서도 정작 육안으로 볼 수 없고, 등산화를
신고 올라갈 수 없는 '영산'의 유무(有無)는 나의 시학(詩學)을 상징적으
로 표현한 것이기도 하다.
이 시는 내가 35세 때 발표한 데뷔 작품이다. 동년배 친구들이 모두
문단의 중견으로 활약할 때, 나는 늙은 신인으로 겨우 등단했다. 본래 빠

릿빠릿하게 움직이지 못하고 천성이 느리기 때문이다. 내 문학 수업의 근대가 동틀 무렵에 읽은 책들 가운데는 서양의 문학 작품뿐만 아니라, 『논어(論語)』와 『시경(詩經)』 같은 중국의 유학 경전들도 있었다. 특히 『대학(大學)』의 8조목(八條目)은 내 인생의 지침이 되었다. 이를테면 "……수신(修身), 제가(齊家), 치국(治國), 평천하(平天下)"는 유가의 평범한 현세적 교훈이지만, 삶의 갈림길에 섰을 때마다 나에게 이정표 역할을 했다. 대학을 졸업하고, 독일 유학을 다녀와서, 부모처자를 부양하면서, 30대 중반의 독문학 교수로서 늦깎이 시인이 된 나의 경력이 그 영향을 입증한다. 그러나 이것이 나의 '느림'을 변명해 줄 수는 없을 것이다.

모든 사물의 속도가 빨라진 것은 철도, 자동차, 비행기, 전신, 라디오, 텔레비전, 컴퓨터 등의 발전 보급과 함께 20세기 기술 문명의 특징이라 할 수 있다. 지구의 반대쪽과도 광속의 통신이 당연한 일상사가 되었고, 세계 어느 곳이라도 24시간 이내에 날아갈 수 있고, 초국적 대자본이 빛의 속도로 전 세계의 투자 시장을 넘나들며 이윤을 노리고 있다. 문화 예술의 정보 교환 또한 인터넷을 통하여 국경은 물론 동서양의 벽을 허물어 버렸다. 사이버 문학도 확산 일로에 있다. 현기증 나는 변화의 속도에 적응하려면 계속해서 컴퓨터를 업그레이드해야 하고, 쉴 새 없이 휴대폰을 걸고, 수시로 이메일을 체크해야 한다. 속도가 빨라진 만큼 시간의 여유가 생겨야 할 텐데 오히려 정신없이 쫓기게 된 것이 오늘의 생활상이다.

그런데 이러한 시대 현실을 매우 예민하게 반영하면서도 가장 느린 속도로 만들어지는 문학 장르가 아직도 있다. 시가 바로 그것이다. 컴퓨터의 상용화로 산문의 집필 속도는 옛날보다 현저하게 빨라졌지만 시를 쓰는 속도가 빨라졌다는 말은 듣지 못했다. 컴퓨터를 사용한다 해도 산문을 찍는 속도로 나는 듯이 시를 쓰는 시인은 없을 것이다. 시는 여전히 오랜 시간에 걸쳐 깊은 고뇌 끝에 느린 속도로 쓰이고 되풀이해 읽히는 문학 형식이다. 어쩌면 무서운 속도로 살아가야 하는 21세기의 많은 사람들이 바로 그 속도에 염증이 나서, 오히려 천천히 시를 읽고 제각기 깊은 생각에 잠기게 될지도 모른다. 바로 그 느린 특성 때문에 최첨단 과학 기술 시대에 시가 품위 있게 살아남으리라 믿고 싶다. 그리고 동양적 정서와 서양적 근대성이 마주친 접점에서 탄생한 나의 시, 나의 중얼거림도 그렇게 미래의 독자와 만나게 되기를 기대한다.

※ 이미 발표한 글이나 강연에서 비슷한 주제를 다룬 적이 있어, 이 글에 더러 중복되는 부분이 있음을 밝혀 둔다.

100억 달러의 아이

김연수

　제가 어릴 적에 즐겨 읽던 어린이 잡지 중에 ≪소년중앙≫이라는 게 있었습니다. 제가 초등학교에 처음 들어갔을 때니까 1977년의 일로 기억하는데, 그 잡지에 한국의 수출액이 100억 달러를 초과했다는 기사가 대서특필돼 있었습니다. 지금은 그 느낌이 좀 다르지만 '100억'이라는 숫자가 주는 어마어마함이 아이에게는 인상적이었겠지요. 박정희 정권은 1982년이 되어야만 100억 달러 수출을 달성하리라고 계획을 세웠는데, 그 시기가 무려 5년이나 앞당겨진 것입니다. 그러니 온 나라가 축제 분위기일 수밖에 없었죠. 하여 그 사건은 제 뇌리에 강하게 새겨졌습니다. 생물학적으로 저는 1970년에 태어났지만 수사적으로 말해서 저는 1977년에 태어났습니다. 말하자면 '수출 총액 100억 달러의 아이'라는 뜻입니다.

　'100억 달러의 아이'의 부모는 모두 일본에서 태어나셨습니다. 저는 3남 1녀 중 막내로 태어났습니다. 아버지는 나고야가, 어머니는 치바현이 출생지였습니다. 아버지는 태평양전쟁의 와중에, 어머니는 해방 뒤 귀국하

셨습니다. 당시 10세였던 어머니는 종전의 기억을 이렇게 말씀하시더군
요. 어머니의 형제는 모두 열한 명이었는데, 수업을 받고 있는데 그중 하
나가 교실로 찾아와 어머니를 불렀다고 합니다. 그 길로 어머니는 귀국
선에 올라탔습니다. 아버지의 기억은 좀 더 선명합니다. 아버지는 중학교
교모를 쓰고 부산항에 도착했다고 합니다. 한국어를 모르고 일본 이름이
자신의 이름인 줄 알았던 15세 소년에게 민족이나 국가에 대한 개념이
확고했을 리 없습니다. 그러니까 자랑삼아 교모를 벗지 않았겠지요. 그
소년은 고국으로 돌아가야만 한다는 아버지와 형들에게 자기는 돌아가지
않겠노라고 맞서다가 결국 울면서 귀국선에 올라탔다고 합니다. 그런 소
년의 눈에 부산항의 모습은 절망 그 자체였다고 합니다.

　저는 어릴 때부터 두 분 부모님에게서 그 시절의 얘기를 셀 수도 없이
많이 들었습니다. 아이들에게 말하기 곤란한 얘기를 할 때, 친척 어른들
은 일상적으로 일본말을 사용했습니다. 이모들 중에서는 이미 일본에서
결혼했기 때문에 해방 뒤에도 귀국선에 올라타지 않은 분들도 있었습니
다. 1970년대 후반, 그분들은 종종 선물 보따리를 들고 제 고향에 찾아
오기도 했습니다. 아직 통행금지가 남아 있던 시기였는데, 통행금지 사이
렌이 울리기 직전에 외갓집에 다녀온 부모님들은 일본 과자, 옷가지, 생
활용품 따위를 들고 왔습니다. 설핏 잠들었다가 부모님이 들어오는 기척
에 깨어 그 일제 상품들을 받아 드는 기분은 꽤나 좋았습니다. 아버지나
어머니에게 그분들은 늘 자신들이 가지 못한 삶에 대한 향수를 느끼게
했을 겁니다. 부모님은 종종 "그때 귀국선에 오르지만 않았더라도……"
라는 말씀을 하시곤 했습니다. 그런 얘기를 듣는 기분은 참으로 묘했습
니다. 그랬더라면 저는 태어나지도 않았겠죠.

　귀국선에 오른 뒤 부모님이 겪은 일들은 개인적 차원에서는 이해할 수
없습니다. 해방, 한국전쟁, 군사 독재, 민주화 등은 부모님의 삶에 많은

영향을 끼쳤음에도 불구하고 개인에게 그 일들은 불가항력적인 재난과도 같았습니다. 불가항력적인 상황 앞에서 인간은 운명을 떠올릴 수밖에 없습니다. 소도시의 평범한 상인이었던 부모님이 한국의 근대사에 대해 그럴듯하게 말씀하시는 것을 들은 적은 없습니다만, "만약에……"라는 말 속에 일종의 역사 감각이 담기지 않았나 생각합니다. 20세기 한국인들은 역사를 숙명적으로 받아들이는 데 익숙해져 있습니다. 그들에게 역사는 일종의 재난이었으니까요. 하지만 '100억 달러의 아이'였던 저는 역사를 재난으로 받아들이는 부모님들을 가슴으로는 이해할 수 있었지만 머리로는 이해할 수 없었습니다. 제가 수사적으로 말해서 1977년에 태어났다고 말하는 까닭은 이 때문입니다. 부모님은 역사를 숙명적으로 바라보는 데 익숙해져 있지만, 저는 그렇지 않습니다.

누구에게나 역사라는 것을 처음 대면하게 되는 순간이 있을 겁니다. 제 부모님들도 살아오는 동안, 한 번은 "과연 이런 게 역사란 말인가?"라는 생각을 하게 만든 순간이 있을 겁니다. 제 경우에는 1985년의 어느 날이 그런 순간이 아닐까 하고 생각합니다. 1985년 5월 23일, 대학생 73명이 서울에 있던 미국문화원을 점거한 일이 있었습니다. 저는 집에서 텔레비전을 보다가 그 뉴스를 처음 봤습니다. 물론 당시 전두환 정권은 사회 불온 세력이 저지른 폭력 행위로 그 사건을 몰고 갔는데, 거기에는 대단히 이상한 점이 있었습니다. 대학생들은 미국이 1980년 '광주사태'의 배후 조종자라고 주장했던 것입니다. 당시의 어법으로는 말이 되지 않는 주장이었습니다. 왜냐하면 그때까지 공식적으로 '광주사태'의 배후 조종자는 북한으로 알고 있었기 때문입니다. '도대체 이건 뭔가?' 하는 생각이 강하게 들었습니다. '도대체 이건 뭔가?' 이 의문의 기원은 1980년으로 거슬러 올라갑니다.

아버지는 어떤 뜻에서 그런 권유를 했는지 모르겠으나 1979년 박정희

가 저격된 직후부터 신문을 스크랩하라고 우리 형제들에게 시켰습니다.
아마도 격변의 현대사를 거쳐 온 분으로서 뭔가 대단한 변화가 일어날지
도 모른다는 본능적인 예감 때문이었는지 모릅니다. 어쨌든 우리 형제
는 《조선일보》의 정치 기사를 스크랩하기 시작했습니다. 박정희 저격,
12·12, 서울의 봄, 김재규 처형, 전두환 취임 등으로 이어지던 그 당시
의 일들이 우리 형제의 스크랩북에 모두 채워졌습니다. 그 스크랩북의
절정이 바로 '광주사태'였습니다. 기사에 따르면 '광주사태'는 김대중과
북한의 지령을 받은 불순분자들이 무장 폭동을 일으킨 사건이었습니다.
그런데 신문에서는 '광주사태'를 기사화하는 데 있어서 유언비어를 가장
많이 활용했습니다. 말하자면 지금 광주에서는 경상도 군인들이 전라도
처녀들을 학살하고 있다는 유언비어가 돈다는 식의 기사입니다. 기사화
된 유언비어에는 더 끔찍한 것들이 많습니다. 이런 유언비어가 돈다면
전라도 사람들이 경상도 사람들을 린치해야만 할 텐데, 여론 조작은 참
으로 미묘한 것이어서 그 역효과가 났습니다. 전라도 이외의 사람들이
전라도 사람들을 괴롭히는 일들이 일어난 것입니다.

　1985년 5월 23일이 될 때까지 저는 제가 스크랩한 신문 기사의 내용
을 충실하게 믿었습니다. 그러던 게 미국문화원 점거 농성을 보면서 사
실은 그 신문 기사가 모두 거짓일지도 모른다는 생각을 처음으로 하게
됐습니다. 더 놀라운 일은 대학에 입학하면서 겪었습니다. 저는 1989년
에 대학에 입학했는데, 그 당시에는 신입생들에게 '광주사태'의 진실을
알리는 것만으로 의식화 교육을 시키는 게 충분했습니다. 스무 살 전후
의 젊은이라면 자신이 살아온 세계가 거짓과 기만으로 이뤄졌다는 것을
인식하는 순간, 그 무슨 행동이든 하게 마련이니까요. 저 역시 마찬가지
였습니다. '광주사태'라는 말이 내 머릿속에서 지워지고 '광주항쟁'이라는
새로운 단어가 입에 익을 무렵, 저는 우연히 그 스크랩북을 다시 보게

됐습니다. 신문에는 온통 거짓말뿐이었습니다. 그 신문에 진실이라고 믿을 만한 것은 놀랍게도 유언비어 목록뿐이었습니다.

이 경험은 저로 하여금 역사를 완전히 새롭게 바라보게 만들었습니다. 진실이라고 믿었던 게 거짓이라는 것을 아는 순간부터 청년들은 진실을 찾아 나서게 됩니다. 그건 지난한 투쟁의 과정이라고 할 수 있습니다. 20세기 내내 한국의 청년들은 역사적 진실을 상대로 투쟁을 벌였습니다. 식민지 청년들도 마찬가지였고 분단 상황 아래의 청년들도 마찬가지였고 군사 독재 체제 아래의 청년들도 마찬가지였습니다. 여러분들도 아시겠지만, 그 결과는 민주화로 이루어졌습니다. 20세기 한국 청년들에게 민주화란 단순히 군사 독재 체제에서 벗어나는 일이 아니었습니다. 민주화란 빼앗긴 진실을 되찾겠다는 의지의 표출이었다고 할 수 있습니다. 이런 일을 가장 잘 보여 준 것이 바로 문학입니다. 1990년대까지 한국에서는 문학이 이데올로기적으로 민감한 소재를 다룰 때 사법적 제재를 당했습니다. 어떨 때는 단순히 진실을 말한다는 이유로 그런 일들을 당하기도 했습니다. 제가 민주화란 빼앗긴 진실을 되찾는 행위라고 말하는 까닭은 여기에 있습니다.

민주화 투쟁을 통해 진실을 되찾는다는 것은, 한편으로는 숙명론적인 역사관에서 벗어나는 일을 뜻하기도 합니다. 말씀드렸다시피 제 부모님은 천재지변과 같은 역사를 경험한 분들입니다. 그들에게 역사는 어쩔 수 없이 받아들여야만 하는 어떤 것이지, 이해하고 해석할 수 있는 것이 아니었습니다. 이런 상황에서는 필연적으로 사회적 윤리가 파괴된다고 저는 생각합니다. 또렷한 인과 관계 속에서 자신의 역사를 설명할 수 있을 때, 각 개인은 미래에 대해서도 올바른 견해를 세울 수 있을 것입니다. 하지만 우연과 숙명의 형태로 삶이 유지되는 한에는 당장의 이익에만 급급하는 현실주의적인 입장이 나올 수밖에 없습니다. 제가 어렸을 때 많이 듣던 말 중에 "억울하면 출세해라."는 말이 있는데, 저는 이 말이 숙명론적인 역사를 겪은 민족의 특성을 잘 보여 준다고 생각합니다. 한국에서는 지금까지도 『삼국지』가 동양의 고전으로 널리 읽히는데, 이 『삼국지』의 세계와 제 부모님이 바라보는 역사의 세계는 닮아 있습니다. 역사를 논리적으로 납득할 능력을 잃어버린 비상 시국의 개인들은 모든 것을 권모와 술수의 관점에서 바라볼 수밖에 없는 것입니다. 그러니까 처세술의 관점에서 역사를 바라보기. 이게 바로 숙명론적인 역사관을 마주한 사람들이 하는 일입니다.

하지만 민주화 운동은 처세술의 관점에서 역사를 바라보는 게 아니라 내적 논리에 의해 역사를 바라보아야만 한다는 것을 가르쳐 주었습니다. 그 결과는 '역사 바로 세우기'라는 정치적 운동의 형태로 나타났습니다. '역사 바로 세우기'는 단순히 20세기 한국사를 올바르게 서술한다는 측면을 넘어서 권모술수가 팽배한 사회를 투명하게 만들려는 노력이었습니다. 1990년대 내내 한국 사회는 이런 일을 했습니다. 이웃한 나라라는 것을 고려하면 상당히 아쉬운 일이기는 하지만, 이 '역사 바로 세우기'의 가장 주 대상은 식민의 경험입니다. 일본의 식민지였을 때, 모든 잘못된 싹이 심어졌다는 개념입니다. 이건 타당한 발언으로 여겨집니다. 한일합방은 개인의 차원에서 불가항력적으로 주어진 역사입니다. 식민 정책을 이끈 조선총독부 측은 식민 지배 내내 한일합방의 역사적 당위성을 설파하려고 노력했지만, 나라를 잃은 사람들에게 그 당위성이 먹혀들 까닭은 없습니다. 역사가 제대로 움직이지 않는다면 결국 개인의 차원에서 남는 것이라고는 처세술뿐이겠지요. 그건 한국전쟁 기간에도, 군사독재 기간에도 마찬가지입니다.

저는 스스로 '100억 달러의 아이'라고 말씀드렸는데, 이 말은 또 다른 의미에서는 자신의 역사를 처세술의 관점이 아니라 역사적 진실의 관점에서 다룰 수 있는 경제적 토대를 갖춘 사람이라는 뜻일 수 있습니다. 박정희 정권의 공과에 대해서는 여러 가지 말들이 나올 수 있지만 어쨌든 박정희 정권의 경제 성장은 역사적으로 콤플렉스를 지니지 않은 새로운 세대를 탄생시켰습니다. '역사 바로 세우기'의 이면에는 경제 성장 이후에 출생해서 대학을 다닌 젊은 세대가 뒷받침돼 있었던 것입니다. 이들 세대는 역사를 오로지 합리적인 차원에서만 이해하려고 했습니다. 한국에는 이들을 30대, 80년대 학번, 60년대생이라는 데 착안해서 386세대라고 부릅니다. 이 386세대는 저의 바로 윗 세대이며 지금 노무현 정권의 지지 기반이기도 합니다. 처음 '광주사태'가 '광주항쟁'이라는 말을 알게 된 뒤, 불과 10년도 걸리지 않아 이 모든 일들이 일어났으니 저 역시 부모님과 마찬가지로 격변에 격변을 거친 셈이기도 합니다.

숙명론적인 역사에서 역사적 진실을 구출해 내는 과정은 대단히 드라마틱합니다. 청년기에 저는 이 과정을 지켜보았습니다. 그건 부모의 역사적 경험을 부정하고 새로운 역사적 틀을 마련하는 일이었습니다. 그런데 정치가가 아닌 소설가의 입장에서 볼 때, 그 일이 어딘가 잘못되지 않았나 하는 생각을 하게 됐습니다. 역사라는 게 과연 진실로만 움직이는 것들이라면 귀국선에 타지 않겠다며 눈물을 흘린 아버지의 개인적 경험은 어떻게 바라보아야만 할 것인가, 라는 문제가 남았습니다. 저는 영웅이나 성자들을 주인공으로 다루는 소설가가 아닙니다. 물론 민족적, 국가적 차원에서 바라볼 때 역사적 진실이 존재한다고 저는 믿습니다. 하지만 그 역사적 진실을 각 개인의 차원으로 끌어내린다면 한 인간의 삶 전체가 부정되는 결과를 빚습니다. 과연 이런 일이 타당할까? 이것이 제가 소설을 쓰기 시작한 가장 큰 원동력이었습니다.

저는 2002년에 제가 나서 자란 고향을 무대로 한 단편들을 모은 『내가 아직 아이였을 때』란 소설집을 냈습니다. 1980년대를 배경으로 한 것은 소설적인 설정입니다. 1980년대 한국은 지금보다는 좀 더 단순한 세계여서 선과 악이 분명했습니다. 이제까지 다룬 소설들 역시 그런 관점에서 1980년대 한국을 바라보았습니다. 하지만 저는 좀 다른 관점에서 그 시기를 다루고 싶었습니다. 저는 이 소설을 매우 전통적인 방식으로 썼는데, 그 까닭 역시 이데올로기보다는 인간의 내면을 좀 더 들여다보고 싶었기 때문입니다. 이 소설들에서 저는 역사적 진실이 개개인의 차원에서는 어떤 식으로 영향을 미치는지 살펴보았습니다. 매우 민감한 주제들을 많이 다뤘지만, 이 소설집에서 저는 절대적인 선이나 악을 그리지 않았습니다. 인간은 어떤 부분에서는 사악하기 그지없지만, 또 다른 부분에서는 누구보다도 선한 존재입니다. 그 사실을 이해하는 일이 바로 소설가가 하는 일이라고 봅니다.

그 전 해, 발표한 『꿀빠이, 이상』이라는 장편 소설에서도 다른 차원이기는 하지만 그런 주제를 다루었습니다. 이상이라는 사람은 식민지 시기인 1930년대 한국에서 활동한 시인이자 소설가인데, 도쿄에 와서 폐병으로 젊은 나이에 요절한 사람입니다. 1950년대에 이 사람은 당시 젊은 세대들에 의해 저주받은 천재로 추앙받습니다. 이 사람의 생애는 천재 이야기의 전형적인 모습이 다 나옵니다. 괴팍한 성격, 여성 편력, 난해시, 요절 같은 것이지요. 하지만 저는 그런 거대한 이야기 속에서 인간 이상을 구출해 내고 싶었습니다. 저는 각종 자료를 뒤져서 이상 신화의 허구성을 밝혀내는 작업에 몰두했습니다. 우리가 늘 자신의 정체성에 대해 확신하지 못하는 것처럼 이상 역시 자신이 어떤 사람인지 모르는 상태에서 죽었습니다. 저는 이게 바로 인간들이 하는 일이라고 봅니다.

소설가로서 인간의 내면을 좀 더 자잘한 단층으로 나누는 작업을 하다가 숙명론적인 역사관에서 역사적 진실 찾기로의 드라마틱한 전개 과정을 보면서 제가 느꼈던 일말의 의구심이 어떤 것인지 깨닫게 되었습니다. 개인적 진실은 너무나 다양한 스펙트럼을 보이는데, 숙명론적인 역사관이든 역사적 진실 찾기든 개인의 삶을 규정하는 거대한 이야기들은 너무나 단순하다는 점이었습니다. 『꾿빠이, 이상』을 통해서 저는 문학사의 관점에서 이 문제를 다뤘습니다. 문학사 속에서의 '이상'이 실제 '이상'과 비교해 얼마나 빈약한 존재인지를 밝히고 싶었습니다. 그런 과정을 통해 저는 독자들이 사회적으로 규정되는 개인이 실제의 복잡다단한 개인에 비해 얼마나 허술한 존재인지 유추해 내기를 원했습니다. 이런 유추의 결과로 저는 독자들이 자신들의 혼란스런 정체성에 대해 더 많이 이해할 수 있기를 원했습니다.

지난 2004년 저는 9개월 정도 중국 옌볜 지역에 머물렀습니다. 저를 자극시킨 소설적 주제가 있었기 때문입니다. 1931년 9월 18일, 일본은 만주사변을 일으키고 만주 지역을 점령합니다. 이 과정에서 중국 측과 조선 측 공산주의자들은 서로 손을 잡고 일본군에 맞서는 빨치산 투쟁을 벌였습니다. 그런데 문제는 만주라는 지역적 특색에 있었습니다. 그 당시 전쟁의 형세는 중국 땅인 만주를 일본군이 점령한 형태였습니다. 그러니까 중국과 일본이 서로 맞서고 있는 상황이었습니다. 그런데 그 가운데에 만주에 거주하는 조선인들이 있었던 셈입니다. 그렇기 때문에 1930년대 만주의 조선인들의 정체성은 대단히 유동적이었습니다. 일본 헌병 보조원이 있는가 하면, 용감무쌍한 빨치산 대원도 있었습니다. 이런 점을 이용해서 일본 측은 중국과 조선 공산주의자들이 활동하던 지역에 간첩(민생단)을 심어 놓았다는 거짓 정보를 흘립니다.

중국 공산당에 가입해 빨치산 활동을 벌이던 조선인들에게 이런 정보는 치명적이었습니다. 중국 공산당이 국제주의를 표방했음에도 불구하고 이 정보 앞에서는 민족적 편견을 버리지 못한 것 같습니다. 어쨌든 유격구 내에 있던 뛰어난 조선인 혁명가들은 일본군의 간첩이라는 이름으로 처형당했습니다. 유격구 내에 존재하던 그들의 정체가 무엇인지 밝히는 방법은 다음과 같습니다. 누가 죽었느냐에 따라 결정됐습니다. 유격구 내에서 처형당한 조선인 공산주의자들은 모두 일본의 간첩이었습니다. 왜냐하면 중국 공산당 쪽에서 그들을 죽였기 때문입니다. 한편 전투의 와중에 일본군에게 사살된 자들은 모두 공비, 즉 공산주의자들이었습니다. 중국 공산당의 비논리적인 간첩 혐의를 견디다 못해 도망간 조선인들이 있습니다. 도망가 봐야 거기서 거기니까 결국 일본군에 귀순할 수밖에 없었습니다. 중국 공산당 측에서는 그들을 진짜 간첩이라고 여길 수밖에 없었는데, 실제로 귀순한 뒤에 그들이 한 일은 간첩질이었습니다.

지금은 당시에 간첩으로 처형된 조선인 공산주의자 대부분의 혐의가 벗겨진 상태입니다. 그렇긴 해도 중국 공산당 측에서 이 일을 두고 사과한 일은 없다고 알고 있습니다. 어쨌든 그런 정치적인 문제는 역시 제 관심사가 아닙니다. 저는 보는 각도에 따라 그 정체성이 유동적으로 변하는 존재에 대해 깊은 관심을 두고 있는 것입니다. 죽기 전까지는 가장 용맹스런 빨치산이자 일본군의 앞잡이인 사람 말입니다. 이 일에 관해 소설을 쓰려고 저는 만주라는 공간을 다룬 4개 국의 역사책을 읽었습니다. 중국, 일본, 북한, 남한의 책이 있습니다. 이 책들은 당시의 일들을 모두 제각기 서술하고 있습니다. 결국 역사적 진실이라는 것은 그런 것입니다. 그렇다고 그게 그 사람들의 운명이라고 말해 버리면 지금 우리가 살아가는 윤리적 근거 자체를 잃어버리게 되니까 좀 더 개인의 관점에서 역사를 납득하는 일을 저는 하고 있는 셈입니다. 제가 생각하는 소설이란 이런 것입니다.

'100억 달러의 아이'로서 저는 한국 근대사를 한국만의 역사적 진실에서 다루는 것은 잘못됐다고 생각합니다. 저는 한중일 3개 국의 근대사가 서로 뒤엉켜 있는 상황에서는 그 삼국사의 역사를 통합적으로 바라보아야만 한다고 봅니다. 정치적인 논리가 인간의 개인사를 얼마나 왜곡시키는지는 제 부모님의 경우를 통해 쉽게 알 수 있습니다. 소설가로서, 그리고 숙명론적인 역사에서 역사적 진실을 찾아내는 작업을 성장기를 통해 지켜본 사람으로서 저는 삼국사에서 이제 개인적 진실들을 구출해 내야만 할 때가 왔다고 생각합니다. 개인적 진실이란 대단히 많은 겹을 지니고 있습니다. 그 진실을 이해하지 않는 한, 인간이라는 유동적인 존재를 이해할 수 없다고 생각합니다.

그런 작업의 연장선상에서 저는 임진왜란 당시에 일본으로 끌려간 조선인 소년의 삶을 몇 년째 뒤쫓고 있습니다. 그 소년을 발견한 사람은 고니시 유키나가의 종군 신부로 한반도에 첫발을 내디딘 예수회 신부인 세스페데스 신부입니다. 세스페데스 신부를 따라 일본으로 건너간 이 소년은 사제가 됐습니다. 전쟁이 끝난 뒤, 이 소년은 조선 전도의 사명을 띠고 베이징으로 건너가 조선으로 들어갈 기회만 노렸습니다. 하지만 운이 없었던지 이 소년은 조선으로 들어가지 못하고 일본으로 다시 돌아갔다가 거기서 순교했습니다. 앞에서 말한 민생단 사건에 대한 역사서들처럼 천주교사는 이 소년이 조선 전도에 대한 사명을 띠고 베이징으로 갔다고만 서술하고 있습니다.

하지만 이제까지 제가 말씀드린 것을 생각한다면 제가 그 서술을 곧이곧대로 믿지는 않을 것이라는 걸 짐작하실 겁니다. 임진왜란 기간 동안 많은 조선인들이 일본으로 끌려갔습니다. 그 조선인들 대부분은 고국으로 돌아가고 싶어했습니다. 저는 거대한 역사의 관점에서 개인을 바라볼 게 아니라 인간의 관점에서 개인을 바라보아야만 한다고 봅니다. 저와 마찬가지로 그 소년의 진실 역시 여러 가지였을 겁니다. 그 소년에게 고국으로 돌아갈 수 있는 방법은 단 하나뿐이었습니다. 그건 바로 열심히 하느님을 믿어 조선 전도에 나서는 길이었습니다. 물론 저는 어떤 결론도 내리고 싶지 않습니다. 그는 진짜로 독실한 사제였을지도 모릅니다. 하지만 그런 생각만큼이나 그가 조국에 끌렸을 것이라는 건 확실하다고 저는 생각합니다.

제 소설의 주제는 어디까지나 인간입니다. 한국에서 태어났기 때문에 한국의 역사를 소재로 하고 있지만, 저는 제 소설의 주인공들만이 어떤 특별한 정치적, 역사적 상황 때문에 그런 유동적인 존재가 됐다고는 보지 않습니다. 예전과 같은 격변기가 쉽게 찾아올 것 같지는 않지만 그렇다고 해서 지금 우리가 그들보다 안정됐다고는 볼 수 없습니다. 현대를 살아가는 우리 역시 많은 정체성의 혼란을 겪고 있습니다. 저는 특별한 역사적, 정치적 상황 때문에 숙명론적인 역사 인식을 하게 됐다거나 역사를 바로 세워야 한다는 식의 말에 큰 인과 관계가 존재하는지 의심스럽습니다. 거대한 역사 속에서 개인의 역사를 구해 내는 일은 현재를 살아가는 우리를 이해하는 데 많은 도움이 될 것입니다. 그건 역사라는 큰 이야기를 넘어서 한중일 3국인이 서로를 이해하는 데에도 큰 도움이 될 것입니다.

근대와 나의 문학

김원일

19세기 말, 서양 열강 근대 국가의 제도와 문물을 받아들이는 과정에서 동북아 3국(중국, 일본, 조선)의 근대화 이행 과정은 많은 논저로 소개되었다. 근대의 이입을 제국주의의 침략으로 간주한 수구파와 선진국 문물의 도입을 주장한 개화파의 갈등을, 기간과 차이는 있었을망정 동북아 3국이 함께 겪었다. 그러한 근대화의 문제점을 두고 이번 의제를 설정하여 사전에 충분한 검토가 있은 줄 알기에 재론을 생략하고, 우리나라의 근대화와 관련하여 나의 생각과, 내 문학에 수용된 근대의 문제점을 검토해 보고자 한다.

우리나라의 근대화와 나의 인식

우리나라 근대화의 역사적 맥락을 살펴보면 조선조 말기의 갑신정변 (1884), 동학농민운동(1894), 갑오개혁(1895), 「독립협회」 발족(1896), 항

"

일 의병투쟁(1895~1907) 등을 통해 그 부침의 과정을 인식할 수 있다. 우리나라의 경우 수천 년을 이어 온 기존의 전통 사회가 일거에 단절되는 데 따른 반대 운동이 격렬했다. 1895년(고종 32년) 김홍집 내각의 단발령 실시만 해도 그랬다. 서양에 '조용한 은둔의 나라'로 알려진 조선이 하루아침에 서양식 근대화를 좇아 정치, 경제, 사회, 문화, 종교 전반을 통째로 뜯어고치자는 주장이 있었을 때도 거기에 동의했던 당시의 개화파 청년 지식인은 극소수에 불과했다.

군사력을 앞세운 외세가 거침없이 밀려드는 와중에 개화파와 수구파의 자중지란은 계속되었고, 근대화 착근으로 정치적 통일을 완수하여 국력 신장이 우리보다 빨랐던 일본(메이지 정부 수립이 1868년이었다.)에 의해 조선은 1910년 강제 병탄되고 말았다. 우리나라의 근대화는 일본의 강압적인 식민지 정책을 통해 강제 주입식으로 추진되었고, 한편 미국 등의 선교사 활동, 의료, 교육 사업을 통해 점차 생활 속으로 침투되었다.

국가의 근대화란 당면 과제를 널리 확산 보급시키는 데는 문학의 역할이 컸으므로 문학은 급변하는 시대의 호출을 받아 봉건적 잔재를 청산하고 서양의 근대를 도입하는 데 앞장섰다. 문학이 국민 계몽의 전위를 맡은 것이다. 문학을 통한 우리 민족의 근대화에 기여한 대표적 작가가 이광수(1882~1950)였다. 그 외 신교육을 받은 문학가들이 작품과 논설을 통해 근대화에 앞장섰다. 이들은 서양 교육 제도 도입과 장려, 남녀평등 사상을 통한 조혼 반대와 자유연애 인정, 미신의 타파와 외래 종교 이입, 생활의 문명화와 과학적 위생 개념의 중요성 등의 보급에 일정한 기여를 했다고 본다.

일본의 한반도 식민지 통치 기간은 36년간이었다. 그 기간 동안 정치, 경제, 사회, 각 분야에 걸쳐 관이 주도한 근대화는 외양 면에서 봉건 왕조 시대의 잔재를 하나하나 탈바꿈해 나갔다. 경성(서울)을 비롯한 전국

주요 도시에 서양식 건물이 늘어났고 각종 문명화된 박래품이 전시된 상
점과, 신교육을 받는 학생 수의 증가 현상만 보더라도 근대의 정착은 성
공적이었다. 그러나 민족 구성원의 의식과 생활을 심층적으로 살펴보면
의외로 밑바닥은 근대화 이전의 봉건적 상태를 완강하게 고수하고 있었
다. 이는 피지배자로서의 민족 감정에서 우러나온 반발심과 결부된 '고유
한 민족 전통에 대한 자부심'이었다. 우리나라는 단일 민족으로 민족어를
가진 독립된 국가였고, 독창적인 문화와 풍속을 수천 년 전수해 왔다는
자긍심이었다. 한 가지 예로, 관청은 서양력에 따른 신정 쉴 것을 강제했
으나 전통적인 음력에 따른 정월 첫날 설을 끝까지 고집해 차례를 지냈
고 그 전통은 오늘에까지 이어지고 있다. 의식주를 예전 습속 그대로 따
랐고 관혼상제도 전례의 제도를 바꾸지 않았다. 생활 문화적 측면에서는
동양적 가치관이 서양적 근대화에 뒤질 것 없다는 생각이 뿌리 깊게 박
혀 있었던 것이다. 온고지신(溫故知新)이란 말이 지금도 유효함이 이를
반증한다 하겠다.

　우리나라가 근대의 제반 잔재를 청산한 시기를 나는 1962년부터 1970년
대 말까지로 잡는다. 우리나라 근대의 출발을 1900년 전후로 볼 때, 그
과정이 70년에 걸쳐 있어 너무 길지 않느냐란 의문을 제기할 수도 있다.
그러나 그 70년 동안 근대화가 점진적으로 이행되어 오다 1960년대 초
에 들어 한순간에 사회 전반에 걸쳐 급격한 변화가 일어났다는 뜻이다.
1962년은 군사 정권이 제1차 경제개발 5개년 계획을 시작한 해였다.[1] 이
해부터 약 30년, 1980년대 말까지 민중 생활과 의식 전반에 걸쳐 엄청난
변화가 이루어져 왔다. 가히 혁명적이라 말할 수 있는 이 변혁을 요약하

---

1) 나는 박정희 소장이 1961년에 일으킨 군사 쿠데타와 그의 독재 장기 집권을 지지할 마
　음은 추호도 없다. 다만 그가 정권을 잡은 후 이듬해 시작한 경제개발 정책이 우리 사회
　를 밑바닥부터 어떻게 변화시켰는가를 주목했을 뿐이다.

면 다음과 같다. 1) 전 국민의 80퍼센트를 점유하던 농촌 인구의 급격한 붕괴가 시작되었다. 2) 전래의 농업 중심 산업 구조가 공업화로 이행되자 산업 용지, 항만, 댐 공사, 도로 확장 등 국토 운영에 일대 변화가 일어났다. 3) 인구의 도시 집중화가 시작됨으로써 주택, 주거 환경 등 제반 도시 문제가 부각되었다. 4) 대가족 제도의 붕괴에 따른 가족 해체로 핵가족화가 이루어졌다. 5) 도시는 아파트가 새로운 주거 공간이 되고, 촌락은 수천 년 이어 온 초가의 개조로 주거 공간에 일대 변화를 가져왔다. 6) 생활 향상에 따른 농촌의 춘궁기가 사라져 역사 이래로 농민이 주림에서 해결되었고, 각종 가전 제품의 보급화가 급속히 확산되었다. 7) 의무 교육 이수를 넘어서서 고등 교육 진학자가 폭발적으로 늘어나 교육 선진화가 이루어졌다. 8) 농업 인구 퇴조, 노동 인구의 확산으로 임금 투쟁, 근로 조건 개선 등 제반 노동 문제가 대두되었다. 9) 미국 중심의 서양 대중문화와 유행의 보급이 보편화되었다.(라디오와 텔레비전의 보급, 영화 시장, 음반 시장, 청바지 등 젊은이의 생활과 의식이 변화되었다.) 그 외에도 노인층의 퇴조와 함께 생활 전반에 걸쳐 근대적 요소가 급격하게 자취를 감추어 갔다.

1942년 출생인 나는 1960년에 작가가 될 목표로 인문계 대학에 입학했다. 이해 4월에 이승만 독재 정치를 반대하는 '4·19학생혁명'이 일어났다. 학생혁명은 성공했으나 이듬해 5월 군부에 의한 쿠데타로 민간 정부가 무너졌다. 나는 해방 후에 학교 교육을 받은 첫 모국어 세대로서 통념상 '4·19세대'로 불린다. 우리 세대는 스무 살 전후인 1962년부터 시작된 사회적인 변모를 소화해 내며 따라가기가 벅찼다. 이를 문화적으로 수용해서 문학으로 확산시키기에는 시간이 너무 짧았다. 또한 사고의 영역은 여전히 근대에 그대로 머물고 있는 상태였다.[2] 더욱이 우리 세대는 소년기 또는 유년기에 해방과 동족상쟁의 6·25전쟁이란 급격한 사회적 변화를 겪었기에 의식 속에 그 상처의 아픈 기억이 강렬하게 자리 잡고 있었다.

대부분의 작가들이 문학에 입문할 때는 소년기의 기억을 화두로 잡아 글을 쓰듯, '4·19세대'는 1960년대와 1970년대에 걸쳐 문단에 등장한 후, 식민지 잔재, 해방 공간, 전쟁 전후를 창작의 소재로 끌어들여 작품화하였다. 그 시대는 근대와 봉건 시대가 공동체 사회 전반에 상존해 있던 분위기였다. 그런 혼합된 사회의 제반 풍경을 소설화할 때는 서양적 서술 방법으로서의 리얼리즘으로 접근하기가 보편적일 수밖에 없다.(근대를 다루는 데 이상(1910~1937)과 같은 모더니스트 문학가도 있었으나 이는 극히 예외에 속했다.) 나는 문학 수업 기간 동안 프랑스 실존주의 문학과 '의식의 흐름'을 시도한 일련의 서양 소설에 심취되기도 했으나, 한국의 근대적 상황을 소설화하려 했을 때는 리얼리즘으로서의 서술 형태 이외 다른 방법으로는 접근하기 힘들다는 사실을 깨달았다.(남미 문학의 '마술적 리얼리즘'이 소개되기 훨씬 전이었다.) 민족적 자산으로서 전통적인 고유한 문학 형태(판소리, 굿거리, 민담, 설화, 전설 등)를 서양적 서술과 접목하는 방법도 시도할 수 있으나 이는 작가 나름의 개성과 취향 문제일 것이다.

내가 본격적으로 문학에 투신하여 소설을 쓴 기간이 40여 년이다. 그 동안 여러 소설을 발표했으나 내 문학 속에 '근대의 문제'가 드러난 작품 세 편을 골라 말해 보려 한다.

---

2) 당시 국민 대부분이 생업이었던 농업과 전래의 농촌 사회는 여전히 '성숙한 근대'라기보다 봉건 시대와 근대의 중간 지점에 걸쳐 놓여 있었다. 농촌 공동체의 생활 형태, 농업 기술 방법, 의식주 문제, 문화적 수준은 봉건적 형태와 근대가 혼합된 상태였다. 그런 질서 속에서 우리 세대는 전쟁을 겪으며 오늘의 후진국을 보듯 가난하게 성장했다. 일례로 춘궁기에는 끼니를 굶었고, 등교시 고무신조차 신고 다니지 못한 학생도 있었다.

『바람과 강』의 민족 배신자의 문제

이 장편 소설은 1987년에 발표되었다. 식민지 시대 경상도 산촌에서 태어난 무식한 농민 출신인 주인공은 깨친바 있어 큰 뜻을 품고 대한독립군으로 입대하려 1918년에 단신 만주로 들어간다. 그는 지린 성에 있던 대한독립군 양성 기관인 신흥무관학교를 졸업하자 독립군 병졸이 되어 1920년 장백산맥에서 벌어진 독립전쟁인 '청산리전투'에 참전한다. 그러나 불행히도 일본군에 포로가 되어 일본군 헌병대에서 모진 고문을 받으며 독립군부대 위치를 추궁받는다. 그는 일본 헌병대의 악랄한 고문에 못 이겨 무의식 상태에서 독립군부대의 주둔지를 실토하고 만다. 그 결과 그는 일본군으로부터 '조국을 팔아먹은 배신자는 죽일 가치조차 없다'는 저주를 받고 석방된다. 그는 자신이 실토했던 조선족 마을을 찾아갔다가 일본군에 의해 불에 타 버린 마을을 보고, 동포들에 붙잡혀 '죽일 가치도 없는 개만도 못한 동포'로 다시 저주를 받으며 귀가 잘린 채 풀려난다. 민족을 배반한 그는 그 수치를 간직한 채 자신의 신분을 감추려 성적 인간으로 타락해 허송세월을 보내다 죽음을 목전에 두자 비로소 과거의 죄를 진심으로 참회한다.

이 소설에는 나는 1) 과거사 청산 차원에서 일본 제국 식민지 지배하의 민족 배반자(친일파)에 대한 견해, 2) 우리의 전통적인 생사관에 나타난 죽음관과 매장 방법, 3) 전래의 풍수지리 사상과 판소리의 접근 등을 통한 전근대의 민중 생활을 이해하는 데 초점을 맞추었다.

『늘푸른 소나무』의 식민지 체험 문제

이 장편 소설은 1992년에 출간된 9권짜리의 긴 소설이다.(2002년 500여 쪽 3권으로 개정판이 발행되었다.) 소설의 무대는 1910년 일본의 강제 병합부터 10년간이다. 노비 출신의 주인공이 항일 의병자였던 유생 집안 주인으로부터 글을 깨친 후 민족 자력 갱신 실천 운동에 앞장서서 헌신하다 희생당하는 과정을 그린 소설이다. 1) 동양의 문명 국가로 자부했던 조선이 왜 식민지로 전락했는가. 2) 일본은 어떤 통치 방법으로 식민지 경영을 획책했느냐. 3) 피압박 민족으로서의 조선인의 삶은 어떠했는가. 4) 조선의 독립을 위해 선각자들은 어떻게 활동했느냐 등을 소설 속에서 다루었다.

당시 일본은 청일전쟁과 러일전쟁에 승리하여 국력이 서양 열강과 어깨를 겨루었다. 식민지 치하가 된 조선이 일본을 상대로 독립전쟁을 일으킬 능력이 없었고,(조선 말기 일본과의 의병 투쟁은 번번이 좌절되었다.) 해외에 임시 정부를 세우거나 만주나 옌하이저우에서 독립운동에 헌신한 단체 정도가 고작이었다. 1919년 전국적으로 봉기한 무저항 비폭력 형태의 '3·1독립만세운동'과 1920년 조·만 국경 지대에서 벌어진 대한독립군과 일본군과의 7일 간에 걸친 '독립전쟁'이 일정한 성과를 거둔 대표적인 민족 항쟁이었다.

비폭력 무저항으로 일본의 식민지 정책의 모순과 맞서는 소설의 주인공을 나는 그 두 사건의 현장에 투입했다. 주인공은 고향의 만세 시위에 앞장섰다가 피신하여 만주로 들어가 독립군 군졸이 되었으나 일본군과의 전투에서 살상에 참여하기 싫어 전장을 이탈한다. 강제 노역과 수형 생활을 거치며 피식민지인을 학대하는 열악한 제도의 개선을 위한 투쟁에 주인공은 간디즘을 실천하며 무저항으로 맞선다. 마지막은 농촌의 자력 갱신 운동에 투신했다가 젊은 나이에 뜻밖의 비운을 맞아 사망한다.

이 소설에서 나는 약소 민족의 식민지 체험과 전근대적 민중 생활을 그려 보려 했다. 당시 피압박 민중의 고통스러운 체험은 서양 열강의 식민지 체험을 공유한 동남아시아에도 해당될 것이다.

『전갈』에서 그렸던 관동군 731부대의 만행

이 장편 소설은 문학 계간지의 연재를 거쳐 금년 봄에 출간되었다. 한국 근대사의 그늘을 거쳐 오며 사회로부터 철저히 소외되었던 어느 집안의 3대를 그렸다.

1세대는 『바람과 강』에서처럼 경상도 고향에서 3·1만세운동에 참가했다가 만주로 들어가 독립군을 거쳐 옌하이저우로 넘어가 프롤레타리아 노선으로 독립운동을 하다 일본 영사관 헌병대에 체포되어 악명 높은 관동군 731부대[3]에 끌려간다. 함께 검거되어 갔던 동지가 동상(凍傷) 연구용 마루타로 희생되는 것을 보고 자결하려 혀를 깨물었으나 벙어리가 된 채 실패한다. 그는 비루하게나마 살아남기로 결심을 바꾼다. 거구였던 신체 조건과 벙어리란 이유로 그는 731부대 후문 경비 초병으로 선발되어 종전까지 11년 동안 충실히 근무하다 1945년 조국이 해방을 맞자 고향으로 귀환하여 은둔 생활로 생을 마친다.

2세대는 하얼빈에서 태어나 아버지와 함께 귀환한 자식으로, 1962년 정부의 경재 개발 계획에 따라 조그만 포구였던 울산이 거대한 중공업단지로 탈바꿈하자, 그 공단 건설의 막노동자로 취업한다. 산업화 시대를 맞은 기술 없던 일용직 노동자 1세대이다. 그러나 그는 프레스 기계에 한 손이 절단당해 공장에서 해고된 후 빈민으로 추락하여 도시 하층민이 겪는 모든 고난을 체험한다. 팥죽 장수, 굴뚝 청소부, 개 장수를 전전하

---

3) 731부대는 '마루타'로도 불리며, 만주 하얼빈 근교에 있던 일본 관동군 산하 전염병 연구와 화학 무기 제조를 위해 인체를 실습용으로 이용했던 연구소이다. 여기에서 나온 마루타 희생자가 많게는 1만 명에 이른다고 추측되는데, 중국인이 다수였지만 몽골인, 조선인, 러시아인도 섞여 있었다. 연구소를 겸한 이 부대에 한창 인원이 많을 때는 8,000명이 근무했다. 중국 정부는 1995년 일본이 저지른 만행의 역사적 보존 가치를 인정하고 마루타 유적지에 '침화 일본군 731부대 유지(侵華 日本軍 七三一部隊 遺址)'를 기념관으로 만들어 역사적 상처를 전시하고 있다.

던 끝에 성격상으로도 파산 상태를 맞아 사회의 기생충과 같은 존재로 연명하다 과실치사죄로 감옥에 수감된다.

3세대는 폭력적인 아버지 밑에 정상적인 교육을 받지 못하고 성장하여 폭력 전과범이 된 주인공이 교도소에서 출소하는 장면부터 소설이 시작된다.(1세대와 2세대는 주인공의 의식과 가계 자서전 쓰기를 빌려 과거형으로 등장한다.) 그는 폭력 조직 기업체가 운영하는 사업의 이권 다툼에 해결사로 발탁된다. 그러나 착수금을 받자 더 이상 악의 소굴에서 전전할 수 없다는 결심으로 돈을 챙겨 해외로 도주한다.

이 소설에서 내가 추구한 점은 한국의 근대화 과정에서 악역을 맡을 수밖에 없었던 이름 없는 밑바닥 인생들이 겪은 수난을 다루어 보고 싶었기 때문이다. 어쩌면 그들이 현실의 하수구를 뒤지며 그런 악역을 맡아 주었기에 오늘의 우리나라가 존재한다고 보았다.

근대에서 현대로 넘어오며

21세기는 디지털과 정보화로 움직이는 시대이다. 문자 문화가 전자 문화로 자리바꿈했다. 가라타니 고진이 말했듯 '근대 문학이 종언을 고한' 시대가 도래한 것이다. 정치적 이념 문제, 종교적 갈등, 빈곤의 악순환, 빈부의 격차, 전쟁 등 무겁고 어두운 주제의 문학을 독자들은 이제 외면한다. 활자 매체를 통해 주입하는 그런 골치 아픈 무거운 주제는 현란한 다중 채널에 빼앗겨 버렸다. 근대란 주제는 내 생활과 직접적인 관계가 없기 때문이기도 하다. 부드럽고 가볍게 부딪히는 사소하고 미묘한 개인적인 문제에 더 관심이 많다. 달콤한 사랑 이야기, 아기자기한 스릴러물, 맛깔스런 요리 만드는 방법, 섹스의 복수극, 볼거리 여행담, 주식이나 펀드 투자에 대해, 출세하기나 돈 버는 100가지 방법 등, 실용적인 보편적 읽을거리를 찾거나 인터넷을 뒤진다. 내가 현실적으로 실현할 수도 없는 환상성을 가미하면 대리 만족으로 우주를 유영하며 신기한 나라로 초대받을 수 있다. 해리포터의 세계적인 인기가 바로 그렇다. 그 외에도 누구나 작가가 되는 아마추어들의 인터넷 문학이 메일을 통해 수없이 쏟아지는 세상이다.

아날로그 시대에 살아왔고, 아날로그 식으로 글을 써 온 우리 세대의 문학은 과연 종언을 고할 것인가? 나는 그렇지 않다고 본다. 세계 200개에 이르는 국가 중 현대의 첨단 문명을 이용하며 향유하는 배부른 국가는 줄잡아 20개 국 정도뿐이다. 나머지 나라들은 여전히 종교적, 이념적, 정치적 악순환 속에서 근대 이전의 후진국 상태를 면하지 못한 빈곤한 생활난에 처해 있다. 그들에게 현실이 왜 자신의 삶을 힘들게 만드는가를 일깨워 주어야 한다는 뜻에서 문학은 그 사회가 부르는 호출에 호응할 가치가 있는 것이다. 근대를 회고할 필요가 없는 선진국들에 자살자가 더 많다는 측면 또한 유념해야 할 것이다. 삶이 늘 가볍고 유쾌하지만은 않다는 뜻이다.

한편, 고통스러운 인식을 환기시키는 무거운 문학이 종언을 고한다면 이 세상에 종교 자체도 폐기되어야 할 것이다. 종교야말로 나에게 직접적인 물질적 이익 대신, 삶에 심오한 철학을 통해, 왜 사느냐는 문제로 난해한 말을 걸고 있기 때문이다. 철학이나 역사학, 우주 공학, 미래의 환경 문제 따위도 딱딱한 이론 분야이기는 마찬가지이지만, 그런 무거운 학문이 대중의 관심 밖에서 인류의 미래를 이끌어갈 동력을 제시한다. 고전 음악도 그렇다. 유명한 인기 대중가수의 음반이 수천만 장 팔리고 그들의 무대 공연이 젊은이들을 광란의 아비규환 현장으로 만들지만 밀실에서 홀로 고전 음악에 심취하며 명상하는 자가 있고, 수련이 힘든 연주자나 성악가도 끊임없이 양성되고 있다. 대중은 시선을 현혹하는 광란 속에 한갓 소모품으로 흘러갈 뿐이다. 문학도 가볍게 거기에 몸을 싣고 판매고를 올린다. 이를 나쁜 현상으로만 볼 수는 없다. 바쁜 일상에 나름대로의 생존 방법을 찾고 있으며 위안을 주기 때문이다.

　사람은 한평생을 살며 실패하거나 좌절하거나 때로 절망하고 질병에 걸리고 심적으로 심각한 고통을 겪을 때도 있다. 그럴 때 고전(古典)의 독서가 마음을 치료하는 데 도움이 된다는 것은 누구나 인정하는 사실이다. 근대적 삶이 오늘의 디지털 시대에 뿌리가 되었다는 점에서 근대는 종언으로 끝날 수 없다고 본다. 디지털과 PC의 영역이 확대되지만 활자 매체 신문이 건재하듯이, 근대를 다룬 문학 역시 존재 가치가 있다고 본다. 역사에서 우리는 교훈을 얻기 때문이다. 한때 너무 광범위하게 사회적 영향력을 가졌던 문학이 이제 제자리를 찾아 축소된 자기 영역을 지키며 현실을 비판적 측면에서, 아직도 빈곤이나 차별 속에 소외된 삶을 살고 있는 사람들을 위해 사회적 관심을 환기시키고 있다.

나의 늙은 엄마

김인숙

늙은 엄마가 고구마 줄기를 다듬고 있다. 날이 갈수록 줄어드는 키 때문에 식탁 아래, 바닥에 쪼그려 앉은 늙은 엄마의 몸피는 한 줌이다. 늙음을 더 이상 어찌할 수 없게 되었을 때, 거부는 당치도 않거니와 수용은 죽음을 받아들이는 일이라 놀라워 감히 고개 돌릴 수도 없게 되었을 때, 마음보다 먼저 몸이 자기 갈 길을 아는 듯 급격히 줄어들기 시작했다. 한창때는 60킬로그램도 가뿐히 넘겼던 몸이 지금은 간신히 30킬로그램에서 턱걸이를 하고, 예전엔 내 턱까지는 미쳤던 키가 지금은 가슴 아래에서, 그나마 구부정하게 멈춰 있다. 나는 그 늙은 엄마를 난짝 안아 올릴 수 있을 것 같고, 갓난아기처럼 어루만져 줄 수도 있을 것 같다. 늙은 엄마를 보러 가는 날, 나는 엄마를 아기처럼 대한다. 밥은 잘 먹었어? 어이구 기특하네. 오늘은 뭐하고 놀았는데? 아이구, 재밌었겠네. 늙은 엄마의 홀쭉한 뺨에 웃음이 실리고 앞니가 몇 개 남지 않은 입이 벌어진다. 그러나 놀라운 일은 늙은 엄마가 갈수록 예뻐진다는 사실이다.

시골 사돈집에서 가져온 고구마 줄기는 곧바로 다듬을 손이 없어 하루 넘게 냉장고에 있었다. 늙은 엄마를 모시고 사는 아들과 며느리는 맞벌이 부부이다. 아들이 직장에 나가고 며느리가 가게에 나간 후, 늙은 엄마는 텅 빈 집을 지킨다. 키가 장승처럼 커서 어디다 내놓아도 자랑스럽기만 한 손자 둘이 있지만, 하나는 군대에, 하나는 대학 기숙사에 들어가 집에 없다. 아이들이 키 큰 것은 제 아비 내림이라, 온 식구가 집에 있을 때는 집의 어느 곳에나 대들보가 서 있는 듯했다. 늙은 엄마는 화장실에 가다가도 어느 기둥에 툭 부딪쳤고, 냉장고에 물을 꺼내 마시러 가다가도 툭 부딪쳤다. 여기 웬 기둥이 있나 올려다보면, 눈에 넣어도 아프지 않을 것처럼 키웠던 당신의 맏아들, 그리고 또한 그렇게 키웠던 당신의 두 손자가 키 작은 당신을 내려다보고 있었다. 아직 그렇게 많이 늙지는 않았던 시절의 일이다. 지금, 이렇게 완전히 늙어 버린 후에는, 그들이 먼저 늙은 엄마를 피해 다녔다. 늙은 엄마는 깨지기 직전의 유리병 같아서, 몸은 굵고 미세한 균열과 틈새로만 존재했다. 부딪칠 기둥도 없는데 늙은 엄마는 바닥에 혼자 쓰러져 일어나지 못하고, 병원에 실려가고, 서러움은 다락같이 높으나 그 서러움을 다 표현할 기운이 없어 낮은 소리로 아이처럼 "에에, 에에" 홀로 울었다.

그렇더라도 고구마 줄기를 다듬는 손, 뼈만 남아 가죽을 입혀 놓은 듯한 그 손은 놀라울 정도로 매끈한 솜씨로 줄기의 속살을 능숙하게 벗겨 낸다. 넓은 아파트, 홀로 있는 한낮, 누구도 눈여겨보지 않는 늙은 고양이처럼 식탁 아래에 쪼그려 앉아 방심한 듯 줄기를 벗겨 내는 손……. 늙은 엄마의 평생을 기억하는 것은, 그리하여 추억과 그리움이 남아 있는 것은, 이제와서는 그 손의 습관뿐인 듯하다.

늙은 엄마는 내가 태어나기 39년 전, 지금으로부터는 83년 전인 1924년에 태어났다. 열 번도 넘는 임신과 열 번에 가까운 출산을 하였으나 제 다리로 걸을 때까지 살아 성장한 것은 아들 셋과 딸 둘뿐이었다. 열여덟 살에 결혼해 살아서 돌을 넘긴 첫 번째 아들을 볼 때까지 10년 동안 내 늙은 엄마는 유산과 사산을 거듭했다. 퉁퉁 불었으나 먹일 수 없게 된 젖은 마침 어미를 잃은 큰집 조카의 것이 되기도 했는데, 그 큰집 조카는 내 늙은 엄마를 '작은엄마'라 부르지 않고 '엄마'라 부르는 또 하나의 아들이 되었다. 한국전쟁이 났을 때 내 늙은 엄마는 시집 조카이자 아들인 그를 등에 업고 대포 소리를 피해 가며 당장 한 끼 먹을 것을 찾아가며 모진 피난길을 다녔다. 그 아들이 다 장성하여 자기 친아버지 집으로 완전히 몸을 옮겨 갔을 때 내 늙은 엄마는 밥을 짓다 말고 울며 6·25전쟁 때를 떠올렸다. 어떻게 업어 키운 자식인데 횡하니 가 버려 다시는 오지 않았던 것이다. 그래 봤자 같은 서울 하늘 아래, 버스로 몇 정거장 거리에 있는 큰아버지 집이었으나, 그래도 한 번 가 오지 않는 것은 오지 않는 것이었다. 당신의 몸으로 낳지 않았으나 당신의 젖으로 길러 낸 첫 번째 아들인 그는 나중에 쌍둥이 아빠가 되었다. 쌍둥이 유전자는 내 늙은 엄마에게는 티끌만치도 존재하지 않는 것이었다.

늙은 엄마가 남편을 잃고 홀로된 것은 당신의 나이 마흔네살 때의 일이다. 그때 늙은 엄마에게는 데려다 기른 자식을 합쳐 아들 넷이 있었고, 딸이 둘 있었다. 당신 몸으로 낳은 큰아들이 중학교 2학년, 제일 어린 막내가 겨우 다섯 살이었다. 때는 1960년대 말. 늙은 엄마는 여섯이나 되는 자식을 먹여 살리기 위해 논과 밭과 텃밭이 있는 집을 떠나 돈이 있는 도시로 가야만 했다. 그래 봤자 행정 구역상 같은 서울이고, 버스로 몇 정거장 거리에 지나지 않았으나, 그것은 지금에서나 할 수 있는 얘기이다. 개발이란 것이 마치 뗌통 많은 머리통을 베코치는 것처럼 터무니없게, 그러나 일사천리로 이루어지던 1960년대 말과 1970년대 초는 지금과는 달랐다. 당시엔 버스도 없었고, 같은 서울이라도 거긴 사대문 밖이었고, 말하자면 성 밖이었고, 똥창에서 거름이 익어 가던 농촌이었던 것이다. 그러나 이사 간 곳은 거의 사대문 근처, 경복궁을 걸어서도 갈 수 있는 서대문 영천동이었다.

영천동에는 유명한 시장이 있었다. 그러나 늙은 엄마가 시장 사람이 된 것은 아니다. 시장 사람도 아무나 되는 것은 아니었으므로, 되고 싶어도 그리 쉽게 될 수 있는 것은 아니었다. 늙은 엄마는 자기의 재주껏 하숙을 시작했다. 밥을 지어 먹이고 빨래를 해 입히고 쓸고 닦는 일이야 평생토록 해 온 일이었다. 농사를 지으며 자식을 먹일 때는 대충대충이었으나 돈벌이를 위해서는 밥상이라도 한 번 더 닦아야 했다. 그러나 밥상이야 열 번을 더 닦는다 한들 무엇이 어렵겠는가. 시장 한복판 하숙집에는 먹을 것이 늘 풍성해서 장기 하숙생들이 늘었다. 지역 차별 때문에 번번이 고시에 떨어진다고 하소연하는, 이미 나이 사십이 가까운 서울대 법대 졸업생. 전자 회사에 다니는 잘나가는 경상도 청년, 여드름 투성이 책 외판원 노총각, 신문 연재소설에 그림을 그리는 삽화가 아저씨, 아이 하나를 키우고 있는 이혼녀 술집 마담……. 늙은 엄마는 아홉 개의 방 아홉 개의 아궁이에 연탄을 갈고, 아홉 개의 방에 아홉 개의 밥상을 차려 들여갔다 다시 내오고, 문턱이 높은 부엌을 다리를 번쩍번쩍 들어 들락날락하며, 겨울이면 수백 장의 연탄을 들이고 수백 포기의 김장을 담그고, 뻔질나게 그들먹해지는 변소를 부리나케 퍼 가며, 쓸고 닦고, 빨고 말리고 다리고, 다듬고 썰고 다지며, 50살을 넘기고 60살을 넘겼다. 아들들은 차례차례로 고등학교를 졸업하고 군대에 가거나 취직을 하거나 대학에 갔다. 군대에 간 아들들은 펜으로 꼭꼭 눌러 쓴 글씨로 '고생하시는 어머니께'라는 편지를 보내 왔고, 문맹인 늙은 엄마는 행복하고 안타깝고 서러운 표정으로, 딸이 읽어 주는 그 편지를 두 번 세 번씩 들었다. 그러고도 모자라 밤이면 홀로 일어나 앉아, 해독되지 않는 글씨를 손가락으로 더듬어 가며 기억으로 또 한 번 읽었다.

도시 바람이 든 늙은 엄마는 도시 여자들의 유행을 좇아 교육열로 엉덩이가 뜨거워졌다. 막내아들과 막내딸은 그 수혜자로, 그들의 언니 오빠와는 다르게 고등학교를 졸업하자마자 군대에 가거나 개인 회사에 취직을 하는 대신 대학에 갔다. 유행의 수혜자인 그들은 또한 그들의 유행대로 데모를 했고 강집을 당했으며 유치장에 수감되거나 즉결심판을 받았다. 데모를 하는 아들에게는 빗자루를 휘두르고 옷을 쥐어뜯고 있는 대로 욕을 퍼부었던 어머니는, 데모를 하는 딸, 담배를 피우고 외박을 하고 술을 마시는 딸한테는 어쩐 일인지 욕 한마디를 하지 못했다. 시대가 너무 달랐고, 세월이 너무 달랐고, 딸이 당신과는 너무 달랐다. 늙은 엄마는 이미 그때, 그 시절의 가난한 여인들 누구나 그러했던 것처럼, 일찌감치, 너무나 빨리 늙어 있었던 것이다.

일제 강점기에 태어나 한국전쟁을 겪었고, 1960년대와 1070년대의 가난을 거쳐, 그 후에는 그 정신없던 1080년대를 지나, 그러고도 다시 30년을 더 살아, 당신이 태어난 세기와는 또 다른 세기에까지 이른 내 늙은 엄마는 한 번도 제대로 된 교육을 받아 본 적이 없어, 자식들의 이름과 전화번호를 제외하고는 간단한 글씨와 숫자조차 읽지 못한다. 문맹이라는 것이 평생의 수치고 한이었으나, 늙어 축복처럼 백내장이 다가와 이제는 검은 게 글씨인지 흰 게 종이인지도 모를 만큼 시력이 나빠졌으니 누구에게 문맹인 것을 들킬 염려도 없다.

글을 읽지도 못하고 글을 쓰지도 못하는 늙은 엄마는, 게다가 시력조차 나쁜 늙은 엄마는, 대신 '모든 것을 기억한다'라고 말하고 싶으나 사정은 전혀 그러하지가 않다. 오히려 내 늙은 엄마는 아주 많은 것을 '기억하지 않는다'. 예컨대, 늙은 엄마가 아직 젊었을 때 노상 입에 붙이고 살다시피 했던 그 수많은, 적나라하고 직설적이며 그래서 때로는 재기발 랄하기까지 했던 욕설들, 욕하는 엄마가 죽도록 싫었던 내 유년기의 기 억에 생생히 들이박혀 절대로 사라지지 않는 그 욕설들을 내 늙은 엄마 는 전부 잊어버렸다. 그 욕설과 섞여 기가 막히게 조화를 이루던 서울 변방의 사투리와 속담 구어들도 내 늙은 엄마는 전부 잊어버렸다. 내 유 년의 생생한 기억만 믿고 글에다 썼던 어떤 사투리, 출판사의 교정자가 이런 단어는 사전에도 없다 해서 내 늙은 엄마에게 물으면, "내가 언제 그런 말을 썼다니?" 늙은 엄마는 씨도 안 먹히게 시침을 뗀다. 그러고는 어느 날 그런 말을 또 쓰고, 쓰고 나선 또 잊어버린다. 내가 뭘 어쨌다 고? 뭐라고 했다고?

잊어버리는 것은 단어뿐이 아니라 줄거리도 마찬가지다. 엄마 전쟁 때 애기 좀 해 주세요. 그러면 내 늙은 엄마는 아주 시원하게 답한다. 그 오 래된 걸, 다 잊어버렸지. 그러면 아버지 바람피운 애기 좀 해 주세요. 이 제는 너무 늙어 당시의 질투도 분노도 다 잊어버린 늙은 엄마는 수십 년 동안 반복해서 해 왔던 그 이야기들을, 앞뒤도 바꾸고, 상황도 바꾸고, 주인공도 바꿔 말을 한다. 그것도 처음부터 끝까지 쉽사리 가지를 못해, 더듬더듬 엇갈리는 스토리를 누군가가 옆에서 거들어 한 길로 가게 만들 어 줘야만 한다. 아니지, 그땐 그 작부가 있던 술집 유리창을 깼다며. 아 버지 바람피우던 그 작부 술집. 그렇게 거들면, 어머니는 하하 웃고, 그 랬나? 내가 그랬었어? 외려 묻는 것이다. 그러나 그것도 벌써 10년 전쯤 의 얘기다. 어머니는 이제, 그 정도도 기억하지 않고, 기억이 되살아나도 웃지 않는다. 재미가 없는 것이다. 생의 모든 기억들이. 생을 기억하는 지금의 당신이. 그리하여 내 늙은 엄마는, 마침내 묻는 게 많은 막내딸을 성가시다는 듯 쳐다본다. 넌 뭐가 그렇게 궁금하니. 너도 이제 늙어 가고 있는데.

내 문학에 있어서의 근대, 그것이 혹시 생생한 풍경일 수 있다면 그 풍경 속에는 항상 내 늙은 엄마가 있다. 나를 서른아홉에 낳는 바람에, 기억하는 한 내 어머니는 항상 늙은 엄마였다. 그 늙은 엄마는 내가 태어나기 전에도 이미 늙은 엄마였을 것만 같다. 그 늙은 엄마는 일제 강점기와 한국전쟁과 전쟁 후의 참혹한 가난과 폭력적인 개발기, 정치적 불안기 그 굴곡 많은 역사를 살아오면서도 단 한 번도 엄살을 부리지 않았을 것만 같다. 생의 매 순간이 엄살투성이고 조금만 다쳐도 비명이고 조금만 아파도 깊고 깊은 상처를 주장했던 나와는 달리. 태어날 때부터 이미 늙은 엄마였을 것 같은 나의 어머니는, 단 한 번도 요란을 떨지 않고 생의 전부를 살았을 것만 같다.

내 상상은, 어쩌면 맞을 것이다. 훌륭한 드라마 속에서 주인공은 요란을 떨지 않는 법이다. 고단했던 삶, 앞도 뒤도 옆도 살펴보지 못하고, 당장 다음 먹을 끼니만 따지며 살았던 삶……. 그 삶에 무슨 수식어가 필요하고 무슨 낭만적인 추억이 필요하랴. 늙은 엄마의 삶은 날것으로, 그리하여 깊다. 깊은 것은 가벼운 소리를 내지 않는다.

남보다 덜 기억하고, 남보다 말솜씨가 덜 좋은 내 늙은 엄마 탓에 늙은 엄마의 삶은 흔히 거대한 단락으로만 뭉뚱그려진다. 내 늙은 엄마는 내가 기억하지 못하는 유년의 집터 담장에 무슨 덩굴이 올랐는지, 텃밭에는 무엇을 가꾸었는지, 그것을 가꾸기 위해 어느 절기 어느 때에는 무슨 일을 하다가 무슨 일을 당했는지, 전혀 기억하지 않는다. 전쟁 때의 기억은 유일하게 '쿵 쿵' 하는 먼 대포 소리로만 기억된다. 남편이 죽었을 때는, 그가 지르던 비명 소리만이 기억에 남아 있다. 소멸되지는 않았으나, 혼자만의 창고에 저장된 기억……. 문제는, 이제 내 늙은 엄마조차도 그 창고의 열쇠를 잃어버렸다는 사실이다. 그리고 나는 그 닫힌 문을 어루만진다.

문 저편, 거기에 내가 다리를 건너 온 시대가 있다. 그것은 한 개인의 기억, 너무나 보잘것없었으나 누구도 보잘것없다고 비난할 수 없는 한 늙은 여인의 생이 담긴 기억이거니와, 그 여인의 온 생을 밟고 건너간 시대의 기억이기도 하다. 늙은 엄마는 나의 뿌리이고, 내 시대의 뿌리이다. 나는 지금 무엇을 쓰고 있는가? 무엇을 쓰고 있든, 그것이 내 뿌리의 흔들림이라는 사실은 분명하다. 뿌리는 땅속에서부터 흔들려, 비와 햇살을 향해 빰을 내밀고 있는 연한 잎들을 고통과 설렘으로 달군다. 이것이 결국, 나의 글쓰기이다.

'시간의 종말'일까, '시간들'일까?

김진경

순환적 시간과 초월적 시간

인간에게 죽음은 영원히 극복될 수 없는 벽이자 두려움이다. 그렇기 때문에 어느 문화든 나름대로 죽음의 두려움을 완화하는 양식들을 가지고 있기 마련이다.

아시아의 전통적 사상들은 대체로 인간의 질서도 자연의 질서에 속해 있다고 본다. 자연이 봄 여름 가을 겨울 다시 봄으로 순환하듯이 인간의 삶도 그렇게 순환한다는 것이다. 불교의 윤회론이나 주역이나 모두 이 순환적 시간관에 입각해 있다. 이 순환적 시간관도 죽음의 두려움을 완화하는 하나의 양식이라 할 수 있다. 태어나서 성장하다가 늙어 죽고 다시 태어나기를 끊임없이 반복하는 것이라면 죽음이란 사건은 별게 아닌 게 된다. 순환적 시간관은 시간의 의미를 느슨하게 만들고 끝내는 무화시킴으로써 죽음으로부터 우리를 구원하려 한다.

적어도 우리 전 세대까지의 아시아인들은 사적으로는 이 순환적 시간관에 입각해 삶을 영위하였다. 전통적 인도인들은 50이 넘으면 출가하여 도를 닦으며 죽음을 준비했다고 하는데 전생과 다가올 생을 생각하는 일일 것이다. 한국의 '나이 사십은 귀신이 보이는 나이'라는 시 구절이나 노인네들이 수의를 미리 만들어 놓고 좋아하는 것도 비슷한 뜻일 것이다.

우리 세대 역시 전 세대처럼 그러한 삶의 양식을 추구하지는 않지만 무의식적으로 순환적 시간관에 익숙하다. 동남아시아나 몽골을 여행할 때 느끼는 묘한 편안함과 안도감은 이와 무관하지 않을 것이다. 한국에서는 많이 사라져 버린 순환적 시간관에 입각한 삶의 양식들이 많이 남아 있기 때문에 편안함과 묘한 안도감을 느끼는 건 아닐까?

서양의 기독교적 시간관은 아시아의 순환적 시간관과는 대조적이다. 기독교에서 시간은 인간의 원죄 때문에 발생한다. 기독교에서 말하는 원죄란 인간이 불완전한 질료인 육체를 가지고 태어나는 것을 말한다. 인간이 완전한 질료인 영혼만 가지고 태어났다면 신으로부터 거리가 없고, 따라서 원죄도 없다. 그런데 불행히도 불완전한 질료인 육체를 가지고 태어났기 때문에 신으로부터 거리가 있고, 이것이 원죄라는 것이다. 기독교에서 시간은 이 불완전한 질료이자 원죄의 원천인 육체가 사라져 가는 기간을 뜻한다. 죽음의 순간에 불완전한 질료인 육체는 사라지고 인간은 완전한 질료인 영혼만 남아 신에게로 초월해 가는 것이다. 기독교의 시간관은 이와 같이 종말론적이고 초월적이다. 순환적 시간관이 시간의 의미를 느슨하게 하고 무화시키려 한다면 기독교적 시간관은 시간의 의미를 극대화하고 마침내 그것을 초극하려 한다고나 할까?

이 종말론적이고 초월적인 기독교적 시간관은 유토피아 지향을 가장 큰 특색으로 하는 서양적 근대의 바탕을 이루고 있다. 기독교의 시간관과 근대의 시간관이 다른 점이 있다면 신의 유무일 것이다. 근대의 시간은 신이 제거되어 있기 때문에 기계적이다. 역사는 필연적으로 공산주의 유토피아에 도달할 수밖에 없다는 마르크스의 명제에서 우리는 역설적으로 종말론적이고 초월적인 기독교적 시간관의 흔적을 발견한다. 이것은 자본주의의 경우도 마찬가지다. 동유럽 사회주의권이 붕괴되는 것을 보며 미국의 대표적 우파 이론가인 후쿠야마는 "역사는 끝났다."고 선언하였다. 드디어 자본주의 유토피아에 도달했으니 역사적 과정은 이제 종말에 이른 것이라는 말이다. 물론 동유럽 사회주의권의 붕괴 이후의 지구촌을 유토피아라고 믿는 사람은 후쿠야마를 비롯한 극소수에 불과할 것이다.

우리 세대는 공적으로는 기독교의 시간관을 바탕에 깔고 있는 근대의 시간을 살았다. 어린 시절에는 미국이라는 자본주의 유토피아를 하루 빨리 따라잡기 위해 미국에서 수입해 온 단편적 지식들을 잠을 쫓아 가며 암기해야 했고, 대학에서는 미국식 민주주의를 기준으로 해서 군부 독재를 비판하기도 했으며, 1980년 군부에 의한 민중 학살을 보고는 마르크스주의 유토피아를 대안으로 생각하기도 하였다. 그리고 지금은 숨 쉴 틈 없이 밀려와 우리에게 익숙한 시간들을 한꺼번에 폐기시켜 버리는 세계화의 도도한 물결 속에 서 있다.

우리가 공적으로 살 수밖에 없었던 근대의 시간은 식민지, 분단, 군부 독재로 얼룩진 한국의 역사만큼이나 개인에게도 불편하고 폭력적이었다. 근대의 시간은 모든 사람들에게 유토피아를 향한 하나의 시간을 강요하기 때문이다. 이 강요되는 하나의 시간에 의해 사람들이 실제로 살고 있는 다양한 시간들은 하루 빨리 벗어나야 할 낙후된 시간으로 취급된다. 방식이 다를 뿐 불편하고 폭력적이기는 세계화 역시 못지않다. 게다가 이 다른 방식들이 우리를 무척 혼란스럽게 한다.

혼란스러울수록 근본적인 질문을 던져 보는 것도 한 가지 방법이다. 사적으로 무의식적으로 익숙한 순환적 시간에 입각해서 공적으로 살아

내야 했던 종말론적, 초월적 시간에 질문을 던져 본다고나 할까?

나는 오랜 세월 시를 썼고, 동화는 세계화의 도도한 물결이 우리를 휩쓸고 있던 2000년 전후에야 쓰기 시작했다. 『고양이 학교』도 2000년 무렵부터 쓰기 시작한 작품이다. 그렇기 때문에 『고양이 학교』에는 위와 같은 최근의 문제의식이 담겨 있다. 순환적 시간에 입각해서 근대의 시간에 대해 질문을 던지고 있다고나 할까?

영화 「늑대 인간」은 서양의 기독교적, 근대적 사고를 전형적으로 담고 있는 대중 오락물이다. 영화에서 주인공은 우연히 늑대에게 물려 달이 뜰 때 늑대로 변하는 이상한 병에 걸린다. 이 영화에서 인간이 늑대로 변하는 것은 가장 심각한 저주이다. 주인공은 이 저주에서 벗어나려 애를 쓰지만 악몽처럼 벗어나지 못하고 끝내 타인에 의한 죽음을 맞이한다. 이 영화에서 늑대는 정신에 대비되는 육체성, 인간에 대비되는 자연, 문명에 대비되는 야만을 상징한다. 근대적 사고에서 육체성, 자연, 야만은 신 혹은 유토피아로 나아가기 위해 극복되고 부정되어야 할 존재이다.

동북아시아 신화는 「늑대 인간」으로 상징되는 근대적 사고와 대척점에 있다. 동북아시아 신화에서 인간이 토템 동물이 된다는 것은 영웅이 되는 것을 의미하며 따라서 저주가 아니라 최대의 영광이다. 인간의 질서와 자연의 질서를 연속적으로 바라보는 순환적 시간관이 잘 살아 있다.

『고양이 학교』는 동북아시아 신화에 입각해 있다. 『고양이 학교』의 고양이들은 인간과 대등하고 인간과 상호 교환이 가능한 존재들이다. 이 고양이들은 끊어진 태양의 길, 빛을 잃은 영혼의 산을 찾아 모험을 벌이는데 이 모험은 근대라는 시간의 폐허를 향해 던지는 질문에 다름 아니다.

'시간의 종말'일까 '시간들'일까?

미국의 도로는 대륙을 가로지르며 바둑판 모양으로 반듯반듯하게 나 있다. 어느 문화인류학자의 말에 따르면 미국이 인디언의 대륙을 가로채 개척할 때 지도에 자를 대고 반듯반듯하게 줄을 그어 땅을 나누었고 그 그어진 금대로 길을 내서 그렇다고 한다. 미국은 인간과 자연, 인간과 인간이 오랜 세월 관계 맺으며 형성한 역사가 없는 나라이다. 그래서 인간의 추상적 관념이 바둑판 모양 도로처럼 일방적으로 현실화할 수 있는 나라이다. 그래선지 어떤 이론이든 미국에 들어가면 복잡한 역사성들이 제거되고 추상화되고 고도로 기능화된다. 프로이트 정신분석학에 비해 융의 심리학이 그렇고, 러시아 형식주의 문학 이론에 비해 미국 신비평이 그러하며, 톨킨의 판타지에 비해 르 귄의 판타지가 그렇다.

유럽은 미국과 대조적이다. 길이든 지하철이든 반듯하게는커녕 제대로 내기조차 어렵다. 문화재를 피해 가야 하기 때문이다. 삶의 양식도 그렇다. 미국하고 별반 다르지 않게 변해 버린 한국에 살다가 유럽에 가 보면 유럽이 고요하고 정적인 동양 같고, 한국이 서양 같다. 유럽은 완강한 역사성이 느껴진다.

아마도 전통적 근대와 세계화를 구분한다면 유럽과 미국의 차이로 이야기해 볼 수도 있을 것이다. 전통적 근대가 각 국가에 얽힌 복잡한 역사성이 개입해 오는 특징을 지니고 있었다면, 세계화는 역사성이 제거된 추상화되고 고도로 기능화된 미국식 자본주의의 세계적 전면화이다. 그렇기 때문에 후쿠야마의 "역사는 끝났다."라는 선언에 대해 우리는 다음과 같이 물어야 할 것이다.

"도대체 거기에 끝날 만한 역사가 있기는 했는가?"

"역사가 끝난 게 아니라 거추장스럽게 복잡한 역사성이 개입해 들어오는 유럽식 자본주의 시대가 끝난 게 아닌가?"

"자본주의 유토피아가 도래한 게 아니라 미국식 자본주의의 세계적 전면화가 도래한 게 아닌가?"

어쨌든 세계화의 영향은 특히 문화 영역에 대해서 긍정적이지 못한 것 같다. 최근 젊은 신인들의 작품들에는 이런 거라면 굳이 한국어로 쓸 이유가 있을까 싶은 작품들이 심심지 않게 보인다. 뿐만 아니라 전 시대의 문학 작품을 읽으며 문학 수업을 한 게 아니라 사이버 세계에 유통되는 문학이나 만화, 애니메이션, 영화 등의 다른 장르를 통해 문학 수업을 한 흔적이 많이 보인다. 이것은 전통적 모더니즘에 고유한 귀족적 현실 비판과도 거리가 멀다. 거기엔 정말 역사와 시간이 끝나 있다. 유토피아에 도달했다는 의미에서가 아니라 고도로 추상화되고 기능화된 미국식 자본주의 문화에 함몰되었다는 의미에서 그렇다.

이러한 경향이 하나의 흐름을 형성하면서 최근 한류와 관련하여 논쟁이 벌어지기도 하였다. 한류가 아시아에 국한되는 현상을 극복하고 미국 등의 서양으로 나가기 위해 한국적인 것을 철저하게 버려야 한다는 입장과 한국적인 것을 좀더 잘 살려야 한다는 입장 간의 논쟁이 그것이다. 전자의 입장에서는 문학예술 작품에서는 후쿠야마의 선언처럼 역사와 시간은 종말을 고해 의미를 잃는다. 고도로 추상화되고 기능화된 미국식 자본주의를 향한 '시간의 종말', 이것이 우리 문학과 문화의 나갈 길일까? 현실은 이에 대해 부정적 대답을 준다.

1980년에 미국으로 이민 간 한 여성과 긴 대화를 나눈 적이 있다. 그 여성의 경우는 삶의 시간이 1980년 한국의 시간에 그대로 멈추어 있었다. 가치관, 인간관계 등이 1980년 한국의 시간에 멈추어 미국 현지의 시간과도 어긋나고, 한국의 현재 시간과도 어긋난다. 이로 인해 그 여성은 이중의 희생을 감수하며 살아야 했다. 이것은 정도의 차이가 있을 뿐이지 대부분의 이민자에게 보편적 경험이다. 그리고 점점 더 많이 들어

오고 있고 앞으로 더 그러할 한국의 아시아권 노동자들 역시 비슷한 상황에 놓여 있다.

이 세계에는 많은 시간들이 존재하고 있고, 사람들은 그 다양한 시간들을 살아간다. 아시아권을 여행할 때의 인상적 경험은 이 다양한 삶의 시간을 만나는 것이다. 어느 곳에서는 1950, 1960년대의 우리 얼굴을, 어느 곳에서는 1970년대나 1980년대의, 그리고 어느 곳에서는 까마득한 옛날부터 순환하고 있는 시원의 시간을 만나기도 한다. 시간들은 순환하는 자연의 시간과 시간이 종말을 고한 미국식 자본주의 디스토피아 사이에 다양한 위상을 그리며 펼쳐져 있다.

지금 한국 문학의 한 극점에는 역사와 시간이 끝나 버린, 그래서 모국어나 문학적 전통이 무의미해진 작품들이 존재한다. 그것은 원본과 복사물이 구분되지 않는 그 구분 자체가 무의미한 매트릭스의 세계, 시뮬라크르의 세계이다. 시뮬라크르의 세계에서 국적을 묻는 것은 원본이 뭐냐를 묻는 것과 같아서 무의미하고 불필요한 일이다. 이러한 입장에 있는 작가들에게는 한국 문학이라는 말 자체가 성립이 되지 않기 때문에 그것이 한국 문학의 바람직한 길이니 아니니 하는 논란 자체가 있을 수 없다. "한국적인 것을 살려야 한다."는 주장도 그것이 기왕의 폐쇄적 민족주의에서 나오는 것이라면 한 동전의 다른 측면에 불과할 것이다.

미국식 자본주의라는 매트릭스 세계는 결코 전 세계화될 수 없다. 지구상의 전 인구가 미국식 소비 문화를 향유하기 위해서는 지구가 한 스무 개쯤 필요할 터이니 그것은 애초에 불가능한 일이다. 자본주의는 늘 원시적 축적을 추구한다. 유럽 상업자본주의는 신대륙의 발견을 통해 원시적 축적을 했고, 산업 자본 시대의 식민지 경영, 냉전 시대의 전쟁과 군비 경쟁들이 그랬다. 그러면 세계화 시대의 자본주의는 어떤 방식의 원시적 축적을 추구하고 있을까?

아시아의 나라들을 여행하다가 우리로 하면 1950년대, 1960년대, 1970년대 식 거리에 맥도날드의 화려한 간판이 불을 켜고 있는 걸 보면 좀 기괴한 느낌이 든다. 미국식 자본주의라는 외계로부터 원시적 축적을 위해 날아와 앉은 타임머신 같다고나 할까? 세계화 시대 자본주의의 원시적 축적 방식은 구체적으로는 환율의 차이, 저임금 등으로 나타나는 시간의 낙차를 빨아들이는 것이다. 이러한 원시적 축적 방식은 세계적 차원에서든 한국가의 차원에서든 급속히 양극화를 진행시킬 것이다.

그러나 양극화란 말도 어쩌면 미국식 자본주의의 입장에서 나오는 말이다. 그 반대쪽의 입장에서 보면 미국식 자본주의의 매트릭스라는 디스토피아와 끝내 거기에 흡수될 수 없는 다양한 시간들이 있을 뿐이다. 이 다양한 시간들의 의미를 찾아 나가는 것이 한국 문학의 다른 극점이 아닐까? 그러기 위해서 한국 문학은 아시아를 통해 다시 태어나야 할 것이다. 이 말은 한국 문학에만 해당하는 것이 아니라 중국 문학, 일본 문학, 또 다른 아시아권의 문학에 대해서도 똑같이 적용되어야 할 말이다.

『고양이 학교』의 고양이들이 찾아다니는 영혼의 산은 하나가 아니다. 고양이들이 찾아다니는 건 영혼의 산들, 아니 그 영혼의 산들이 모두 빛을 되찾을 수 있는 공존의 틀이다. 영혼의 산들은 달리 말하면 다양한 시간들이다. 물론 그 모험의 명확한 답은 없다. 세계화의 도도한 물결 속에서 다양한 시간들에 의미를 부여하고 그 모두가 존중되는 공존의 틀을 찾는다는 것은 당연히 쉬운 일이 아니기 때문이다. 그러나 우리가 가 볼 만한 가치가 있는 하나의 길임에는 틀림없다.

일상이 된 근대와 함께 살며

신경숙

1

  중국 작가 루쉰(魯迅)은 젊은 시절 일본 유학생이었다. 중국의 근대를 대표하는 작가로 민족주의자와 사회주의자들 모두에게서 존경받았던 그가 일본 유학생이었다는 것은 지금 와서 보면 묘한 아이러니가 아닐 수 없다. 일본이 러일전쟁에서 승리했을 때 아시아인들은 침략 국가로서 일본을 비판하기보다는 아시아가 최초로 유럽을 꺾었다는 승리감을 먼저 공유했을 수도 있었겠다는 생각은 든다. 물론 루쉰은 훗날 일본이 중국을 침공했을 때 이를 강력하게 비판하지만 러일전쟁 전후로 아시아 여러 나라에 일본을 배우자, 라는 열풍이 불던 당시 루쉰이 일본으로 건너가 선진 학문이었던 서양 의학을 배우고자 한 것은 자연스러운 선택이기도 했을 것이다. 일본에 간 어느 날 루쉰을 포함한 제자들을 향해 일본인 선생이 참배할 곳이 있다며 모두를 뒤따르게 했다. 그가 학생들을 데리고 간 곳은 오차노미즈에 있는 공자 사당이었다고 한다. 일본인 선생은 유학생인 루쉰을 포함한 제자들에게 일렬로 서서 공자상을 향해 공손히 머리를 숙이게 했다. 공자로 상징되는 전근대적인 것에 정나미가 떨어져 일본에 유학 온 루쉰에게 그때의 참배는 상당한 충격이었던 모양이다. 근대 문물을 배우기 위해 중국을 떠나온 루쉰이 뜻밖에도 먼 타향에서 자신이 버리고 온 옛것과 조우했을 때 마음이 어떠했을까.

2

　내가 살았던 최초의 집의 형태는 초가지붕이다. 겨울이면 고드름이 초가지붕을 빙 둘러싸고 매달렸던 기억이 난다. 원래 그 초가는 본가에 딸린 아래채였다고 한다. 초가집 위에 기와집이 있었다고 한다. 그 기와집에서 종손이었던 조부가 살았다고 한다. 나는 그 초가집 위에 있었다는 기와집도 조부의 얼굴도 본 적이 없다. 일제 식민지와 해방과 6·25전쟁을 겪는 사이 그 기와집과 함께 했던 한 집안의 영화가 무너진 후 나와 내 형제들이 태어난 집은 초가였다. 1970년대 군사 정권 시절 새마을 운동의 일환으로 초가집을 없애고 슬레이트집들을 짓는 운동이 벌어졌다. 아버지는 그 마을에서 처음으로 초가집을 부수고 슬레이트집을 지었다. 그 후로도 아버지는 또 마을에서 처음으로 그 슬레이트집을 없애고 현대식 양옥집을 지었다. 서향집이라 오후에는 햇볕이 너무 정면으로 들어와 어머니는 새 집을 지을 때마다 남향으로 바꾸길 원했으나 아버지는 초가집이 원래 위치했던 그 방향 그대로 그 자리에 새집을 지었다. 새집에 대한 아버지의 욕구는 어린 시절 마을에서 가장 큰 집이라고 여겨졌던 기와집살이의 기억에서 비롯된 게 아닌가 싶다.

　어쨌거나 나는 초가에서 태어난 덕분으로 초가집살이를 기억 속에 지니고 있다. 봄에 제비들이 처마 밑에 집을 짓고 새끼를 낳아 키우는 모습을 늘상 보며 자랐다. 여름 장마 때면 처마를 타고 흘러내리던 빗줄기나, 가을이면 이엉을 엮어 새 지붕을 올리던 모습들, 아궁이에 불을 지펴 밥을 짓던 것이나 우물에서 물을 길어 나르던 여자들의 모습이 내 기억의 밑바닥에 각인되어 있다. 마을 사내아이들이 짚으로 엮은 지붕 밑에 들어 있는 새 알들을 끄집어내던 모습들도. 내게 최초의 근대 체험이란 내 기억 속의 최초의 집이었던 초가지붕이 무너지고 그 자리에 슬레이트 지붕이 들어서면서 보게 된 풍경들이 아닌가 싶다.

내가 태어난 마을과 들판 사이엔 철길이 놓여 있었다. 그 철길로 서울에서 목포나 여수로 가는 하행선 열차가 질주했다. 목포나 여수를 출발해 서울로 향하는 상행선 열차가 하루에도 몇 번씩 질주했다. 마을 어디에 있어도 기차가 지나갈 때면 철거덕 철거덕 기차 소리가 들렸다. 아버지가 기찻길 옆에서 상점을 하신 적이 있는데 그 상점에 있을 때 기차가 지나가면 조그만 그 집이 무너질 듯했다. 그렇게 위협적이면서도 마을 사람들에게 기차는 시계 역할을 하기도 했다. 어떤 기차가 지나가면 10시라 했다. 어떤 기차가 지나가면 3시쯤 되었다고 했다. 해 저물 때 지나가는 기차를 보고는 저녁 먹을 때라고 했다. 정오에 읍내 쪽에서 들려오는 사이렌 소리나 라디오에서 알리는 시보로 시간을 알게 되곤 했던 마을 사람들에게 일정한 시간에 마치 약속이나 된 것처럼 기적 소리를 울리며 달리는 기차 소리로 시간을 가늠했던 것은 당연한 일이었을 것이다. 어린 나는 질주하는 기차를 보면 그 기차가 사라질 때까지 선 채로 손을 흔들곤 했다. 그러면 기차 안의 사람들도 손을 내밀어 나를 향해 손을 흔들기도 했다. 가을날 들판에서 일하는 어른들 속에 섞여 놀다가도 기차가 지나가면 얼른 철길과 가까운 둑길로 올라가 손을 흔들었다. 그렇게 손을 흔들었던 속내는 언젠가는 나도 저 기차를 타고 이 마을을 떠나 멀리 가야지, 해서였을 것이다.

그 기차를 타고 마을을 떠나기 전에 나는 그 기차에 치여 죽는 술꾼이나 어린아이, 죽으려고 철길을 베고 잠든 사람들을 먼저 보게 되었다. 기관사가 철길에서 물체를 발견해 기차를 멈추게 해도 그건 이미 늦은 일이다. 빠른 속도로 달려오던 기차가 멈춘 지점은 이미 그 물체를 한참 지나 있기 마련이었다. 누군가가 기차에 치여 죽었다는데 그 형체를 찾을 길이 없을 때도 있었다. 벌판으로 허공으로 산산조각이 나 흩어진 시체의 흔적을 찾아 헤매 다니는 가족들도 있었다. 한번은 철길 건너 논에 가려는 중에 내 뒤를 따라오던 개가 내 눈앞에서 치여 죽기도 했다. 지독한 피비린내만 남겼을 뿐 개의 형체조차 찾을 길이 없었다. 다른 삶이 있는 곳으로 데려다 줄 것으로 여겼던 선망의 대상이었던 기차는 그렇게 죽음을 느끼게 하는 위협적인 것이기도 했다. 질주해 가던 기차가 멈춘다는 것은 곧 누군가 죽었다는 것을 의미했다. 그 죽음은 보상이 없었을 뿐 아니라 오히려 벌금을 내야 했다. 기차에 치여 죽는 사람들이 남긴 지독한 냄새와 온전하지 못한 몸의 형태는 내게 자연사가 아닌 죽음의 공포 같은 걸 심어 주었다. 당연히 기차를 바라보는 내 표정도 조금씩 달라졌다. 나를 다른 세상으로 데려다 줄 것이라는 믿음엔 변함이 없었으나 죽음을 느낀 후론 기차를 향해 힘차게 손을 흔드는 일은 하지 않게 되었다. 손을 흔들던 내 마음에 갑자기 죽음 앞에 서게 되는 인간의 모습이 도사리기 시작했던 것이다.

그 무렵에 초콜릿을 처음 맛보았다.

학교 뒷담에 한 사람 정도 들락거리게 되어 있는 구멍이 나 있었는데 거기로 나가면 아주 작은 가게가 있었다. 어느 날 공부가 하기 싫어 수업을 빼먹고 군것질을 할 생각으로 그 구멍으로 학교를 빠져나가 가게에 갔다. 처음 보는 과자가 칸칸으로 나뉘어 진열되어 있었다. 한 조각이 다른 과자 한 봉지 값이었다. 망설이다가 한 조각을 사서 입에 넣어 봤다.

그 자리에서 그대로 내 몸이 굳는 줄 알았다. 맛있다고 단순하게 표현할 수가 없었다. 세상에 이런 맛이 있다니……. 매끄럽게 아무 거리낌 없이 혀에 사악 녹아드는 초콜릿이 남긴 그 사악한 달콤함은 그때껏 단 한 번도 느껴 보지 못했던 놀라운 맛이었다. 불행히도 내게 초콜릿 맛은 수업을 빼먹고 개구멍으로 빠져나온 후에 맛보게 된 탓인지 죄스러움을 동반한 맛이었다. 어떤 연유인지는 모르겠으나 그 이후로 내가 그 소읍을 떠나기 전까지 나는 초콜릿을 다시 먹어 보지 못했다. 막연히 언젠가 도시로 나가면 그때 초콜릿을 다시 먹을 수 있겠지, 생각했다. 그런데 내가 도시로 나와 죄스러움 없이 사먹은 초콜릿은 더 이상 처음 보는 것도 귀한 것도 아니었고 그 옛날 혀에 대는 순간 나를 어딘가로 빨아들이듯 얼어붙게 했던 그 맛도 아니었다.

그 마을에 전기는 내가 초등학교 6학년이었을 때 들어왔다. 그때껏 우리 집은 아궁이에 불을 지펴 밥을 해먹었다. 해가 지고 밤이 되면 집집마다 호롱불이나 남폿불을 켰다. 희미한 어둠 속에서 저녁을 먹고 호롱에서 새어 나오는 검은 그을음에 코가 그을리며 숙제를 하고 놀았다. 낮에는 온갖 놀이가 있었으나 밤놀이는 형제 중 누군가 두 손을 깍지 껴 손가락으로 벽을 향해 만들어 내는 동물 형상의 그림자들을 보고 감탄하거나 그러잖아도 어두운데 누군가의 얼굴에 이불을 뒤집어씌우고 그가 발버둥치는 걸 보며 재밌어 하는 것 정도였다. 그것도 9시 정도까지만 가능했다. 그 시간이 지나면 어머니는 기름 닳는다고 공부하는 오빠 방의 등 하나만 켜 두고는 나머진 꺼 버렸다. 사방이 캄캄했다. 그래서 일찍 자고 일찍 일어났던 것 같다. 어쩌다가 한밤중에 소변이라도 보려면 그 어둠 속을 뚫고 마루로 나가 마당을 지나 변소에 가야 하는 것이 두려워서 꾹 참거나 겨우 마당까지만 나가 밤하늘의 별이나 달을 보며 빨리 누고는 뛰어 들어왔던 기억들이 있다. 그때는 사람이 아니라 마루 밑의 개가 내 옆에 와서 낑낑거리곤 했던 기억들.

　어느 여름밤 전등불 밑에 처음 서게 됐을 때의 충격은 놀라움과 당혹스러움을 동반했다. 마을에 전기가 집집마다 쓰이기도 전에 아버지는 전신주에서 선을 끌어와 마당 가운데의 빨랫줄에 잇고서 거기에 전등 하나를 달아 놓았다. 생각해 보면 그 작은 마을 안에서의 일이긴 했지만 아버지는 뭐든 새로운 것을 좋아하셨던 것 같다. 덕분에 그 마을에 새로 생기는 것은 맨 처음 우리집에서부터 시작되곤 했다. 모두들 마루에 앉거나 마당에 서서 빨랫줄에 매달린 그 전등에 불이 들어오는 순간을 일제히 지켜보았다. 불 들어온다! 불 들어온다! 소리를 치면서 아버지가 스위치를 켜던 그 긴장되던 순간이 아직도 생생하다. 한순간 온 집안을 대낮처럼 밝게 비춰 버리던 그 환한 빛에 아버지마저 놀라셨던 것 같다. 전등에 불이 들어오자마자 몇 걸음 뒤로 물러나셨으니까. 나는 두 손바닥으로 누가 볼세라 얼굴을 얼른 가렸다. 밤이 되면 자연스러운 어둠에 익숙해져 있던 내게 그 센 빛은 두려움으로 다가왔다. 마루와 부엌과 큰방과 작은방에 남포등을 하나씩 다 켜 둬도 어두웠던 집이 고작 마당 빨랫줄에 매달린 전등 하나로 대낮처럼 밝아졌다. 전기가 들어오기 전의 그을음으로 더럽혀진 남포등의 유리 갓을 닦는 일은 내 일이었다. 나는 남포등 갓 닦는 일을 좋아하지 않았다. 유리갓의 구조가 미묘해서 손을 넣어 닦아도 잘 닦이지도 않으면서 힘만 무척 들었다. 그걸 닦지 않아도 된다는 홀가분한 마음도 있었지만 오빠가 빌려온 책들을 먼저 읽기 위해 집 구석진 곳으로 숨어 다니던 나로서는 저 빛 아래서는 더 이상 숨을 곳이 없겠구나 싶은 발가벗겨지는 기분도 동시에 들었다. 전기가 들어오고 난 후에도 우리 집을 비롯해 마을 사람들은 한동안 집 방방에 전등을 다는 것이 아니라 마루에 한 개만 켜고 살았다. 전기세라는 것에 겁을 먹은 탓도 있었겠지만 그렇게 한 개만 켜 놓아도 호롱이나 남포를 켤 때

보다 집안 어디나 훨씬 더 밝았으니 당연한 것이었겠다.

전기가 들어온 다음 해던가. 마루 밑의 개가 새끼를 많이 낳았다. 장날에 어린 강아지들을 내다 팔고 그 돈으로 어머니께서 벽시계와 형광등을 사왔다. 벽시계는 방문을 열면 바로 보이도록 큰방 벽에 걸고 형광등도 큰방에 달았다. 벽시계와 형광등이 있는 집 또한 그 당시에 우리 집이 최초였다. 아이들이 벽시계를 보려고 놀러 와서 형광등 스위치를 달칵달칵 눌러보며 놀곤 했다. 어느 날 학교에서 돌아와 방문을 열어 보니 방 안이 뭔가 허전했다. 방문을 닫으려다가 다시 열어 보았다. 벽에는 벽시계가 없고 천정에는 형광등이 없었다. 도둑이 들어서 벽시계와 형광등을 훔쳐간 거였다. 늘 열려 있던 그 집에 문단속이 시작된 것은 그 일이 있고 난 후였다. 전기가 들어온 후의 우리 집을 비롯한 마을 집집의 일상은 이전과 완연히 달라졌다. 라디오 대신 텔레비전이 들어왔으며 아궁이의 솥이 치워지고 전기밥통이 밥을 지었다. 냉장고가 들어오기 전에 나는 그 마을을 떠나왔다. 이 도시로 나오던 밤에 내가 탔던 11시 57분 기차는 나를 신새벽에 서울역에 내려놓았다. 오렌지 빛 한복을 입은 어머니의 손을 잡고 역사를 빠져나온 내가 이 도시에서 처음 마주쳤던 것은 희미한 새벽빛 속에 위협적으로 버티고 서 있던 서울역 앞의 대우 빌딩이다. 빌딩이 거대한 짐승처럼 내게 달려와 나를 삼켜 버릴 것만 같았다. 나는 나도 모르게 무섭다고 몸을 움츠리며 한복을 입고 있는 어머니의 손을 꼭 붙들었다. 시골마을에서 나를 이 도시로 데려다 주러 온 어머니는 무서워하는 내게 저건 아무것도 아니다, 라고 했다. 그냥 철근일 뿐이라고.

내게 근대의 모습은 이렇게 슬레이트집, 기차, 전등, 초콜릿, 도둑맞은 형광등과 벽시계 등으로 옮겨 다니다가 최종적으로는 그 새벽 서울역 앞의 거대한 빌딩의 모습으로 결정지어졌다.

3

일본의 근대 작가 나쓰메 소세키는 국비장학생으로 영국 유학을 갔는데 당시 충격이 어쩌나 컸던지 한때 신경쇠약에 걸렸다고 한다. 훗날 소설가가 된 그는 소설에 전념하기 위해 명예로운 직책이었던 동경제국대학의 교수직을 그만두기까지 했다. 그에게 소설 쓰기는 어쩌면 그에게 정신적 외상을 안겨 주었던 근대의 충격을 받아들이고 이겨낼 수 있는 유일한 길이었는지도 모른다. 그러면서도 그는 말년에 오전에는 영문학을 공부하며 터득한 근대 소설을 썼고 오후에는 한시를 썼다고 한다. 하루에 근대와 전근대를 오갔다고 볼 수 있다. 그것은 그가 지닌 교양의 넓이를 말해 주기도 하지만 그 이면에 근대에 침몰되지 않기 위한 그의 남다른 고투, 즉 정신적 균형 잡기의 노력을 암시해 주기도 한다.

신새벽에 서울역에서 나를 내려다보고 있는 대우빌딩을 만난 후로 27년이란 세월이 흘렀다. 나는 이 도시에 와서 마치 그 빌딩과 맞서듯이 작가 되기를 꿈꾸었다. 그렇게 1970년대 후반, 1980년대를 통과하고 1990년대를 지나 지금의 2000년대를 살고 있다. 그 사이에 무슨 일이 있었던가를 생각해 보면 아득해진다. 전쟁을 겪은 세대도 아닌데 그러하다. 산업화 시대를 거쳐 시민의식이 싹트는 1980년대에 20대를 보내며 내가 겪었던 갈등들, 동구권이 무너지고 소비 자본주의 시대의 1990년대에 30대를 보내며 내가 적응해야 했던 것들이 다른 이들과 비교해 특별하다고 생각되진 않는다. 격변하는 역사의 흐름에 늘 뒤처지는 존재로 살았지만 나와 비슷하게 보낸 이들이 많았다고 여기면 내 개인의 이력에서 오히려 보편성을 발견한다.

나의 가장 최근작인 『리진』은 19세기 말이 배경이다.

19세기 말에 근대 혹은 근대성이라는 것은 강대국이 약소국을 침범하기 위한 무기의 모습을 띠기도 했다. 변화할 준비가 되어 있지 않은 땅에 힘으로 밀고 들어와 억지로 변화시키고 그를 빌미로 식민화시키는 데 강력한 힘을 발휘한 시기이기도 했다. 한 왕조가 멸망해 가는 시기에 궁중 무희 출신 "리진"은 프랑스에서 온 외교관의 눈에 띄어 파리로 건너가 동시대의 조선인과는 다른 삶을 살게 된다. 봉건 사회에서 성장한 총명한 여인 리진은 몸과 마음으로 근대 문화를 빠르게 흡수한다. 그러는 한편 리진은 봉건 사회에 두고 온 것들을 잊지 못한다. 그러나 그녀가 매혹적으로 흡수한 근대는 역사가 벌이는 무참한 폭력을 견뎌 내지 못한다. 어떠한 상황 속에서도 소박한 근대인으로 살아보려 했던 리진이었으나 정신적인 어머니로 여겼던 사람이 눈앞에서 처참하게 살해되는 광경을 목격하게 되고, 그 죽음이 강대국의 이권에 따라 왜곡되는 것을 보면서, 리진은 근대인으로서 살고 싶었던 자신의 삶을 포기한다. 악이라고밖에 규정할 길 없는 폭력의 진실을 알리기 위해 자신도 죽음의 길을 간다. 근대로 상징되는 파리는 매력적으로 봉건 사회에서 건너간 리진의 몸과 마음을 변화시켰으나 그 강건한 근대성도 무자비한 폭력 앞에 노출된 리진을 구해 주지 못한다. 『리진』의 배경은 19세기 말이지만 역사 소설로 읽히기를 원치 않는다. 오히려 가장 세련된 현대 소설로 읽히길 바라면서 쓴 작품이기도 하다. 봉건과 근대를 함께 살았던 "리진"이라는 여성의 사랑과 운명을 통해 나로서는 근대 탐험을 해보았던 작품이었다.

지금의 우리 현실은 전근대와 근대를 지나 탈근대를 꿈꾸는 시대에 살고 있다. 근대를 따로 이야기할 것도 없이 근대에 젖어 살고 있다. 나 역시 마찬가지다. 근대를 자각하고 인식하는 시각은 각자 다르고 누구는 빠르고 누구는 더디고 늦었겠으나 현재에 있어서는 누구나 자본주의적 근대를 보편적인 것으로 당연한 것으로 받아들이는 추세다. 한때 근대를 넘어서는 것이 가능하다고 믿었던 사람들, 즉 마르크시스트나 사회주의자들이 선민 의식을 가지고 활동하던 시절이 있었으나 소련과 동유럽의

몰락 이후 근대의 바깥은 없다는 인식이 더 공고해지고 있는 실정이다. 크고 작은 격변이 물러간 자리에 남아 있는 건 근대의 약속이라고 볼 수 있는 "보다 풍요롭고 보다 자유로운" 일상에 대한 희구이다. 물론 어느 사회나 선거에 이기기 위해서, 주류를 차지하기 위해서 새로운 삶의 질을 내세울 것이다. 가끔 그 슬로건으로 인해 국가의 정권이 바뀌기도 할 것이다. 하지만 그것이 근대 이전에서 근대로 넘어오며 우리가 겪어 내야 했던 환골탈태의 충격이나 격변에 비교해 볼 수 있을 정도는 아닐 것이다. 이미 큰 변화로서의 삶은 근대가 이루어 놓은 풍요로 막을 내린 것으로 보아도 무방해 보인다. 무엇을 해도 이제 우리는 근대라는 부처님 손바닥 안에서 살고 있다는 느낌이고 더불어 근대 시민의 삶은 앞으로 크게 달라질 것이 없어 보인다. 나 또한 마찬가지일 것이다.

그동안 쭉 써 왔던 작품들을 생각해 보니 내 작품 속에도 전근대와 근대, 또한 탈근대가 뒤엉켜 있고 나 자신도 그 사이를 왔다 갔다 하며 지금의 내가 된 것 같다.

작가로서의 나는 앞으로도 형식과 주제를 통해서 근대 이전의 것을 되살리고자 할 적도 있을 것이고, 근대 속에서 주류를 차지하고 있지 못한 것에 시선을 주기도 할 것이며, 아직 모습을 드러내지 못했지만 앞으로 도래할 탈근대의 징후를 포착해 보고자 부심할 것이다. 다만 지금의 나에게 근대는 더 이상 내게 어린 시절 기차가 질주하며 남겨 주었던 다른 세상으로 떠나고자 하는 동경과 죽음의 두려움을 느끼게 하지 않는다. 처음 너무나 밝은 전등불 아래 섰을 때의 경탄과 더는 숨을 곳이 없게 되었다는 당혹스러움을 느끼게 하지도 않는다. 맨해튼의 월드 트레이드 센터가 테러에 의해 일시에 무너지는 것까지 보게 된 지금 더 이상 높은 빌딩 앞에서 무서움을 타는 일도 없어졌다. 근대는 어느덧 나에게 손톱이 자라나는 일처럼 자연스러운 일상이 되었다. 소소한 변화 앞에 적응하기 위해 얼마간의 학습을 해야 하는 일들이 남아 있을 뿐이다. 나는 근대 너머의 다른 세상이 있을 거라고 조급하게 진단하지도 않지만, 이 근대 세상이 가져다준 일상의 편리와 물질의 풍요에 무한정 안주하기도 싫다. 그래서 나쓰메 소세키와는 다른 차원에서 정신적인 균형 잡기를 위한 무엇을 스스로 찾아내야 하지 않을까 하는 생각에 골똘히 빠질 때가 있다.

세상과의 연애를 꿈꾸는 시

안도현

1960년대

어린 시절 나는 외갓집에서 오랜 시간을 보내곤 했다. 예나 지금이나 우리나라 농촌은 가난의 한 상징이며 실체이지만 지금 생각해 보면 어린 나에게 외갓집은 가난보다 어떤 원형을 일깨워 준 곳이었다. 저녁 무렵이면 건너편 마을의 올망졸망한 지붕들 위로 피어나던 밥 짓는 푸근한 연기며, 비 오는 날 하루 종일 귀를 열고 듣던 낙숫물 소리, 그리고 우기 때마다 뒷산 참나무 숲에 오만 가지 버섯들이 뿜어 내던 희한한 냄새며, 여물 냄새, 거름 냄새를 나는 그 시절 내 품속에 무척 많이 받아들였던 것 같다. 혹시 내 시에 농촌 체험이라는 게 조금이라도 비친다면 그것은 대부분 외갓집에서 먹고 자고 뒹굴고 할 때 얻은 것들이라 할 수 있다.

또 돌배나무, 앵두나무, 감나무, 고욤나무, 호두나무, 밤나무, 대추나무로 둘러싸인 외갓집에는 사시사철 먹을 것이 많았다. 그것은 궁핍한 생활 속에서도 어린 외손자에 대한 외할아버지, 외할머니의 각별한 배려 때문이었겠지만 안방 벽장 속에는 홍시, 곶감, 사탕, 꿀, 조청 등 철없는 것의 입맛을 당기는 것들이 무진장하였다. 그 벽장은 어린 나의 상상력을 키워 주던 선생님이었다. 일제 강점기 때, 혹은 더 이전에 쓰던 무수한 동전들과 사진첩과 한자투성이의 누런 서류들은 나에게 나 이전의 역사가 오래전부터 있었음을, 그리하여 나도 그 역사의 줄기 끝에 맺힌 작은 꽃봉오리임을 일찍이 가르쳐 주었던 것이다. 그 어두침침한 벽장은 무서운 전쟁 이야기를 듣거나 이유도 없이 울적한 날에 내가 마지막으로 도망가 있을 피신처로 여겨지기도 했는데 전쟁 생각도 우울함도 한순간 뿐 그 시절에는 '유배지에서의 행복'만이 나를 감싸고 있었던 것 같다. 내 시에 혹시라도 사람살이의 따뜻함 같은 게 배어 있다면 그것도 외갓집의 벽장이나 군불 지피던 아궁이에서 터득한 것이라 할 수 있겠다.

1970년대

1961년생인 나는 흔히 말하는 386세대에 속한다. 대한민국이 이 세대에게 가장 공을 들여 가르친 게 있다면 공산주의에 대한 증오와 적개심 기르기가 아닐까 싶다. 바꾸어 말하면 나는 지구상에서 제일 심각하게 반공 교육을 받은 사람 중의 하나라고 생각한다. 반공 글짓기, 반공 표어 만들기, 반공 웅변 대회, 반공 포스터 그리기, 반공 도서 읽기……. 나는 반공이라는 이름이 붙은 그 숱한 행사에 동원되면서도 입술 한 번 삐죽거리지 않은 온순한 아이였다. 왜 그랬냐고? 대답은 간단하다. 나에게 어른들이 죽으나 사나 '반공만이 살 길'이라고 가르쳤으니까.

내가 간첩이라는 말을 처음 들은 것은 초등학교에 들어가기 전 어느 겨울밤이었다. 난데없이 밤중에 지서의 사이렌이 울리고 큰길로 군인들을 태운 트럭들이 눈에 불을 켜고 지나갔다. 어른들의 말로는 모의 간첩

훈련을 한다는 것이었다. 간첩들이 언제 마을로 들이닥칠지도 모른다고 했다. 나는 무서워 이불을 덮어쓰고 웅크리고 있다가 그대로 잠이 들어버렸다. 하지만 아침에 깨어나서도 간밤의 공포는 쉽사리 사라지지 않았다. 무덤을 파고 들어가 그 속에 숨어 산다는 간첩들이 내 의식의 밑바닥에 똬리를 틀고 앉은 것도 그 무렵부터였다. 간첩은 공산주의자나 빨갱이와 동의어였고, 빨갱이는 얼굴이 붉고 머리에 뿔이 난 악마의 형상을 하고 있으리라 확신하고 있었다.

고백한다. 초등학교 3, 4학년 때쯤일 것이다. 나는 교내 반공 글짓기 대회에서 이런 동시를 써서 상을 받은 적이 있다. "북한 어린이들아, 너희는 무슨 밥을 먹니?/ 나는 날마다 하얀 쌀밥을 먹는다.// 북한 어린이들아, 너희는 무슨 옷을 입니?/ 나는 명절 때마다 예쁜 때때옷을 입는다.// 북한 어린이들아, 너희는 무슨 신을 신니?/ 나는 언제나 흰 운동화를 신는다./ (……)"

그 당시 우리 집 밥상 위에는 끼니때마다 보리쌀이 아주 많이 섞인 밥이 올라왔으며, 명절 때 입는다는 때때옷은 교과서에서만 배웠을 뿐 한 번도 입어 본 적이 없었고, 나는 기차표라든가 말표라든가 하는 검정 고무신을 사시사철 신고 다니던 아이였다. 하지만 반공 정신으로 단단히 무장된 나는 스스럼없이 거짓말로 시를 쓰고 전교생이 모인 운동장에서 상을 받으며 어깨를 으쓱거릴 수 있었다. 닳은 검정 고무신을 신고 부동자세로 서 있는 나를 향해 여러 선생님과 아이들이 박수를 치는 소리가 들렸다. 1970년대 초였다.

1980년대

1980년, 그해 봄에 나는 대학생이 되었으나 처음 맞은 봄은 나른하기만 했다. 가끔 '시국 토론회' 같은 집회가 열리고, 시위대는 교문을 벗어나 도시의 중심부까지 행렬을 이었지만, 나는 그 꽁무니쯤을 따라다니며 세상을 다만 관찰하고 있었을 뿐이다. 내가 이 세상의 일에 아직 적극적으로 개입할 때가 아니라는 생각과 알 수 없는 두려움이 나를 감싸고 있었다.

갓 스무 살이 된 나에게 세상은 그저 신기한 곳이었고, 두터운 교복을 벗고 술집을 드나들 수 있어 자유로운 곳이었으며, 개나리가 피었다가 지고 목련이 꽃망울을 터뜨리는 것을 무심히 바라볼 수 있는 한가한 곳이었다. 그 당시 나는 말 그대로 문학청년이었지만 문학이 구체적으로 무엇을 할 수 있는지, 나에게 있어 문학은 어떤 의미가 있는 것인지 따위는 짚어 보지 않은 상태였다.

총칼보다는 펜의 힘을 강력하게 믿고 있던 나는, 1980년 5월 그 어느 저녁, 시인이 되기도 전에 죽사발이 되도록 얻어터졌다. 전국적으로 계엄령이 확대되자 장갑차를 앞세운 계엄군에게 학교를 내주지 않을 수 없게 된 우리는 좁고 어두운 하숙방에 갇혀 버렸다. 그렇건만 철부지 문학청년들에게는 강의가 없다는 사실이 오히려 즐겁고 신나는 일이었다. 그날 저녁, 나는 친구와 함께 학교 앞 언덕에 앉아 소주를 마시고 있었다. '새우깡' 이외의 안주로는 예외 없이 보들레르, 하이데거, 김수영, 황동규와 같은 이름들이 섞여 있었다. 이따금 시국이 돌아가는 모양새를 걱정하기도 했지만 그것은 우리가 손을 쓸 수 없는 곳에서 벌어지는 일일 뿐이었다.

그런데 별안간 우리들의 이야기 속으로 철모를 쓴 군인 하나가 등장한 것이다. 학교 외곽을 경계하던 계엄군이었다. 그는 다짜고짜로 때가 어느 때인데 술이나 처마시고 있느냐고 우리를 몰아붙이기 시작했다. 소총 끝에 꽂힌 예리한 대검이 어둠 속에서도 번쩍거렸다. 교문 앞으로 끌려가

꿇어앉혀진 우리의 가슴팍과 무릎, 정강이로 사정없이 군홧발이 날아왔다. 변명의 몸짓이나 항의의 말 한 마디 못하고 우리는 얻어맞기만 했다. 태어나서 남으로부터 그렇게 많이 맞아 보기는 처음이었다.

나는 비로소 꿈에서 깨어났다. 그날 밤 하숙집으로 돌아오는 길은 유난히 질척거렸다. 퉁퉁 부어오른 정강이뼈에 요오드팅크를 바르며 나는 분노보다는 서글픔을 생각했다. 이제껏 한 번도 맛보지 못했던 치욕이 내 20대 초반을 적시며 흘러가는 것을 느꼈다. 그리하여 나는 이 세상에는 나 혼자 걸을 수 없는 길이 많다는 것을, 내가 꿈꾸는 문학도 골방에 앉아 혼자 끙끙댄다고 이루어지는 것은 결코 아니라는 걸 알았다. 나에게 주어진 현실을 피해 가지 않고 '지금, 이곳'에서의 시를 쓰겠노라고 일찌감치 나는 나에게 약속했다.

스무 살의 철없이 팔팔한 문학청년에게 역사는 치열하게 살아가지 않으면 안 되는 까닭을 그날 저녁에 가르쳐 주었다. 우리들의 등을 짓누르던 역사의 무게는 그 이후 내가 살아가야 할 중요한 이유의 하나가 되었고, 나는 그때 역사로부터 한 수 배운 덕분에 오늘 이만큼이라도 걸어왔다.

1985년에 나온 내 첫 시집 『서울로 가는 전봉준』을 쓸 무렵, 시를 쓰려고 볼펜을 잡으면 꽃 피는 봄 대신에 눈 내리는 겨울이 먼저 떠올랐고, 꼼짝 않고 누워 있는 들판 대신에 들판을 태우며 가는 들불이 선하게 떠오르곤 하였다. 하지만 뭔가 해보려고 일찍 일어나 새벽밥을 먹고 나서기는 했지만, 그 '뭔가'가 분명하게 구체적으로 보이지는 않는, 뜨거운 결의에 차 있으되 결의의 대상이 불확실한 내 젊은 날의 일기장 같다는 생각을 한다.

1990년대, 그리고 21세기

내가 문학을 여기까지 데리고 온 게 아니었다. 문학이 몽매한 나를 여기까지 끌고 왔다. 글쓰기란, 나라는 인간을 하나씩 뜯어고쳐 가는 일이었던 것 같다. 문학에 의해 변화된 내가 흔들릴 때마다 문학은 다시 나한테 회초리를 갖다댔다. 문학은 나에게 늘 초발심의 불꽃을 일으키는 매서운 매였다. 문학은 엄하고 무섭지만, 그런 이유 때문에 나는 문학을 가르쳐 준 세상에 대해 고맙게 생각한다.

하지만 현실 속으로 머리를 들이밀수록 시대의 무거움이 버거워 나는 끙끙댔다. 그 끙끙대던, 그 전전긍긍하던 시간들을 나는 참으로 소중하게 여긴다. 문학이 현실 속에서 어떻게 긴장하고 현실에 어떻게 기여해야 하는가. 어떻게 보면 단순한, 그렇지만 한 번은 반드시 통과해야 할 그런 고민을 어깨에 얹어 준 것만으로도 1980년대에게 빚진 게 많다. 지금은 아무도 그런 빚을 얻으려고 하지 않는 세상이지만, 그 빚을 갚으려고 나는 쓴다.

삶과 문학, 두 가지를 앞에 놓고 나는 뭔가 전환의 기회로 삼지 않으면 안 된다고 나 자신한테 주문했다. 그 주문의 목록은 대충 이런 것들이다. 시에서 지나친 과장과 엄살을 걷어 낼 것, 너무 길게 큰 소리로 떠들지 않을 것, 팔목에 힘을 빼고 발자국 소리를 죽일 것, 세상을 망원경으로만 보지 말고 때로 현미경도 사용할 것, 시를 목적과 의도에 의해 끌고 가지 말고 시가 가자는 대로 그냥 따라갈 것, 시에다 언제나 힘주어 마침표를 찍으려고 욕심을 부리지 말 것, 시가 연과 행이 있는 양식이라는 점을 분명히 재고할 것…….

한 편의 시를 위해서 무엇보다 오랜 시간이 필요하다는 것을 나는 안다. 그래서인지 시를 쓰는 동안에는 시간이 잘 간다. 마치 애인하고 함께 보내는 시간처럼. 남의 시를 읽을 때도 시인이 장인적 시간을 얼마나 투여했는지 유심히 살펴본다. 시간을 녹여서 쓴 흔적이 없는 시, 시간의 숙성을 견디지 못한 시, 말 하나에 목숨을 걸지 않은 시를 나는 신뢰하지 않는 편이다.

시를 읽고 쓰는 것, 그것은 이 세상하고 연애하는 일이라고 종종 생각한다. 연애 시절에는 나뭇잎 떨어지는 소리 하나에도 예민하게 반응하고, 연애의 상대와 자신의 관계를 통해 수없이 많은 관계의 그물들이 복잡하게 뒤얽힌다는 것을 생각하고, 그리고 훌륭한 연애의 방식을 찾기 위해 모든 관찰력과 상상력을 동원해야 한다. 연애는 시간과 공을 아주 집중적으로 들여야 하는 삶의 형식 중의 하나인 것이다. 가슴으로만 하는 연애, 손끝으로만 하는 연애도 나는 경계한다. 가슴은 뜨겁지만 쉽게 식을 위험이 있고, 손끝은 가벼운 기술로 사랑을 좌우할 수도 있다. 가슴과 손끝으로 함께 하는 연애, 비록 욕심이라 할지라도 내 시는 그런 과정 속에서 태어나기를 꿈꾼다.

지난 15년 그리고 앞으로 15년

유중하

1

중국 문학을 공부한답시고 중문과에 적을 둔 지 올해로 30년째다. 한 세대가 흐른 셈이니 금석지감이라는 말로 그 세월을 돌이켜 봐도 그리 망발은 아닐 듯 싶기도 하다. 30년 전만 해도 중문학과에 다닌다고 하면 문과 대학 전체에서 제일 바닥 수준으로 대접을 받곤 했는데 근자에 이르러서는 사정이 달라져도 많이 달라졌다. 인기도에서 영문과를 따돌리고 1위의 자리에 '등극'한 대학도 있으니 말이다.

개인적으로 보자면 중국 출입도 이모저모 잦아졌다. 작년 2학기부터 올 1학기까지 여섯 차례나 중국을 들락거리면서 복수로 비자를 받아 놓기를 잘 했다고 주억거리기도 했으니까. 한중 수교 15주년을 맞으면서 격세지감을 실감함은 나만의 사정은 아닐 테고.

돌아보건대, 중국 문학에 대한 상(象)도 나름대로 변화가 없었다고 할 수 없다. 늦깎이로 대학을 졸업하면서 명색이 논문이랍시고 제출한 것이

『시경』 가운데 국풍(國風)의 민중시를 다룬 내용이었고, 대학원에 가서
는 처음에는 경극(京劇)과 브레히트를 비교한다고 달려들었다가 마오쩌
둥(毛澤東) 문학으로 '노선'을 바꾸어 이른바 '문예 대중화'라는 주제로
석사 논문을 제출했다. 1980년대의 중반 무렵의 일이다.

　지나 놓고 보면 우습기도 하고 또 낯 뜨거운 일이기는 하지만, 그 석
사 논문이라는 것이 자칫하면 작가회의의 기관지에 통째로 실릴 뻔한 적
도 있었다. 당시 작가회의 사무총장을 시 쓰는 김정환(그와 나는 강원도
양구 땅 21사단 전방 부대에서 조우한 바 있으며, 그 인연으로 그가 군대 생활
당시 군수처 폐지에 스미스 코로나 타자기로 쳐서 모은 시집 『회복기』의 발문
을 내가 썼다.)이 맡고 있었는데 어디서 논문을 구해 봤는지 그놈을 그대
로 조판까지 해서 다음 호에 싣겠다고 통보를 해 와서 그야말로 대경실
색을 한 것이 어제 일처럼 생생하다.

　그때는 사정이 이랬다. 신촌의 국제우체국에 가서 홍콩 싼리엔 서점
(三聯書店)에서 부쳐 온 중국 대륙 책을 찾을라치면 애로가 이만저만이
아니어서, 예컨대 출판사 이름에 인민이라는 글자가 박혀 있으면 일단
인수 불가, 마오쩌둥의 모(毛)라는 글자만 들어 있어도, 예컨대 『시경』에
주석을 붙인 『모시정전(毛詩正傳)』이라는 마오쩌둥과는 전혀 생면부지의
저작물도 검열에 걸리던 시절이었으니 말이다. 길거리를 가다가 가방을
뒤져 불온 서적이 나오면 그대로 닭장차에 실려가던 시절이었고, 나는
그 시절 구로공단과 울산공단 혹은 지하철 노조 같은 데 가서 선전선동
어떻게 할 것인가를 노동자들과 함께 토론하면서 노동자 문예 서클 조직
사업에 발품을 팔고 있었다.

2

그 무렵 이따금씩 전공인 중국 현대 문학 관계 책들을 뒤적이면서 흥미로웠던 것은 중국의 한다 하는 문학 연구자들의 눈앞에 새롭게 다가와 괄목상대하게 만든 경향이 다름 아닌 사조·유파론이었다는 점이다. 낭만주의니 사실주의니 현대주의(우리말로는 모더니즘) 등의 문예 사조 혹은 문학 유파를 중국의 연구자들은 새로운 이론으로 새로 받들어 모시기 시작한 것이다. 1980년대에 우리는 그런 이론들을 한물 간 이른바 '백철류'(白喆類)로 치지도외해야 말발이 서던 시절이었다.

예를 들자면 문학의 물적 토대를 이루는 대목이 뭐냐, 문학을 담당하는 계급이 누구냐 하는, 말하자면 토대와 상부 구조 혹은 계급 분석 등을 기본 이론으로 하는 사회주의 문예 이론으로 작품을 읽어 내는 분석법으로 열을 받는 중인데, 중국에서는 그걸 한물 간 것으로 보면서 우리에게는 한물 간 사조·유파론을 들먹어야 그게 신판 이론으로 행세를 하고 있는 것이 대조를 이루고 있는 것이다. 분명히 뭔가 거꾸로 된 모양새가 양국, 남한 문학과 중국의 대륙 문학 사이에 연출되고 있는 거였다.

그럴 즈음, 한 일간지에서 중국 현대 문학 전집을 낸다고 거기서 작품을 가려 뽑고 번역을 하면서 타이완 문학에 손을 대게 되었는데 이리저리 작품을 읽다 보니 이건 영판 우리 남한 문학하고 걸음걸이가 그야말로 거의 보조일치를 이루고 있지 않은가. 한국에도 이미 여러 차례 걸음을 한 타이완의 작가 천잉쩐(陳映眞)의 경우를 보면 알 수 있는 노릇이었다. 잉쩐, 곧 우리 말로 발음하면 영진이라는 이름은 진실을 반영한다는, 1980년대 우리 식으로 말하자면 리얼리즘을 표방하겠다는 선포를 자신의 이름에 새긴 것이다.

필명을 천잉쩐(본명이 아마 쉬난춘(許南村)이었던가로 기억하는데 아물아물하다.)으로 바꾸던 1970년대 중반 무렵 타이완에서는 '향토 문학'이라는 슬로건, 그리고 '현실주의 문학'이라는 움직임이 고개를 들면서 그 이전의 개인적인 폐쇄 회로에 갇힌 서양 모더니즘의 틀에 대한 반성의 움직임이 본격화되었고 이런 대목은 우리 문학의 흐름에서, 그보다 약간 앞서거나 비슷한 시기에 고개를 들기 시작한 리얼리즘 논쟁 혹은 민족 문학이라는 깃발과 동일한 연장선 위에 서 있고 보면 그리 다르지 않지 않은가. 남한 문학과 타이완 문학이 비슷한 걸음걸이를 보여 왔음을 증명하는 데 배경이 될 만한 사건 한 가지를 들자면 우리의 1987년 6월 시민항쟁이 있을 때 타이완에서는 계엄령이 해제되었다는 점이다.

한 가지를 더 추가하자면, 「칠수와 만수」라는 영화 혹은 연극은 타이완 작가 황춘밍의 「두 페인트공」을 고스란히 번안한 것이니 말이다. 그런 번안물이 먹혀들어 대중들에게 쉽게 다가갔다면, 그건 남한과 타이완의 사정이 대체로 대동소이하다는 증빙이 되는 것이고, 현실을 반영하는 목표를 내건 리얼리즘 문학이 그 반경으로부터 멀지 않음을 가리키는 것은 아니던가.

남한 문학과 타이완 문학이 대강 이런 식이라면, 북한 문학과 대륙 문학의 사정은 어떨까 하는 궁금증이 동시에 생겨난다. 대륙 문학의 틀을 짠 것이 마오쩌둥의 세칭 '연안강화(延安講話)'라는 데 이의를 달 사람은 없고, 해방구라는 특별한 상황을 배경으로 하는, 문예 이론(혹은 정책)이라고 해도 좋을 이 '연안강화'가 북한 역사에서 말하는 '항일무투기' 문예 활동에도 하나의 전범처럼 작용하지 않았는가 하는 점이다.

탄생 100주년을 맞아 대학원 수업 시간에 학생들과 함께 읽은 중문학계의 대선배 김태준의 「연안행」 혹은 김사량의 「노마만리」에도 이미 그 연안강화의 입김이 서린 흔적을 얼마든지 간취할 수 있다. 심지어는 이름하여 해방 공간이라고 불리는 그 시절, 곧 남한의 1945~1948년 당시 지리산 일대를 배경으로 한 이현상의 빨치산 무투에서도 그 마오의 문예

투쟁을 정책화한 문예 강화의 입김이 작용했던 것은 아닌가 하는 추정은
얼마든지 가능하다. 연안강화가 문혁으로 이어지면서 이름하여 '삼돌출
(三突出) 이론'으로 현상한 것이나 북한 문예에서 항일무투기 문예 활동
방식이 '주체 문예 이론'으로 귀결된 것은 대체로 같은 보조의 걸음걸이,
중국말로 하자면 '동보성(同步性)'의 소산이 아닌가. 이렇게 해서 나는
1980년대 말엽 분단과 양안이라는 모양새로 구도를 잡고 있는 동아시아
문학의 한도를 한눈에 조감하는 시좌를 마련했노라고 자처했으니…….

　그러고 나서 곰곰이 생각하던 끝에 내 눈앞에 어른거린 것은 한 장의
거울이었다. 중국 근현당대 문학이라는 것이 우리 근현대 문학의 거울
비슷한 것일 수 있다고 말이다. 남한 문학의 앞모습을 비추어 보려면 타
이완 문학을 거울삼으면 될 일이고, 대륙 문학이라는 거울에 비추면 내
뒤통수가 보이겠노라고, 따라서 이런 거울을 가리켜 어려운 한자말로 '차
감(借鑑)'이라고 부르면 되지 않겠느냐고, 이 차감 현상은 남북 분단 문
학, 중국 대륙과 타이완 양안 문학이 서로 교하면서 빚어내는 기이한 장
면이 아닌가 하고 말이다. 거울놀이가 시작된 것이다.

3

　그리고 1980년대가 가고 1990년대가 왔다. 조직으로서의 문학을 버리
고 나는 작품으로의 문학이라는 것을 향해 길을 더듬어 갔다. 길목의 초
입에서 맞닥뜨린 것이 중국 현대 문학에서는 루쉰이었고, 한국 문학에서
는 김수영이었다. 1992년 한 대학의 중문과 개설 20주년 기념 발표회에
서 루쉰을 건드린 것이 계기가 되었으니 그때가 바로 한중 수교의 해였
고, 그것이 지금부터 15년 전인 것이다.

　김수영과 루쉰, 루쉰과 김수영 두 문학 세계의 공통점은 난해하다는

점이었다. 한국문학사에서 김수영의 난해성이야 이미 정평이 난 바이지만, 기이한 것은 김수영을 읽으면 루쉰이 잘 보이고, 루쉰을 읽으면 김수영이 잘 보인다는 점이었다. 이들 두 문학 세계는 비교 문학에서 곧잘 소용되는 이른바 영향관계론으로 따지자면 가히 일면식도 없는 사이임에도, 마치 거울처럼 서로를 비추고 되비추어 주는 장면을 수시로 연출하는 것은 어인 영문인가.

이를테면 「瀑布」 가운데 "곧은 소리는 곧은 소리를 부른다"는 구절이 있다고 치자. 이 곧음이라는 것이 김수영의 시 세계를 구성하는 데 뼈대를 이루고 있음을 간파하려면 루쉰의 「直捷了當」(두고 볼 것 없이 맞붙고 보는 행동 방식)의 직(直)을 보아야 길을 찾아갈 수 있고, 이 直이라는 것이 동아시아의 유서 깊은 미학의 양대 범주인 양강(陽剛)과 음유(陰柔)의 한 축을 이루며, 이로부터 마오쩌둥이 루쉰을 가리켜 경골한(硬骨漢)이라고 일컬었을 때의 그 뼈가 비로소 투시되어 보이게 되는데, 이 뼈는 김수영의 「PLASTER」라는 시에서도 여지없이 드러나고 있다는 점이다. 말하자면 문학의 풍 혹은 풍격이 서로 겹쳐지는 것이다.

그러다가 문득 떠오른 것이 만해선사였다. 만해와 루쉰, 루쉰과 만해라면 국적을 초월할라치면 피차 허교가 가능한 연배이다. 만해가 1879년, 루쉰이 1881년이고 보면 두 살 차이인 것. 그러면서 문득 만해가 논개의 사당을 찾은 것도 필시 연유가 있다고 할 수 있는 것이 직이라는 기호였다. 논개의 사당을 모셔 놓은 촉석루의 촉(矗)은 直이 셋이 모여 된 한 자가 아닌가. 논개의 개도 견개(狷介)의 개(介)라면 그것은 직과 같은 코드에 속한다. 그렇다면 혹시 비슷한 연배인 단재는? 단재는 고개를 치켜들고 세수를 한 일화로 유명한 인물이다. 굽히지 않는 인격의 소유자인 것. 이 역시 직이라는 코드에 의해 작동되는 행동 방식이 아닐까.

이로부터 나는 양국의 근현대 문학사를 구성하는 여러 점들의 나이를 운산하는 습관이 생기고 말았다. 이를테면 이렇다. 루쉰과 만해와 단재가 피차 허교를 할 만한 나이고, 이광수(1892)와 후스(胡適, 1891)가 그러하며, 궈모뤄(郭沫若, 1892)와 마오쩌둥(1893)이 그러하며 천잉쩐과 고은, 신경림이 그러하며, 「두 페인트공」의 작자이자 「사요나라 짜이지엔」이라는 소설 역시 번역 소개된 바 있는 타이완의 작가 황춘밍과 황석영과 김원일과 김주영과 조세희가(본인들이 들으면 기분 나쁠 수도 있지만 한두 살 차이는 무시한다고 치고 혹은 적어도 술잔이 오가는 거나한 자리에서라면) 말을 트고 지낼 수 있는 연배는 아닌가.

보태자면 한중 양국 근현대 문학사에서 이식문학론을 제기한 임화와 후펑(胡風)이 저세상에서 만났다면 무슨 이야기를 주고받을 것인가, 임화와 후펑 이야기를 꺼내자면 문학이 접촉하는 회로는 더욱 긴밀해진다. 임화가 「비내리는 요꼬하마 부두」를 쓸 그 무렵쯤 후펑도 역시 일본에 체류 중이었다. 필시 두 선배는 일면식도 없었을 테지만, 그들이 일본의 좌익 문인과 나눈 교분을 네트워크로 구성하면 간접적인 연결망이 생겨날 것임은 분명하다. 후펑은 훗날 일본의 감옥에 갇힌 한 조선인 청년을 시로 쓴다. 그 시풍은 영락없이 임화의 이른바 이야기시인 「옵바와 화로」 그것이다. 임화와 화창시를 주고받은 나카노 시게하루(中野重治)는 아버지가 조선에서 관리 생활을 한 바 있으며, 형은 타이완에서 죽었다. 나카노는 1974년 민청련 사건이 발생했을 때, 그 라디오에서 들은 뉴스를 자신의 일기에 적고 있을 정도였다. 21세기에 접어든 지금 우리는 20세기 전반부에 한중 양국 혹은 한중일 3국 문학판에서 선배들이 연출했던 그 교류의 수준에 미치고 있는가.

4

하지만 이런 상념도 과거의 것이 된 시절이 왔다. 이른바 한류라는 수상적은 기류가 동아시아의 문예판을 연예판, 딴따라판으로 만든 지 제법 오래다. 순수라는 문학이 설 자리가 비좁아지면서 문학이 살 길을 찾기에 급급하게 된 것은 한중일 마찬가지라고 해도 된다. 우선 작가들이 반성을 해야 할 일이고, 대중들의 요구를 읽어야 할 일이지만, 늘 그렇듯이 위기에는 기회가 운명적으로 달라붙어 있다.

한류가 먼저 뚫은 길은 점차 확장 다변화되면서 삼류, 곧 한중일 세 나라의 문화 교류로 이어져야 한다는 숙제를 던진 것이 아닌가. 삼류가 교류하는 하나의 장이 만들어진다면 그건 시쳇말로 시장이 하나로 되는 것을 의미한다. 한국의 독자가 중국의 작품을 읽고, 일본 작가가 쓴 것을 한국 비평가가 평하며, 중국 독자는 한국 작품에 대해 댓글을 다는 시대가 불원간 도래한다는 말이다.

이를테면 『삼국지』라는 소설만 보아도 그렇다. 필시 유사 이래 동아시아 최대의 베스트셀러임에 분명한 이 소설은 한국에서 1000만 부 이상을 팔았건만 원작자 나관중에게 로열티 한 푼이라도 지급했다는 이야기를 들은 적이 없다. 서방으로 돌려도 사정은 마찬가지다. 16세기 말에 셰익스피어는 이미 런던이 아닌 베니스의 상인 이야기를 다루었고, "죽느냐 사느냐 그것이 문제로다."라는 세계적으로 이미 인구에 회자되는 명구를 남긴 햄릿은 영국인이 아니라 덴마크의 왕자였다. 말하자면 한중일 작가는 자신들의 나라 사람만을 그리는 일이 능사가 아닌 시대로 점차 접어들고 있다는 이야기다.

이를테면 이렇다. 북한의 핵 문제가 술술 풀려 나가고 북미 수교가 이루어지면, 그리고 덩달아 경의선 철도가 개통되면, 서울 수색역쯤이 경의선 출발역이 되면…… 아침을 서울에서 먹고 수색역을 출발, 점심을 베이징에서 먹는 시절, 물론 거기에는 KTX보다 날랜, 이를테면 상하이의 푸둥 공항과 시내를 7분 만에 연결하는, 서울 대전 거리인 베이징과 텐진을 28분 만에 주파하는 자기부상열차가 뚫리는 시절이 온다면, 서울에서 베이징까지 세 시간 거리가 되고, 따라서 점심은 베이징에서 오리구이를 먹고 내친 김에 도쿄에서 저녁으로 스시를 먹는 시절이 올 것이다. 이럴 즈음에 자기네 나라 사람들 이야기만 늘어놓는다면 그런 소설이 얼마나 팔리겠는가.

우리나라는 인구 4900만에 관객 1000만을 넘긴 영화를 몇 편 보유한 그런 나라이다. 기록 갱신을 위해 관객들이 영화를 보러 간다는 혹자의 진단이 가장 정확할 것이다. 그런데 그게 이제는 비좁고 답답하다. 장차 중국의 독자와 관객은 우리의 열 배요 거기다가 책을 많이 읽는 일본까지 치면 시장은 1000만에 동그라미를 하나 더 붙인 그런 시절이 오고 있다는 말이다. 성큼성큼. 그런데 이런 사정은 중국 작가에게나 일본 작가에게도 마찬가지다. 이런 시절을 코앞에 둔 작가는 무엇을 해야 할 양인가. 모쪼록 우선 세 나라를 싸돌아 다녀야 할 일이다.

5

21세기는 아마도 뒤를 돌아보면서 앞을 걷는 세기가 될 공산이 크다. 한 가지 예를 들어 보자. 2008년 12월 타이완 총통 선거에서 천수이볜이 샤타이(下台)하고 국민당이 정권을 잡는다면? 그 이듬해인 2009년은 마오쩌둥과 장제스가 서로 등을 돌린 지 60년, 다시 말해 양안 60주년이 되는 해이다. 뭔가 분명히 가시적인 조치가 따를 터인데, 거기서 벌써부터 솔솔 이야기가 나오는 것이 제3차 국공합작이다. 물론 지금 양안의 모양새는 통일된 것도 아니고 통일 안 된 것도 아닌, 애매모호한 상황이다. 우리도 아마 그럴 것이다. 통일된 것도 아니고, 통일 안 된 것도 아닌 세월이라는 말은, 1980년대에 조통파와 비조통파라는 이분법을 넘어서는 지혜를, 그것도 국민적인 차원에서, 아니 실은 동아시아적인 차원에서 구비하지 않으면 아니 되는 시절이 온다는 말이다.

그리고 그 이듬해는 2010년이다. 다시 말해 1950년의 갑년이 되는 해인 것이다. 그해 10월에 마오쩌둥은 펑더화이(彭德懷)를 앞세워 압록강을 건넜고, 그때 부른 「인민 지원군 군가」는 우리나라로 치면 「열린 음악회」쯤 되는 중국의 「통이소우커」(同一首歌)라는 음악 프로그램의 랭킹 3위 곡이다. 그 환갑이 되는 해를 맞아 되돌아볼라 치면, 역사'학' 하는 친구들에게 맡겨서는 도로나무아미타불이다. 되지도 않는 사실 관계로 시비를 가리자면, 그건 20세기에 갇히는 결과로 될 것이기 때문이다. 돌파는 항상 그렇듯이 문학이 한다. 작가가 앞서 가는 것이다. 물론 온몸으로.

거기서 더 나가면, 2014년이 기다리고 있다. 그건 60년이 아니라 그 두 배이다. 1894년, 갑오농민항쟁, 청일전쟁이 연출되던 그해로부터 120주년이 되는 것이다. 청일전쟁에 패한 중국은 그제야 진짜로 위기의식을 몸소 체험했다. 아편전쟁으로 영국에 깨질 때는 그러려니 했다가 동방의 조그만 섬나라 일본에 패하면서 몸서리를 쳤던 것이다. 그때 타이완이 일본에 넘어갔다. 다시 말해 양안의 밑그림이 그때 그려진 것이다.

이런 이야기를 하는 것은 그 시절에 명성황후만 살고 있었던 것이 아니라, 중국에서는 서태후도 있었다는 이야기를 하려는 까닭이다. 동방의 오랜 제국의 낙조를 맞이하는 두 여인 중 한 여인은 시아버지를 내몰았고, 한 여인은 자식 같은 황제를 가두었으며 그것도 모자라 개화를 꿈꾸던 며느리는 자금성 안의 한 우물에 빠뜨려 죽였다. 콘텐츠는 바로 이 지점부터 동아시아의 판으로 확장되는 것이다. 한편의 대하 소설이 기다리고 있는 것이다. 동아시아판의 시좌를 갖추지 못하면 살아남지 못하는.

아니 실은 한 편일 수가 없다. 수도 없는 동아시아 콘텐츠가 중유(中有)로 동아시아 작가들의 손길을 기다리고 있는 것이다. 물론 거기서 소설이 나오고, 드라마가 나오며, 영화와 만화가, 제대로 된 게임이 나올 것이다. 아마 향후 15년이 다시 지나 한중 수교 30주년이 되는 그해 이런 대하 소설을 가지고 세 나라 작가들이 모여 품평을 하면서 거울놀이를 하고 있을 것이다. 내기를 걸어도 좋다.

6

추가로 한 마디 더 하자. 그 방대한 등장인물과 사건을 다루려면 작가 한 사람의 자료 조사와 취재로 과연 감당할 수 있겠는가. 강단 근처를 배회하는 교수라는 직함을 가지지 못한 너무나도 많은 연구자들이 예비군으로 있다. 이들은 중국에도 있고, 일본에도 물론 있다. 이들을 동원하는 동원령은 누가 내릴 것인가. 작가들을 위해 노역을 담당할 노비를 호령할 그런 동원령을.

근대의 발명품, 고독

은희경

1

소설가의 모든 이야기 속에는 공통적으로 한번쯤 되돌아가곤 하는 어떤 생의 지점이 있는 것 같다. 어떤 작가에게는 그것이 청춘이라는 시간이기도 하고 어떤 작가에게는 고향이라는 장소이기도 하고, 또 어떤 작가에게는 종교나 정의라는 신념이 되기도 한다. 나에게는 그것이 유년이었다. 나는 전라도의 소읍에서 유년을 보냈다. 전 국민의 80퍼센트가 농민이고 국민소득이 100달러 단위에 머물 때, 동네의 극장과 우체국과 중국집과 양품점과 사진관과 목욕탕과 성당과 자전거포에서 세상을 배웠다.

지금은 국민소득 2만 달러 시대이다. 또한 나는 30년째 서울을 근거지로 살고 있고 때로 도회적인 감수성의 작가라고 평해지기도 한다. 하지만 나에게 있어 도시는 여전히 타인들의 장소이다. 동경이면서 환멸이었고, 자유이면서도 상실과 고독을 뜻했다. 도시를 떠나서는 살 수 없게 되었지만 한편으로는 여전히 도시의 이방인인 것이다.

2

시골 소녀인 내가 처음 서울을 본 것은 열두 살, 수학여행 때였다. 기차를 탄 것도 그때가 처음이었다.

새벽 어둠 속에 집결한 아이들은 메스꺼운 기름 냄새로 가득 찬 첫 완행버스에 올라탔다. 덜컹대는 버스 안에서 자다 깨다 두 시간 넘게 시달린 뒤 가까스로 기차역에 도착하니 비로소 날이 밝았다. 끝내 멀미를 못 이겨 한바탕 토하고 난 시골 아이들로서는 세상 끝까지 온 듯했지만, 거기가 출발 지점이었다. 하루 온종일 기차에 흔들리며 드디어 서울에 도착한 것은 밤. 멀리로 화려한 불빛들이 보였는데, 믿을 수 없게도 그것들은 공중에 떠 있었다. 그 불빛들을 향해 기차가 한강 철교를 가로질러 가던 순간을 40년이 되어 가는 지금까지도 나는 잊을 수가 없다. 발밑에서는 바다보다도 깊고 검은 강물이 흔들리고, 조명을 받아 우주 기지처럼 보이는 복잡한 구조의 철교가 끝없이 이어져 있었으며, 덜컹거리는 굉음은 어딘지 다른 차원의 세계로 빨려 들어가기라도 하듯 거세게 귀청을 때렸다. 감동이라기보다 두려움이었다.

우리는 남산과 창경원과 백화점을 구경했다. 높은 빌딩과 자동차들과 멋쟁이들도 많이 보았다. 그러나 내 기억에 남아 있는 것은 그런 것들이 아니다. 기다란 줄을 만들어 도로를 점유하며 걸어가는 우리를 도시인들은 짜증이나 경원의 눈길로 바라보았고 어느 촌에서 구경 나왔냐는 둥의 모욕적인 질문을 던졌다. 또 단체 도시락에 담긴 무성의하고 비위생적인 반찬에 식중독을 일으키고 말았다.

특히 우리가 단체로 묵었던 도심 뒷골목 낡아빠진 여관의 좁고 음침하고 퀴퀴하고 삐걱대는 복도는 오랜 시간이 흐른 뒤까지도 이따금 꿈에 나타나곤 했다. 아이들 중 짓궂은 남자애 몇이 남녀가 함께 든 방문에 노크를 하고 도망쳤다. 문이 벌컥 열리고 나타난 팬티바람의 남자, 어디서 났는지 커다란 몽둥이를 든 채 복도 끝까지 애들을 따라가 후려쳤던 것이다. 남자는 "어디서, 촌놈들이!"라고 소리치며 씩씩거렸다.

그 여행에서 돌아와 나는 남동생에게 백화점에서 산 자석 필통을 선물했다. 그리고 기차의 속도와 서울의 세련됨에 대해 끊임없이 자랑을 늘어놓았다. 도시에 대한 찬탄 어린 감상문을 써서 칭찬을 받기도 했다. 나는 내 스스로의 느낌보다 교육받은 그대로 느끼려고 애썼고, 그것을 진짜라고 믿었다. 나의 근대 체험은 처음부터 위선과 허위의식의 학습이었다. 그러므로 내가 자란 소읍의 1969년을 배경으로 하고 있는 첫 번째 장편 『새의 선물』은 농담과 냉소의 어법을 선택할 수밖에 없었다고 생각한다.

그해에 미국은 아폴로 13호를 쏘아 달 착륙에 성공함으로써 근대의 한 상징인 과학적 이성의 승리를 증명해 보였다. 그러나 그 시기 한국에서는 독재의 기반을 다지기 위한 전근대적인 개헌이 진행되고 있었고, 최악의 가뭄이 들어 고향을 등져야 했던 수많은 농민들이 도시로 올라가 변두리 빈민이 되었다. 그때 박정희 대통령의 군사 정부가 내세운 구호는 아이러니하게도 '조국의 근대화'였다.

상급 학교에 진학하면서 나는 도청 소재지가 있는 도시로 이사했다. 전통을 중시하는 오래된 도시였다. 도청 소재지 치고는 교통이 불편한 편이었는데, 그것은 인근의 다른 도시에 비해 기차역이 뒤늦게 생겼기 때문이라고 했다. 일제가 처음 선로 공사를 시작했던 이른바 개화기 때, 그곳 선비들은 천박하고 시끄러운 기차가 자기 고장에 들어오는 걸 맹렬히 반대했다. 일제가 들여오는 신식 문명에 대한 거부였다. 덕분에 그 도시는 규모에 비해 교역이나 산업의 중심 도시로 발전하지 못했다. 유신 정권의 사회 과목 시간에 나는 그런 것이 바로 한국의 근대화를 가로막은 위정척사 운동이라고 배웠다.

근대는 서양인들의 역사에서 비롯된 계몽과 이성의 결과물이다. 민족 국가의 성립, 산업 생산과 테크놀로지의 발달, 도시의 발전, 그리고 무엇보다 자유로운 개인의 탄생을 뜻한다. 그러나 이러한 개념들 자체가 모순을 포함하고 있듯이 한국의 역사에서 근대는 기계 문명을 앞세워 주권을 빼앗는 제국주의의 얼굴을 하고 이식되었다. 세계사가 보여 주듯 근대의 또 다른 얼굴은 야만적 약탈이었던 것이다. 또한 5·16 이후에는 개인의 인권을 무시하고 고도 성장만을 내세우는 군사 정부의 명함으로 통용되었다. 한국인에게 근대는 정체성 혼란을 가져다주었다. 그 혼란은 포스트모던이 논의된 지 오래인 21세기까지도 계속되고 있다고 생각한다.

내 소설이 돌아가곤 하는 유년이라는 지점이 의미하는 것 또한 정체성 회복에 대한 갈망인지도 모른다. 나는 30대 중반에 소설을 쓰기 시작했는데, '도대체 내가 누군지나 알고 살아야겠다'라는 절박함이 내 소설의 추진력이 되었다. 그때까지 '근대적 국민 국가'의 교육 시스템에서 '학습된 인생'은 온전한 나 자신의 것이 아니었다. 물론 나를 행복하게 만들어 주지 못했다. 내가 갖고 있는 틀로는 도저히 세상을 해석할 수가 없었기 때문에 나는 점점 혼란과 절망에 빠졌다. 나는 내가 살고 있는 세상이란 것이 불공평하고 부조리하며 또한 비극적이라는 사실을 받아들일 수밖에 없었다.

나라는 존재에 대해서도 마찬가지였다. 나는 내가 좋은 사람이라고 믿고 살아왔다. 그러나 삶의 구체적인 곤궁과 불신에 부딪치면서 내가 모르고 있던 나의 비겁하고 모순되고 이기적인 면을 깨닫게 되었다. 내 인생이 허위와 모순에 차 있다면, 그렇다면 그것은 어디에서부터 비롯된 것일까. 그러므로 나의 소설은 유년, 즉 나의 '첫 번째 근대'로 돌아가서 다시 시작되어야 했던 것이다.

자기 부정과 세상의 이면을 뒤집어 보는 비판적 관점에서 출발했기 때

문에 내 소설은 따뜻하고 부드러울 수가 없었다. 신랄하고 냉정해져야
했다. 나의 출발점이었던 첫 장편 『새의 선물』에서 나는 인간의 상처를
덮고 핥아 주는 다정함보다는, 환부를 똑똑히 바라봄으로써 고통에 익숙
해지도록 하는 위악적 태도를 상처의 치료법으로 택했다. 그리고 그것은
내가 그런 위악을 종료하기 위해 또 한번 유년으로 되돌아가야 했던 10년
후의 장편 『비밀과 거짓말』에서 이르러서야 폐기되었다.

3

나는 농부의 자식들이 땅을 떠나고 본격적으로 경쟁이 시작된 경제 개
발 시대에, 일제 잔재인 군대식 학교 교육으로 억압과 통제를 받으며 성
장한 세대이다. 청년기였던 1980년대에는 자기 자신이 아버지 세대가 담
당했던 1970년대 부실 성장 시대의 공산품에 지나지 않는다는 생각으로
자괴감에 시달려야 했다. 대학은 데모 때문에 장기 휴교에 들어갔고 어
느 밤 쿠데타 세력의 탱크가 서울 시내를 점령했는가 하면, 수많은 친구
들이 곤봉으로 얻어맞고 군화에 짓밟히며 끌려갔다.
장편 『비밀과 거짓말』의 작가의 말에 나는 이렇게 썼다.

나는 지금도 어디선가 호루라기 소리가 나면 가슴이 철렁 내려앉으며
내가 뭘 잘못했나 불안해진다. 또 이유를 모른 채 통제를 받거나 누군가
부당하게 권력을 과시할 때 앞뒤 없이 분노가 치민다. 이것은 폭력을 습득
하면서 성장해야 했던 내 세대 모두의 이야기이기도 하다. 불혹을 훨씬 넘
겼지만 나는 언제나 조금씩은 위축돼 있고, 뭔가를 상실한 채 살아가는 기
분이다. 이게 너의 인생이냐는 질문에 매번 당황하게 된다.
90년대에 이르러 나의 세대는 정체 찾기의 여정에 나섰다. 나 역시 ‘나

는 나다'라는 선언의 흥분과 두려움을 동력으로 해서 고여 있던 물 밖으로 튕겨져 나오려고 했다. 그러나 요즘 내 눈앞에는 탄생과 죽음이 만나는 지점이 자주 어른거린다. 사람들이 고향에 대해 말할 때 결국 그것이 죽음에 대한 이야기라는 것을 이 소설을 쓰는 동안 깨달았다.

소설의 주인공은 작가의 실험적 분신일 수밖에 없다. 『비밀과 거짓말』의 주인공은 아버지 혹은 근대화라는 타의에 의해 연출되었던 자신의 유년에 대해 회의하며 정체성 문제로 고민한다. 결국 그가 택한 삶의 방식은 "아주 어쩌다가 제 고향을 지나쳐 가는 여행자로서, 그 냉담을 통해 강해지는 법을 터득하는" 방식이다. 고향을 부정하고 가족이라는 공동체를 버린 그가 택할 수 있는 것은 무엇이었을까.

영준은 기획사에서 지금 차지하고 있는 일층의 방을 내놓고 좁은 방들이 몰려 있는 이층으로 옮겨야 할지도 모른다. 거기에서도 빨리 승부를 보지 못하면 대기조를 위한 길 건너편 건물로 밀려난다. 회사의 헤드쿼터에서 멀어지는 거리만큼 관심과 지원을 덜 받게 되는 것이다. 서열은 냉혹했다. 그러나 벌어들일 돈에 근거한 것인 만큼 한편으로는 무섭도록 공정했다. 영준은 불만은 갖고 있지 않았다. 그런 것이 도시의 삶이었다.

그는 늦은 밤이면 뜨거운 물로 샤워한 뒤 온더록 잔에 얼음 큐빅을 세 개쯤 넣은 몰트 위스키를 마시곤 했다. 마포에 있는 그의 오피스텔은 12층이라서 강변도로의 불빛이 한눈에 내려다보였다. 혼자서 늦은 밤 도시의 야경에 깃든 피로와 적막을 바라보고 있으면 마음이 편해졌다. 도시에서는 혼자라는 게 자연스러웠다.

영준의 오피스텔 입구의 데스크에 앉아 졸고 있던 경비원이 힐끔 눈을 뜨더니 형식적으로 고개를 까딱했다. 영준은 인사를 받지 않았다. 얼굴을 익히면 마주칠 때마다 알은척을 해야 하고 드나드는 것이 의식되어 자유롭지 못했다. 술집이든 이발소든 영준은 단골을 싫어했다. 되도록 인상을 남기지 않으려고 주의하지만 그래도 알아보고 반긴다거나 서비스 안주를 내오는 집은 두 번 다시 가지 않았다. 자기 연출을 강요하는 남의 시선이란 피곤할 뿐이었다. 영준은 우연히 아는 사람과 마주쳐도 제 편에서 먼저 인사하는 법이 없었다. 살인강도의 침입을 받아 신원불명으로 죽는 한이 있더라도 아마 익명을 원했을 것이다.

고향과 공동체를 부정한 주인공이 택할 수밖에 없는 도시 속의 삶. 그것은 생존 게임, 익명성, 그리고 고독을 의미한다. 근대의 산물인 '개인의 발견'은 더 많은 기회와 자유, 그리고 소통을 가져다 줄 듯했지만 현대를 살아가는 개인의 운명은 사뭇 다른 길로 내몰렸다.

4

『타인에게 말 걸기』라는 내 소설에서 주인공 여자는 타인의 따뜻함과 사랑, 즉 소통을 갈구한다. 그래서 끊임없이 많은 남자에게 말 걸기를 시도해 보지만 결국 언제나 혼자 남겨진다. 반면 주인공 남자는 일찌감치 타인을 거부하고 개인화된 삶의 단조로움을 유지하려는 인물로, 자신의 세계로 침입하려는 여자를 경계한다. 그는 어느 새벽 우연히 여관에서 나오는 여자를 보게 된다. 여자는 사랑 없는 섹스의 결과 남자의 정액이 묻어 손가락에 달라붙은 휴지를 마치 옥수수를 먹듯 이로 긁으며 서 있다. 그 이후 남자는 더욱 그녀를 피한다. 여자는 점점 망가져 가더니 마침내 교통사고를 당한다. 그리고 억지로 병원으로 불려나온 남자에게 이렇게 고백한다.

"왜 하필 너를 불렀는 줄 알아? 네가 친절한 사람 같지 않아서야. 거절당해도 상처받지 않을 것 같았어. 난 네가 좋아. 아무것도 기대할 수 없게 만드는 그 냉정함 말이야. 그게 너무 편해. 너하고는 뭐가 잘못되더라도 어쩐지 내 잘못은 아닐 것 같은 느낌이 들거든."

그 주인공뿐이 아니다. 내 소설의 주인공들은 대개 고독과 불안, 소외, 따돌림으로 고통을 받는다. 그런데 더 괴로운 것은 분명 뭔가가 잘못돼 있는데, 잘못한 사람은 아무도 없다는 사실이다. 나는 이런 것이 파편화된 개인으로 살아갈 수밖에 없는 현대 사회의 부조리라고 생각한다. 선악이 분명한 시대에는 물리쳐야 할 적이 있었고, 또 인과 관계와 승자가 있었다. 고전 소설이 그렇듯이 서사도 다채로웠다. 지금은 그렇지 않다. 현대인들은 타인에게 깊이 개입하지 않고 자신 역시 침해받지 않으며 거리 유지를 하면서 살아간다. 대신 고독을 감당해야만 한다. 존중받아야 할 자아가 너무 강하기 때문에 타자와의 벽은 허물어지지 않는다. 누구나 사랑을 원하지만 그것은 영원히 불가능한 일이 돼 버렸다. 그러나 나는 그것이 전부라고 생각하지 않는다.
최근 한 단편 소설에서 이렇게 쓴 적이 있다.

당신이 살고 있는 곳은 오피스텔이 밀접한 지역입니다. 그렇게 많은 사람들이 살고 있는데도 거리에는 사람의 모습이 거의 보이지 않아요. 철저히 이웃과는 격리되어 있는 시스템이라는 겁니다. 대신 곳곳에 폐쇄 회로 카메라가 있어 통제되고 관리를 받지요. 당신이 절대적인 단독자라고 느끼는 그 순간에도 누군지 모르는 수없이 많은 이웃과 함께 시공간을 공유하고 있다는 뜻입니다.

근대는 인간을 해방시켜 개인화했고, 그 결과 개인은 고독해졌다. 내게 있어 가장 큰 근대의 산물은 고독이다. 그러나 어떤 정서적 사회적 기계적 메커니즘에 의해서든 인간은 타자로부터 자유로울 수 없다. 불가능한 줄 알면서도 끊임없이 소통을 갈망하는 것이 인간의 아름다움이며, 저마다 고독으로 성을 쌓고 있지만 누구나 사랑을 원한다는 데에 현대적 휴머니즘이 자리한다. 나는 내 소설이 인간의 고독에 대해 더 많은 관점을 갖춰 나가기를 원한다. 인식, 즉 안다고 해서 고독이 사라지지는 않겠지만 적어도 내가 문학에서 구하는 위로는 줄 수 있을 것이다. 누군가의 말처럼 "모더니즘은 계몽 사상의 화신이며, 계몽 인식론과 이성의 최우선성에 동의하는 한 우리는 모더니즘의 산고를 벗어날 수 없는 것"이다. 하지만 존중받고 행복해질 인간의 권리는 어떤 세상 끝에서라도 포기할 수 없는 가치이다. 모든 작가들은 그것을 위해 노력하고 있다.

근대와 나의 문학

정양

근대화와 피해 의식

1950년대, 마을을 가로지르는 신작로에서 가끔씩 먼지를 일으키며 질주하는 미군 차량을 보면 따라가면서 만세를 부르던 꼬마들이 있었다. 그렇게 만세를 부르면서 따라가면 미군들은 더러는 차를 세우고 꼬마들을 향해서 상자 안에 든 깡통들을 던져 주곤 했다. 땅바닥에 떨어지는 깡통들을 줍고 있는 아이들의 머리 위에서는 미군들의 카메라 셔터 누르는 소리가 아이들 손길보다 바쁘게 찰칵거렸다. 차 위에서 던지는 깡통들이 머리통을 때리든 손등을 찍든 눈치 빠르고 재수 좋은 아이들은 카메라가 찰칵거리거나 말거나 쇠고기 통조림 같은 좀 묵직한 걸 주웠고 찰칵거리는 카메라나 흘끔거리던 재수 없는 애들은 빈 깡통이나 쓰디쓴 커피봉지 따위를 주워서 퉤퉤 침을 뱉었다. 만세를 부르거나 말거나 그냥 먼지만 일으키며 가 버리는 차를 향해서는 약속이라도 한 듯 일제히 먼지 속에서 몇 차례고 주먹감자들을 먹였다. 나는 그 꼬마들 속에서 늘

114

재수도 더럽게 없는 편에 속했다.

어른이 되면서 까맣게 잊고 살던 그 찰칵거리는 셔터 소리는 역사라든지 시대라든지 하는 것을 주억거릴 기회가 있을 때면 어떤 치욕감이나 피해 의식과 함께 불현듯 되살아났고, 언제부터인지는 모르지만 근대화라는 용어에 대해서도 나는 역사나 시대를 주억거릴 때와 비슷한 막연한 피해 의식을 지니고 있다. 아메리카 인디언들이 문명이라는 백인들의 낚싯밥을 덥석 물고 멸족을 당했듯이 한국의 근대사 또한 일본과 미국의 오랜 길들이기를 통해서 민족적 활력과 활로를 통째로 유린당한 건 아닌지 하는 생각이 차라리 단순한 피해망상이었으면 좋겠다. 요즈음도 근대화, 선진화, 세계화 등등의 용어들 속에는 치욕적이고 치명적인 그 셔터 소리가 담겨 있는 것만 같다.

흔히들 갑오농민전쟁을 겪은 1894년의 갑오경장을 우리나라 근대화의 기점으로 삼는 일이 많은데 그 갑오경장을 문명화나 진보 혹은 삶의 사회적 자각에 접근하는 길이었다고 여기는 것은 매우 슬픈 오해일 것이다. 그것은 근대화가 아닌 국모시해와 을사조약과 한일합방이 예약된 식민화의 이정표였다. 1945년 8월 15일 또한 일제가 항복을 선언한 날일 뿐 해방의 날도 광복의 날도 독립의 날도 사실상 아니었다. 해방도 되기 전인 1945년 8월 10일, 패전국 일본 대신 한반도에 미리 그어진 38선은 미국이 고안한 자유와 민주의 수호선이 아니었다. 그것은 자유와 민주와 자본이라는 풍문을 낚싯밥으로 뿌리면서 분할 점령과 국토 분단과 민족 분단 그리고 한국전쟁을 예약했던 실로 음흉한 분단선이었다. 해방도 되기 전에 점령당한 나라, 그러기에 우리에겐 아직도 독립기념일이 없다. 조국 근대화를 기치로 내걸었던 5·16쿠데타 또한 근대화는커녕 무자비하게 인권을 유린한 비극적 군부 독재의 초석을 닦았을 따름이다. 근현대사와 함께 진행된 것으로 여겨지는 우리의 근대화는 어쩌면 악마의 작품인지도 모른다.

우리가 살아왔던 시대는 과도기 아닌 적이 거의 없었던 것 같다. 과도기란 사회의 사상이나 질서 제도 등이 동요와 불안에 휩싸인 시기를 뜻하는 말일 텐데, 그것은 어찌 보면 짧은 시일 안에 우리가 겪는 근대화의 개념을 특징적으로 규정하는 말이기도 할 것이다. 직장에서 쫓겨나고 수배되고 투옥당하면서 끝끝내 민권을 회복하여 역사의 흐름을 되찾으려던 우리 문단 선후배나 동료들의 고통스럽던 삶을 상기할 때마다, 그리고 그런 소용돌이 속에서 40년 넘게 변함없이 교직에 몸담고 살아온 나를 돌이켜볼 때마다 나는 감당하기 어려운 부끄러움이 앞선다. 5·16쿠데타 이후 장기간의 군부 독재와 10·26과 광주항쟁 그리고 6월항쟁 등을 겪으면서 한 달도 거르지 않고 40년 넘도록 꼬박꼬박 봉급을 챙겨 온 정년퇴임식에서 처음 들어 보는 이름의 무슨 훈장인가를 받을 때, 나는 꼭 무슨 도적질이라도 하다가 들킨 것만 같아서 참담한 마음을 가누기가 어려웠다.

의식적이든 무의식적이든 우리들의 문학적 행위는 그 격랑의 소용돌이 속에서 역사의 곤곤(滾滾)한 흐름을 되찾으려는 부단한 노력으로 점철되어야 마땅하다. 그럼에도 불구하고 40년 넘게 시를 써 오면서 필시 악마의 작품이지 싶은 역사에 대한 혹은 근대화에 대한 피해 의식을 극복하고자 하는 적극적 몸가짐 대신 소극적 몸사림이 많았고 다만 역사의 소용돌이 속에서 사라져 가는 것들, 천해지는 것들, 소외받는 것들에 대해서 약간의 남다른 관심을 보여 왔을 뿐이다.

나는 신문사 신춘문예의 시 부문과 문학 평론 부문에 당선이 되었지만 평론보다는 시 쓰는 일에 더 마음을 쏟았다. 내가 써 온 시들 속에는 고향 얘기가 많다고들 하는데 내 고향은 경치가 아름다운 명승지도 고적이 많은 관광지도 아닌, 내세울 거라곤 거의 없는 그저 평범한 농촌 마을이다. 내 시에 고향 얘기가 많은 건 고향 마을에 대한 나의 애정이 남달라서라기보다는 소외받고 천해지고 사라져 가는 것들이 내 알기로는 그 마을 주변에 유난히 득실거리고 있었기 때문일 것이다. 나는 습작기에 한용운, 김소월, 정지용, 김기림, 이상, 백석, 조운, 윤동주, 서정주, 이용악, 오장환, 그리고 김수영 등등의 시들을 좋아했다. 그런 시인들의 좋은 점을 제대로 본받지 못하고 소극적 몸사림의 시를 많이 쓰게 된 것은 시가 지녀야 할 예술적 품격에 지나친 비중을 두면서 시쓰기를 했던 탓이 아니었을까 여겨진다. 문단의 선후배 동료들이 내가 쓴 그런 몸사림의 시에 대하여 그동안 과분한 관심을 보여 준 것 또한 염치없을 따름이다.

자생적 근대 문화를 찾아서

평민 문화의 꽃, 판소리

정치적이거나 외래적인 근대화의 피해 의식을 극복하려는 무의식적 발로였든지 아니면 그냥 뭐에 씌었든지 나는 1980년대 초에 판소리에 관심을 가지기 시작했다. 판소리가 지니고 있는 수준 높은 예술성과 그 자생적 평민 의식에 이끌렸던 것 같다. 북 치는 걸 배우고 토막소리들을 배우면서 판소리에 관한 논문들을 모으고 틈나는 대로 판소리 전수 현황을 파악하기 위해서 각 지역의 국악원이나 전수 현장들을 찾아다녔다. 2001년에 낸 판소리 평론집 『판소리 더늠의 시학』(문학동네)은 내가 배웠던 판소리의 부분창들을 시학적으로 접근하여 분석해 본 내용들이다. 판소리는 수많은 더늠으로 짜여 있고 판소리의 눈대목이 되어 있는 그 더늠들 속에는 판소리가 겪어 온 굴절의 양상과 함께 조선조 후기 평민 문화의 기수 역할을 감당하던 판소리의 진면목이 선명하게 살아 있다. 또

한 오랜 세월 동안 농축되어 있는 판소리 청중들의 꿈과 한과 신명이 생생하게 드러나기도 한다. 그 속에는 양반 문화에 대한 부러움과 폄하, 천민자본주의에 대한 혐오와 비난이 희화적으로 혼재되어 있기도 했다.

『판소리 더늠의 시학』을 통해서 나는 또 민담과 판소리, 판소리와 근대 소설과의 혈연을 찾아보았다. 구두쇠에 관한 토막 민담들이 놀부나 옹고집 설화로 대형화된 과정과 그것들이 다시 근대에 이르러 『삼대(三代)』(염상섭)의 조의관이나 『태평천하(太平天下)』(채만식)의 윤직원이나 『대하(大河)』(김남천)의 박성관이나 『고향(故鄕)』(이기영)의 안승학 등등으로 형상화되어 있다는 것을, 그리고 놀부나 뺑덕이네나 변학도나 조조나 북곽선생 옹고집과 같은 조선 시대 서사물들의 부정적 인간형들이 도깨비 민담의 도깨비를 원형으로 삼아서 굴절된 인물 유형임을 밝혀 본 글 등등이 그것들이다.

그 책에서 나는 또 조선조 후기 평민 문화가 다양하게 전개되던 무렵의 신재효의 문화사적 역기능에 대해서도 집중적으로 추구해 보았다. 신재효는 판소리 사설 여섯 마당을 정리했고 그 과정에서 사설 내용을 서사 체계에 맞도록 합리적으로 개작한 사람으로 널리 알려져 있다. 나는 신재효가 개작한 대목들을 면밀히 분석하여 그의 판소리 사설 개작 동기가 판소리의 서사적 합리성을 위한 것이라는 종래의 허울을 조목조목 벗겨 보았다. 그는 판소리 사설을 개작함에 있어 묵시적으로 혹은 노골적으로 때로는 서사적 합리성으로 위장하면서 개작 동기를 밝히기도 했는데, 그것들이 묵시적이든 노골적이든 위장적이든 그가 내세웠던 합리성은 판소리의 서사 체계 정비를 위한 예술적 감각에 근거한 것이 아니고 양반 좌상들의 사회적 입장과 봉건 질서의 옹호에 기여하고자 하는 사회 감각의 허울이었다. 자생적 근대 정신의 씨앗이라 할 수 있는 평민 문화의 개화기에 손바닥으로 하늘을 가리려는 것 같은 신재효의 문화사적 역기능에 대해서는 추후로도 더 살펴야 할 점이 많은 것 같다.

현실주의 한시들

1990년대 후반에 나는 묵은 자료를 뒤적거려 짧은 안목으로 어렵사리 탐독했던 우리의 현실주의 한시 중에서 다시 읽고 싶은 시들 300여 편을 골라 한데 엮어 보았다. 책 이름이 『한국 리얼리즘 한시의 이해』(새문사)인데, 이는 『한국 현실주의 한시의 이해』라는 처음 제목을 출판사에서 무리하게 바꾼 결과이다.

예전에 비하면 사람살이가 많이 나아졌다고들 한다. 삼순구식(三旬九食)조차 어렵던 보릿고개도 이제는 없고 끼니 걱정 대신 살찌는 게 두려워 일부러 굶는 이들이 늘고 있다. 세상 참 많이 좋아졌다면서 어렵던 시절을 일삼아 되새겨 보는 한가한 이들도 요새는 없지 않다. 그러나 곰곰 되새겨 보면 우리가 겪은 가난과 그 가난을 낳은 착취와 부패는 한낱 옛날 애기만은 아니다. 가난과 착취와 부패, 그것들은 더 악착스럽게 우리의 삶에 똬리를 틀고 있다. 일부러 굶는 이들이 느는 것처럼 가난을 벗어나기 위해서라면 그리고 착취와 부패를 위해서라면 무슨 짓이라도 서슴지 않는 악질적 범죄도 점점 늘고 있다. 가난에 대한 백성들의 두려움이 예전에 비하여 요즘은 훨씬 심각해져 있다.

음풍농월을 즐기면서 우리 한시의 미학이나 가늠할 일이지 지금이 어느 땐데 이 무슨 궁상맞은 짓이냐고 탓하는 이도 있지만 그러나 나로서는 가난과 부패로 얼룩진 이 지긋지긋한 시들, 이 잊혀지지 않는 시들을 통하여 자생적 근대 정신의 뿌리, 우리 시가 문학을 관류해 온 현실주의적 세계관을 그 근본부터 챙겨 보고 싶었다. 우리의 어렵던 시절을 일삼아 되새겨 보는 단순한 회고적 기록이 아니기를 기대하면서, 사라져야 할 것들이 여간해서 사라지지 않는 역사적 배반감을 쓰라리게 확인하는

거울이기를 기대하면서 한시 번역의 묵은 틀을 현대시 형태로 바꿔 보았
지만 책은 거의 팔리지 않은 채 지금껏 출판사 창고에 짐이 되고 있다.

마무리

　내가 쓴 시들은 근대화에 따르는 고질적 피해 의식을 적극적으로 극복
하고자 하는 의지가 결여되어 있고 그런 시 쓰기의 외곽에서 평론이나
논문 혹은 번역 작업을 통하여 나는 내 문학적 허약함을 보완하고자 했
던 것 같다. 판소리나 현실주의 한시들을 통해서 자생적 근대 문화의 뿌
리를 찾아 보는 일이 내 시 쓰기의 외곽에서 넉넉하게 자리 잡기를 바랄
따름이다.

1970년대와 나의 시

정호승

1

나는 한국시단에서 '70년대 시인'으로 불린다. 쉽게 이야기하면 1970년 대에 등단해서 작품 활동을 시작한 시인이라는 뜻이다. 그 뜻 속에는 1970년대 한국의 고통과 눈물이 가슴에 스며들어 있는 시인이라고 이해 해도 무방하다.

나는 1973년 대한일보 신춘문예에 시 「첨성대」가 당선되어 등단했다. 「첨성대」는 선험적으로 체득된 한국적 정한의 세계를 전통적 내재율에 의존해 노래한 시다. '할머니 눈물로 첨성대가 되었다/ 일평생 꺼내보던 손거울 깨뜨리고/ 소나기 오듯 흘리신 할머니 눈물로/ 밤이면 나는 홀로 첨성대가 되었다/ 한 단 한 단 눈물의 화강암이 되었다.'

나는 첨성대에서 할머니, 즉 고난과 역경의 시대를 살아온 한국 여인 의 화강암 같은 눈물을 보았다. 외가가 경주에 있어 방학 때마다 첨성대 를 찾아가 볼 기회가 많았는데, 첨성대는 볼 때마다 한복을 입은 한 여인, 한 손으로 치맛단을 살짝 끌어올리고 들판에 외롭게 혼자 서 있는 한 여인의 모습처럼 여겨졌다. 어떤 때는 밤하늘에 휘영청 보름달이 떠 있는 날, 첨성대 꼭대기에 올라가 한 여인이 이승의 고통을 견디지 못하고 훌쩍 뛰어내리는 모습을 떠올리기도 했다.

시 「첨성대」에서 시작된 1970년대의 나의 시는 이런 한국적 정한의 세계에 깊게 뿌리를 내리고 한국의 탈근대화 과정과 맞닿아 있다. 1970년대의 한국은 정치적으로는 군사 독재 정치가 그 독재성을 조금도 누그러뜨리지 않고 새로운 유신 헌법을 선포, 유신 정치가 극악을 부리던 시기였다. 유신 정치는 '한국적 민주주의'라는 미명의 겉옷을 덧씌운 헌법에 의존해서 막 태동되기 시작한 자유민주주의의 싹을 밑동부터 송두리째 잘라 버렸다. 국가가 국민에게 테러를 자행하는 암울한 시대에 국민들은 입을 다물었다. 입이 있어도 말을 할 수 없었다. 언론은 탄압받았으며, 정의를 주장하고 진실을 이야기하던 이들은 긴급조치 위반으로 줄줄이 감옥으로 잡혀갔다. 문인들이라고 예외일 수는 없어 고은, 김지하 등 시인들도 오랜 시간 동안 옥고를 치렀다.

1973년에 군에서 제대하고 복학한 나는 20대를 유신 시대로 살아간다는 것 자체가 참으로 슬프고 치욕스러웠다. 문단의 말석에 시인으로서 얼굴은 내밀었으나 정치적으로 나는 너무나 무력했다. 우리를 해방시켜 줄 해방자가 있다면 그 해방자를 간절히 기다리는 일과, 그 기다림 속에서 시를 쓰는 일 외에 아무것도 할 수 없었다.

1978년 어느 겨울날이었다. 추위에 떨며 길을 가다가 '슬픔'이라는 낱말이 무거운 바윗덩어리처럼 내 야윈 가슴을 짓눌렀다. 아니, 날카로운 비수가 되어 내 가슴을 찔렀다. 비수 끝에 매달린 눈물이 핏물이 되어 아침 햇살에 영롱했다. '슬픔'은 '비극'이라는 말로는 도저히 표현될 수 없는 한국인의 삶의 어떤 원형 같은 낱말로 느껴졌다. 나는 마음을 모으고 '슬픔'이 주제어가 된 연작시들을 쓰기 시작했다.

> 나는 이제 너에게도 슬픔을 주겠다
> 사랑보다 소중한 슬픔을 주겠다
> 겨울밤 거리에서 귤 몇 개 놓고
> 살아온 추위와 떨고 있는 할머니에게
> 귤값을 깎으면서 기뻐하던 너를 위하여
> 나는 슬픔의 평등한 얼굴을 보여주겠다
> 내가 어둠 속에서 너를 부를 때
> 단 한 번도 평등하게 웃어주질 않은
> 가마니에 덮인 동사자가 다시 얼어죽을 때
> 가마니 한 장조차 덮어주지 않은
> 무관심한 너의 사랑을 위해
> 흘릴 줄 모르는 너의 눈물을 위해
> 나는 이제 너에게도 기다림을 주겠다
> 이 세상에 내리던 함박눈을 멈추겠다
> 보리밭에 내리던 봄눈들을 데리고
> 추워 떠는 사람들의 슬픔에게 다녀와서
> 눈 그친 눈길을 너와 함께 걷겠다
> 슬픔의 힘에 대한 이야기를 하며
> 기다림의 슬픔까지 걸어가겠다
>
> ——「슬픔이 기쁨에게」 전문

이 시에서 화자인 '나'와 객체인 '너'의 관계는 서로 대비되는 관계다. 이 시는 박해자와 피박해자, 가진 자와 가지지 못한 자, 흑과 백, 그늘과 햇빛, 눈물과 웃음의 비극적 대비 관계를 나타낸 시다. 기쁨 없는 슬픔은 없다는, 그늘 없는 햇빛은 없다는, 고통 없는 사랑은 없다는 합일된 상관 관계를 나타내고자 한 시는 아니다.

이 시는 가난하고 소외된 이웃의 고통을 희망과 기다림의 의지로 극복하고자 하는 마음을 담았다고 할 수 있으며, 독재로 얼룩진 정치사의 상처를 은유적으로 드러내고 치유하고 싶어 했다고도 할 수 있다. 구체적으로 전혀 드러나 있지는 않았지만 독재 정치의 폭압적 상황을 '기쁨'으로, 그 시대를 살아가는 국민들의 견딜 수 없는 절망과 고통의 상황을 '슬픔'으로 은유하고자 했다. 슬픔으로 대변되는 '내가' 기쁨으로 대변되는 '너에게' 언젠가는 너도 슬픔의 옷을 입고 통곡하게 될 것임을 경고하고 자숙할 것을 촉구하는 의미도 행간에 숨어 있다. 그래서 시 "슬픔을 위하여'에서는 '나는 오늘 새벽, 슬픔으로 가는 길을 홀로 걸으며/ 평등과 화해에 대하여 기도하다가/ 슬픔이 눈물이 아니라 칼이라는 것을 알았다"라고 노래하기도 했다.

1970년대는 암담한 시대의 특성상 순수 서정시보다는 참여시와 민중시가 많이 쓰였다. 이 시들은 서정성이 다소 결핍되었다 하더라도 작품성 강한 호소력을 지녔다. 그러나 나는 참여성과 민중성을 지향하되 가능한 한 서정의 끈을 놓치지 않으려고 노력했다. 그래서 「슬픔이 기쁨에게」는 표면상 한 편의 서정시로 읽힌다. 그것은 어디까지나 내가 시의 그릇에 밥을 퍼 담고 있다는 사실을 잊지 않았기 때문이다.

슬픔이 주제어가 된 연작시 「슬픔으로 가는 길」, 「슬픔은 누구인가」 등을 몇 편 더 썼는데, 그 탓인지 뜻밖에도 나는 '슬픔의 시인'이라고 불리게 되었다. 나는 그 별칭을 담담하게 받아들였다. 단순한 감상적 슬픔의 늪에 빠지지 않는 한 슬픔은 모든 시의 원형이며 슬픔이 본질로 내포되지 않은 시는 없다고 생각되었다.

　문학 평론가 김현은 어느 평문에서 "정호승 시의 기조를 이루고 있는 것은 비애나 한과 같은 감정이다. 그러나 그에게 있어 독특한 것은 비애나 한이 수동적 감정이 아니라, 그것을 극복하려는 능동적 감정의 뿌리라는 것이다. 그의 비애나 한은 눈물이 아니라 칼이다."라고 쓴 적이 있다. 또 문학 평론가 김우종도 "정호승 시집 『슬픔의 기쁨에게』는 단순한 감정이 아니라 사회적 정의와 인종과 사랑과 기다림의 삶의 철학이 깊은 슬픔의 늪에서부터 우러나와 친근한 대화의 언어로 공감의 폭을 넓히고 있다."라고 말하고 있다.

　이렇게 1970년대는 나에게 슬픔의 시대이기도 했지만 또한 기다림의 시대였다. 어둠이 깊을수록 새벽이 가깝다는 믿음 가운데서 새롭게 밝아올 민주의 시대를 기다리던 기다림의 시대였다. 다들 가슴에 희망을 품고 어둠을 물리쳐 줄 해방자를 기다렸다. 나는 그 해방자를 순결한 '눈사람'이라고 생각했다. "눈 내리는 겨울밤이 깊어갈수록/ 눈 맞으면 파도 위를 걸어서 간다/ 쓰러질수록 파도에 몸을 던지며/ 가라앉을수록 눈사람으로 솟아오르며/ 이 세상을 위하여 울고 있던 사람들이/ 또 이 세상 어디론가 끌려가는 겨울밤에/ 굳어버린 파도에 길을 내며 간다."(「파도타기」 부분)

　이렇게 위태로운 시대, 그 파도의 길을 걸으며 기다린 해방자의 구체적 모습은 '눈사람'이었다.

　　사람들이 잠든 새벽거리에
　　가슴에 칼을 품은 눈사람 하나
　　그친 눈을 맞으며 서 있습니다
　　품은 칼을 꺼내어 눈에 대고 갈면서
　　먼 별빛 하나 불러와 칼날에다 새기고

다시 칼을 품으며 울었습니다
용기 잃은 사람들의 길을 위하여
모든 인간의 추억을 흔들며 울었습니다

눈사람이 흘린 눈물을 보았습니까
자신의 눈물로 온몸을 녹이며
인간의 희망을 만드는 눈사람을 보았습니까
그친 눈을 맞으며 사람들을 찾아가다
가장 먼저 일어난 새벽 어느 인간에게
강간당한 눈사람을 보았습니까

사람들이 오가는 눈부신 아침거리
웬일인지 눈사람 하나 쓰러져 있습니다
햇살에 드러난 눈사람의 칼을
사람들은 모두 다 피해서 가고
새벽 별빛 찾아나선 어느 한 소년만이
칼을 집어 품에 넣고 걸어갑니다
어디선가 눈사람의 봄은 오는데
쓰러진 눈사람의 길 떠납니다

—「눈사람」 전문

    나는 눈사람으로 은유되는 순결한 인간이 우리가 간절히 기다리는 그 해방자가 아닐까 하고 생각해 보았다. 그것도 가슴에 칼을 품은 눈사람, 그 눈사람의 칼을 품에 넣고 길 떠나는 소년의 이미지가 내겐 순결한 해방자의 구체적 모습이었다. 1970년대 유신의 뒷골목에서 나는 그런 소년의 모습의 떠올리며 기다림의 의지를 돋구어 나갔다.

2

　1970년대는 경제적으로 또한 빈곤한 시대였다. 군사 독재 체제 가운데서 5년 단위로 추진된 '경제개발 5개년 계획'은 정부의 비호 아래 재벌 그룹이 본격적으로 형성됨으로써 부의 편중이 갈수록 심화되고, 부익부 빈익빈 현상을 점차 악화시키는 한 계기가 되었다. 실질적으로는 경제 성장이 이룩되고 있었지만, 민주화가 요원하면 할수록 심정적으로는 국민 전체가 가난에 허덕이고 있다고 느껴졌다. 지금은 대다수 국민들이 개발 독재가 세계 10대 경제 대국에 들어선 계기를 마련했다는 긍정적 평가를 내리지만 당대에는 국민들이 그렇게 긍정적인 평가를 할 심정이 아니었다.

　나도 초등학교를 다니던 1950년대 말에서 1960년대 초까지만 해도 미국에서 보내 준 옥수수빵을 학교에서 배급받았다. 긴 직사각형 옥수수빵과 딱딱한 고체 우유 덩어리를 왜 주는지도 모르고 받아먹었는데 아직도 내 후각은 구수한 옥수수빵 냄새를 기억하고 있다. 미국인의 손과 한국인의 손이 악수하는 모습이 그려진 밀가루 포대나 옥수수 가루 포대를 본 기억 또한 아직 생생하다.

　1970년대 대학생들은 일자리가 없었다. 아이들을 가르치는 가정교사 외엔 막노동을 하지 않는 한 아르바이트 자리가 마땅치 않았다. 나는 1968년도에 문예장학생으로 경희대 국문과에 입학했으나 1년 후엔 등록금을 낼 수 없어 휴학했으며 곧 군에 입대했다. 1학년 때는 하루 100원을 가지고 살았다. 당시 유부국수 한 그릇 값이 30원이었는데 나는 고향에서 부모님이 보내 주시는 돈으로 국수 세 그릇을 사 먹고 하루를 살

때도 있었다.

1973년에 군에서 제대하고 복학한 뒤 나는 특별한 일도 없이 서울역에 자주 나갔다. 서울역은 언제나 고향과 같은 느낌을 주었다. 서울역 광장에 서 있으면 서울역은 언제나 포근한 어머니 품속 같았다. 그건 아마 고향으로 갈 수 있는 기차가 언제나 서울역에 있었기 때문이었을 것이다.

당시 서울역엔 농어촌에서 무작정 상경한 사람들이 늘 서성거렸다. 기차가 도착하면 광장엔 갈 곳이 없어 헤매는 사람들이 많이 눈에 띄었다. 농촌이 산업화되어 가는 과정 속에서 일자리를 찾아 무작정 상경한 이들의 발걸음은 무겁고 불안하기 짝이 없었다.

염천교 다리 아래 비는 내리고
내 힘으로 배우고 성공하자는
구인광고 벽보판에 겨울비는 내리고
서울역을 서성대던 소년 하나
빗속을 뚫고 홀로 어디로 간다

서울역에 서서히 어둠은 내리는데
서울역전우체국 앞에도 비는 내리는데
아저씨, 어디로 가시는지
신문 한장 사보세요, 네?
신문팔이 소녀의 목소리는 겨울비에 젖는다

서울역 시계탑 아래에서 만나던 순아
돌아갈 곳 없이 깊어가는 서울밤
사람들의 가슴마다 불이 켜지고

무작정 상경한 소녀는 비에 젖어
어느 남자 손에 이끌려 소리 없이 사라지는데

염천교 다리 아래 비는 내리고
염천교 다리 아래 빈 기차는 지나가고
흔들리는 빈 기차의 흐린 불빛 하나
젖은 내 가슴을 흔들고 지나간다
여관방의 불빛도 비에 젖는데

—「염천교 다리 아래 비는 내리고」 전문

  염천교는 서울역에서 북쪽 방향으로 있는 다리다. 다리 아래로는 열차 차고지가 있는 수색으로 가는 선로가 놓여 있다. 다리 한편으로는 수제화 가게가 늘어서 있었고 길가엔 싸구려 구두를 파는 노점들이 줄을 이었다. 나는 그곳을 하릴없이 어슬렁거릴 때가 있었다. 어슬렁거리다가 주변을 돌아보면 무작정 상경한 갈 데 없는 아이들이 나처럼 염천교 다리 위를 헤매고 있었다.

  고향을 버리고 서울로 올라와 갈 데 없어 헤매는 이들은 어른들 또한 마찬가지였다. 가솔을 이끌고 서울로 올라온 가장들은 당장 식구들의 한 끼를 해결해야 할 일자리를 찾기 위해 몸부림쳤다. 그들에게 서울의 불빛은 희망의 불빛이라기보다는 절망의 불빛이었다. 그들은 가슴에 고향을 품은 채 그래도 서울에서 살아남기 위하여 직업소개소의 문이라도 밀치고 들어가지 않으면 안 되었다.

  남대문 직업안내소 창 밖에도 눈이 내린다

눈보라 속을 가듯 눈보라 속을 가듯
서울역은 어디론가 저 혼자 간다
대합실 돌기둥에 기대어 아이는 잠이 들고
애비는 혼자서 술을 마신다
지금쯤 고향에도 눈이 내릴까
지난 가을 밤하늘에 초승달 걸렸을 때
소 몇 마리 몰고가던 소몰이꾼은
지금도 소를 몰고 걷고 있을까
흐르면 흐르는 대로 흐르는 나는
남대문 직업안내소 창밖의 눈송이로 내리고
부녀상담소 여직원은 아직 보이지 않는다
이제 막 밤열차에서 내린 사람들이
눈사람이 되어 하늘을 쳐다본다
누가 모든 사람의 눈물을 닦아줄 수 있을까
사람들은 왜 상처를 입는 것일까
하늘의 눈꽃이 다시 피어 시들고
빈 지게 지고 가는 청년 한 사람
성긴 눈발 사이로 들리는 불빛소리

—「불빛소리」 전문

　　지금은 사라졌지만 1970년대 말 서울 거리엔 지금도 잊을 수 없는 풍경 하나가 있다. 그것은 시각장애인들이 앰프 시설을 해놓고 거리에서 노래를 부르는 풍경이다. 플라스틱 동전 바구니를 발아래 놓고 지나가는 행인들을 향해 노래를 부름으로써 구걸 행위를 하는 것이다. 나는 이들 '맹인 부부 가수'들이야말로 1970년대를 상징하는 우리들의 자화상이라고 생각했다.

눈 내려 어두워서 길을 잃었네
갈 길은 멀고 길을 잃었네
눈사람도 없는 겨울밤 이 거리를
찾아오는 사람 없어 노래 부르니
눈 맞으며 세상 밖을 돌아가는 사람들뿐
등에 업은 아기의 울음소리를 달래며
갈 길은 먼데 함박눈은 내리는데
사랑할 수 없는 것을 사랑하기 위하여
용서받을 수 없는 것을 용서하기 위하여
눈사람을 기다리며 노랠 부르네
세상 모든 기다림의 노랠 부르네
눈 맞으며 어둠 속을 떨며 가는 사람들을
노래가 길이 되어 앞질러가고
돌아올 길 없는 눈길 앞질러가고
아름다움이 이 세상을 건질 때까지
절망에서 즐거움이 찾아올 때까지
함박눈은 내리는데 갈 길은 먼데
무관심을 사랑하는 노랠 부르며
눈사람을 기다리는 노랠 부르며
이 겨울 밤거리의 눈사람의 되었네
봄이 와도 녹지 않을 눈사람이 되었네

—「맹인 부부 가수」 전문

함박눈이 펑펑 내리는 어느 추운 겨울이었다. 등에 아기를 업은 한 맹인 부부가 광화문 육교 위에서 마이크를 손에 잡고 노래를 부르고 있었다. 시민들은 종종걸음으로 그들 앞을 무심히 지나쳤다. 그들의 가난한 노랫소리는 펄펄 휘날리는 눈송이 위에 무겁게 내려앉았다. 아무리 노래를 불러도, 등에 업힌 아기의 머리 위에 자꾸 눈이 쌓여도 동전 바구니는 텅 비어 있었다. 나는 가난한 그들도 우리 시대의 눈사람, 봄이 와도 녹지 않는 눈사람, 그 해방자를 기다리고 있다고 생각했다.

1970년대의 가난은 당시 경제력이 한국보다 더 나은 남미 쪽으로 온 가족을 데리고 이민을 떠나게도 만들었다. 국가 정책상 이민이 장려되어 한때는 남미행 이민이 붐을 이루기도 했다. 나는 「이민 가는 자를 위하여」라는 시를 통해 "이민 가는 자를 위하여 이 가을에/ 나는 결코 손을 흔들지 않았다/ 누운 풀들이 일어서지 않은 들녘 너머로/ 어제 진 반달이 떠오르기 전에/ 서둘러 무심히 떠나가는 자를 위하여/ 나는 결코 눈물을 흘리지 않았다/ 떠나보내는 친구와 친척들을 바라보며/ 한 마리 귀뚜라미처럼 울고 말았을 뿐/ 이민 가는 자의 꿈을 위하여 이 가을에/ 나는 결코 간절히 기도할 수 없었다"라고 노래하며 그저 그들을 망연히 바라볼 뿐이었다.

3

1974년 서울에 지하철이 개통되었다. 정치적으로는 억압적 유신 정치가 기승을 부렸지만 경제적으로는 서울에 지하철이 개통될 정도로 발전된 모습을 나타냈다. 지금도 그렇지만 당시 지하철은 서민들에겐 필수적 교통 수단이었다. 나는 늘 지하철을 타고 다녔다. 그러나 1970년대의 한복판에서 만원 지하철을 타고 어떤 때는 서서 잠이 든 채로 출퇴근을 하곤 했다. 참으로 고단한 삶이었다. 내가 지하철을 타고 어디로 가고 있는지, 왜 무엇 때문에 살고 있는지, 서울에서의 이러한 삶이 진정 사랑과 행복에 이르는 삶인지 전혀 알 수 없었다.

지하철을 타고 가는 눈 오는 밤에
불행한 사람들은 언제나 불행하다
사랑을 잃고 서울에 살기 위해
지하철을 타고 끝없이 흔들리면
말없이 사람들은 불빛 따라 흔들린다

흔들리며 떠도는 서울밤의 사람들아
밤이 깊어갈수록 새벽은 가까웁고
기다림은 언제나 꿈속에서 오는데
어둠의 꿈을 안고 제각기 돌아가는
서울밤에 눈 내리는 사람들아

흔들리며 서울은 어디로 가는가
내 사랑 어두운 나의 사랑
흔들리며 흔들리며 어디로 가는가
지하철을 타고 가는 눈 오는 이 밤
서서 잠이 든 채로 당신 그리워

—「밤 지하철을 타고」전문

서울의 지하철은 구간마다 단계적으로 개통되어 갔으나 독재 권력의 반헌법적 행동은 시간이 가면 갈수록 극에 달했다. 1975년에는 '인혁당

사건'에 연루된 8명이 대법원 판결을 받은 지 20시간 만에 사형집행을 당했으며, 긴급조치 9호가 발동돼 유언비어 날조 유포 행위, 헌법 개폐 주장, 불법 집회 등이 금지되었다. 이는 반민주 투쟁, 반정부 투쟁 자체를 금지하는 것이었다. 국민들은 침묵한 입을 더 침묵하지 않으면 안 되었으나 용기 있는 이들에 의해 유신 철폐 운동의 불길은 타올랐다.

꼭 그 불길에 의한 것이라고는 할 수 없지만 1979년 10월 26일 유신의 장본인 박정희 대통령이 중앙정보부장 김재규의 총에 맞아 사망하는 사건이 발생했다. 김재규는 "야수와 같은 심정으로 유신의 심장을 향해 총을 쏘았다"고 말했다. 그리고 긴급조치는 박정희 대통령 시해 사건 이후 5년 7개월 만에 해제되었다.

'10·26'은 역사의 큰 물꼬를 텄다. 서울에 민주의 봄이 오는 듯했다. 그러나 다시 신군부 세력인 전두환 정권이 들어섬으로써 억압적인 권위주의 체제가 형성되었으며 급기야 '5·18민주화운동'을 유혈 진압하는 사태에까지 이르게 되었다.

나는 '10·26'이 일어났을 때 갑자기 가슴에 동굴 같은 구멍이 뻥 뚫린 것 같았다. 18년 동안이나 박정희 대통령 치하에 살았던, 해방자 '눈사람'에 의해 그의 시대가 하루속히 종식되기를 간절히 기다리고 있었던 나에게 그의 죽음은 충격 그 자체였다. 간절히 기다리고 바라던 것이 어느 한순간 이루어졌을 때는 기쁨보다는 당혹감과 불안감이 더 엄습해 온다. '대통령 시해'라는 국가적 위기는 나뿐 아니라 국민 모두가 바라던 바가 아니었을 것이다. 국가는 흔들렸고 사회는 불안했다. 국민들은 그래도 희망찬 내일을 기대했으나 그것 또한 신군부 세력에 의해 좌절됨으로써 다시 한 번 절망의 다리를 건너고 있었다.

그 무렵 나는 '청년 예수'를 생각했다. 지금 이 시대에 예수가 서울에 온다면 무슨 생각을 하고 어떤 행동을 할 것인가. 나의 그러한 생각은 점점 깊어져 시 「서울의 예수」를 쓰게 했다. 서울에서 예수는 절망을 보았다. 그러나 나는 그 절망 속에서 희망을 보았다. 「서울의 예수」는 나의 20대 그 절망과 고통의 1970년대를 떠나보내는 마지막 시가 되었다.

1

예수가 낚싯대를 드리우고 한강에 앉아 있다. 강변에 모닥불을 피워놓고 예수가 젖은 옷을 말리고 있다. 들풀들이 날마다 인간의 칼에 찔려 쓰러지고 풀의 꽃과 같은 인간의 꽃 한 송이 피었다 지는데, 인간이 아름다워지는 것을 보기 위하여, 예수가 겨울비에 젖으며 서대문구치소 담벼락에 기대어 울고 있다.

2

술 취한 저녁. 지평선 너머로 예수의 긴 그림자가 넘어간다. 인생의 찬밥 한 그릇 얻어먹은 예수의 등뒤로 재빨리 초승달 하나 떠오른다. 고통 속에 넘치는 평화, 눈물 속에 그리운 자유는 있었을까. 서울의 빵과 사랑과, 서울의 빵과 눈물을 생각하며 예수가 홀로 담배를 피운다. 사람의 이슬로 사라지는 사람을 보며, 사람들이 모래를 씹으며 잠드는 밤. 낙엽들은 떠나기 위하여 서울에 잠시 머물고, 예수는 절망의 끝으로 걸어간다.

3

목이 마르다. 서울이 잠들기 전에 인간의 꿈이 먼저 잠들어 목이 마르다. 등불을 들고 걷는 자는 어디 있느냐. 서울의 들길은 보이지 않고, 밤마다 잿더미에 주저앉아서 겉옷만 찢으며 우는 자여. 총소리가 들리고 눈이 내리더니, 사랑과 믿음의 깊이 사이로 첫눈이 내리더니, 서울에서 잡혀온 돌 하나, 그 어디 던질 데가 없도다. 그리운 사람 다시 그리운 그대들은

나와 함께 술잔을 들라. 눈 내리는 서울의 밤하늘 어디에도 내 잠시 머리
둘 곳이 없나니, 그대들은 나와 함께 술잔을 들라. 술잔을 들고 어둠 속으
로 이 세상 칼끝을 피해가다가, 가슴으로 칼끝에 쓰러진 그대들은 눈 그친
서울밤의 눈길을 걸어가라. 아직 악인의 등불은 꺼지지 않고, 서울의 새벽
에 귀를 기울이는 고요한 인간의 귀는 풀잎에 젖어, 목이 마르다. 인간이
잠들기 전에 서울의 꿈이 먼저 잠이 들어 아, 목이 마르다.

4

사람의 잔을 마시고 싶다. 추억이 아름다운 사람을 만나, 소주잔을 나누
며 눈물의 빈대떡을 나눠 먹고 싶다. 꽃잎 하나 칼처럼 떨어지는 봄날에 풀
잎을 스치는 사람의 옷자락 소리를 들으며, 마음의 나라보다 사람의 나라
에 살고 싶다. 새벽마다 사람의 등불이 꺼지지 않도록 서울의 등잔에 홀로
불을 켜고 가난한 사람의 창에 기대어 서울의 그리움을 그리워하고 싶다.

5

나를 섬기는 자는 슬프고, 나를 슬퍼하는 자는 슬프다. 나를 위하여 기
뻐하는 자는 슬프고, 나를 위하여 슬퍼하는 자는 더욱 슬프다. 나는 내 이
웃을 위하여 괴로워하지 않았고, 가난한 자의 별들을 바라보지 않았나니,
내 이름을 간절히 부르는 자들은 불행하고, 내 이름을 간절히 사랑하는 자
들은 더욱 불행하다.

—「서울의 예수」 전문

중국 작가의 글

혼란한 시대의 문학의 선택

차오원쉬엔(曹文軒)

혼란한 시대

우리가 처한 이 시대의 문명성과 선진성에 대해 지나치게 낙관해서는 안 될 것 같다. 우리는 민주와 자유에 지나치게 도취되어 방종하면서 모든 역사와 가치를 하찮게 발밑에 내팽개치고 짓밟으며 그 속에서 무한한 즐거움을 얻고 있다. 모든 것을 의심하고 전복시키고 던져 버리는 것이 점차 유행이 되고 심오한 사상을 뽐내는 지표가 되고 있으며 민주와 자유의 척도가 되고 있다. 이러한 허무주의에 관심을 보이지 않으면 누구나 권위주의를 대표하는 인물이 되고 민주와 자유의 불구대천의 적이 된다. 반대로 모든 것이 막힘없이 통행되는 사회는 이미 민주와 자유가 형성된 사회로 간주된다.

이것이 정말 우리들의 그 뛰어난 지식인들과 사상의 거장들이 르네상스 시기에 추앙하고 정의했던 민주와 자유일까? 나는 이 점에 항상 의구심을 갖곤 한다. 민주와 자유에는 정해진 규칙이 있고 제한과 척도가 있으며 체계와 질서가 있어, 그 실현이 모든 높이의 철폐와 모든 권위의 상실을 의미하지는 않는다. 상하의 구분과 예의, 질서의 부재를 의미하는 것도 아니고 거침없는 욕망의 무절제한 표출을 의미하는 것은 더더욱 아니다. 만일 이런 상태의 자유와 민주라면 우리가 마땅히 경계해야 하지 않을까? 인류가 오랜 세월 모색하고 점차적으로 건립해 온 주류(主流) 문화와 윤리 도덕은 물론, 규칙과 상하, 존비의 관계가 존재하는 사회가 하룻밤 사이에 방향도 없고 최저 한계선도 없는 사회가 되어 버렸다. 게다가 민주와 자유는 이를 포장하는 휘황찬란한 허울이 되고 말았다. 그것이 진정한 문명이고 선진인지 의심해 봐야 하지 않을까?

이 시대의 정의와 관련하여 미국 학자 헤럴드 블룸(Harold Bloom)의 생각에 주의를 기울일 필요가 있다. 그는 이 시대를 민주의 시대가 아닌 '혼란의 시대'로 규정하고 있다. 민주의 시대는 이미 지나가 버렸고 인류 사회는 신권 시대와 귀족 시대, 민주 시대를 거쳐 이제는 혼란의 시대, 극도로 혼란하고 비민주적인 시대에 도달해 있다는 것이다. 그는 또 "문학비평계의 일원으로서 나는 최악의 시대를 만났다."라고 말한 바 있다.

나는 『서양 정전(The Western Canon)』이라는 책을 읽으면서 유명한 서양 학자 블룸을 제대로 알게 되었다. 나는 이미 오래전에 그의 또 다른 명저 『영향의 우려(The Anxiety of Inference)』를 읽었던 적이 있다. 그는 고독하지만 거대한 창조력과 예민한 통찰력을 지닌 훌륭한 학자였다. 세속에 영합하지 않는 그의 성품에 반해 그를 멀리 세상 반대편에 있는 나의 사상의 지기로 여기기도 했다. 『서양 정전』은 내가 지도하고 있는 한 박사 과정 학생의 추천으로 읽게 되었는데, 어느 날 그 학생이 내게 전화를 걸어 무척이나 흥분된 어조로 이 책을 소개하면서 이 책에 담긴 기본적인 관점이 나의 견해와 완전히 일치한다고 말했다. 내가 반신반의하는 태도를 보이자 그녀는 책의 한 단락을 읽어 주었다. 그녀가 들려주는 블룸의 서술에 나는 놀라움을 금치 못했다. 그가 말한 것들은 내가 최근 몇 년 동안 주장했던 것과 약속이나 한 듯이 일치했고 그 가운데 상당 부분은 완전히 똑같았기 때문이다. 우리가 처한 시대에 대한 느낌, 이 사회에 대한 의혹, 그리고 그 의혹 이후의 언어 표현에 있어서 블룸과 나의 견해는 정말로 구분하기 어려울 정도로 일치했다. 우리는 서로 다른 공간에 있었지만 같은 상황과 문제에 대해 사고하고 있었다. "영웅들의 생각은 대체로 비슷하다"라는 말처럼 평생 만나지 못할 수도 있었던 누군가가 내게 말로 표현할 수 없는 흥분과 희열을 가져다주었다.

나는 줄곧 나의 견해에 대해 의심을 버리지 못했더랬다. 내가 이 시대에 그토록 많은 사람들과 다른 학문적 견해(정치적 견해가 아님), 다른 예술적 견해를 갖고 있는 것이 나의 착각이나 무지, 천박함과 평범함의 소치가 아니었을까 하는 의문이었다. 이에 대해 나는 늘 불안해하며 안절부절못했다. 내가 여러 장소에서 보여 주었던 당당하고 기세 넘치는 모습 뒤에는 나약함과 어쩔 수 없는 무력감, 곤혹감, 자기불신 등이 감춰져 있었다. 심지어 나는 자신의 학문적 견해와 예술적 견해에 대해 변태적일 정도의 민감함을 지니고 있었다. 내가 많은 사람들과 얼굴을 마주하여 힘껏 나의 견해를 펼칠 때, 청중들이 속으로 나를 비웃고 있지는 않았을까 하는 두려움도 없지 않았다. 이런 심리 상태에서 『서양 정전』을 만났을 때 내가 느낀 흥분은 이루 말할 수 없었다.

증한(憎恨) 문학과 원독(怨毒) 문학

블룸은 페미니즘이나 신역사주의 같은 심미 원칙에서 이탈된 각양각색의 문화 비평을 한데 뭉뚱그려 '증한학파'라고 명명했다. 이유는 그가 보기에 서로 다른 기치를 내걸고 있는 학파들이 하나같이 과거를 파괴하고 역사와 경전을 파괴하는 데 뜻을 두고 있기 때문이라는 것이다. 그들이 할 수 있는 일이란 '이미 죽어 버린 유럽의 백인 남성'을 당장 무대에서 퇴장시키는 것뿐이다. 이처럼 남성이 역사를 대표한다는 것이 서양문학의 도통이고, 그들은 셰익스피어나 단테, 괴테, 톨스토이 같은 인물들로 도도한 서양문학사의 전통을 형성하고 있다.

'증한 문학'이라는 단어는 다소 생소한 느낌을 주긴 하지만 확실하게 정곡을 찌르는 명칭이다. 20세기에는 각종 사상의 신선들이 제각기 도처에서 혈전을 치르면서 각자 투사의 자태를 뽐냈다. 존재와 인성, 세계에 대한 회의적 정서가 대기에 가득했다. 우리의 사유는 더 이상 이전처럼 자연스럽게 보다 긍정적이고 건전한 쪽으로 가지 못하고 생경함을 면치 못한 채 모든 것을 부정하고 파괴하는 쪽으로 흘러가게 되었다. 세계에 테러가 없는 곳이 없는 시대에 이른 오늘날 나는 항상 전 세계적으로 증오와 원한의 기류가 흐르고 있음을 느끼게 된다. 이러한 학파의 견해가 얼마나 깊이 있고 얼마나 문명에 가깝든지 간에 그 효과는 한 가지다. 이전에 권위주의를 내포하고 있고 독단적 조화를 내포하고 있던 상태를 타파하고 온갖 소리가 요란하던 그곳에 가치 체계의 붕괴와 의식과 행위의 궤도 이탈을 초래하는 것이다.

'증한학파'의 주요 취지는 존재의 악을 드러내고 억압의 해방, 다양한 주장, 유행에 대한 절대적 방임을 제창하는 것으로서, 이는 개인적 노선이 모종의 압력이나 탄압으로 순탄치 못하여 세상에 대한 증오로 가득한 심리에 영합하는 주장인 동시에 이들에게 증오와 원한의 이유를 찾아 주는 사상 조류이다. 사람들이 민주와 자유에 대한 억압만을 두려워하는 비이성적 컨텍스트가 끝없이 확장되고 있는 것이다. 우리의 눈앞에 펼쳐진 이 세계는 민주적이고 자유로운 것인가, 아니면 혼란스러운 것인가?

증한학파가 문학 비평의 영역에 만연하면서 원래 별다른 문제가 없어야 할 문학 자체에 대한 질의가 생겨나고 있다. 지난 수백 수천 년 동안 문학에는 무수한 유파가 존재해 왔지만 문학 자체가 무엇인지를 회의해 본 적은 없었다. 문학이 무엇인가 하는 것은 한 번도 문제가 되어 본 적이 없었던 것이다. 그러나 지금은 문학성이 있느냐 하는 것이 문제가 되고 있다. 이 학파는 문학 문제에 관해서는 관심이 없는 것 같다. 그들이 관심을 갖는 것은 사회 문제와 철학 문제 및 형이상학의 문제이다. 블룸은 그들을 '아마추어 사회정치가 또는 약탕관 같은 도구형 사회학자, 무책임한 인류학자, 용속한 철학자, 거친 문화사가' 등으로 풍자하고 있다.

문학계에서 문학을 얘기하지 않는 것은 이미 익숙한 일이 되어 버렸다. 매년 대학원생들의 학위 논문 심사나 1년에 몇 번 개최되는지 모르는 각종 국제 학술 대회는 모두 문학의 이름으로 진행된다. 그러나 이런 현장에 가 보면 그곳이 문학 석사나 박사 학위를 취득하기 위한 문학 논문의 심사나 문학에 관한 회의의 자리라는 생각을 갖기 어렵다. 오히려 정치나 사회 문제에 관한 포럼 장소에 온 것 같은 기분이 든다. 이런 장소에 오는 사람들은 하나같이 정치와 혁명, 모더니티, 경제, 세계화, 반테러, 삼농,(三農 : 농업, 농촌, 농민) 게바라, 카스트로, 푸틴 등을 이야기한다. 이야기를 하다 보면 전부가 증오와 원한뿐이다. 제도에 대한 증오와 인성에 대한 증오, 인류에 대한 증오와 역사 및 경전에 대한 증오가 가득하다.

'증한학파'라는 이름을 생각하다 보면 최근에 확립된 또 다른 이름 '원독 문학'이 떠오른다. 원독이란 일종의 극단적이고 변태적인 원한을 말한다. 문학은 원한에서 벗어나지 못한다. 셰익스피어의 명작 『햄릿』의 주제도 원한이다. 원한은 다분히 일상적이고 정당한 감정이다. 원한은 공개될 수도 있다. 예컨대 햄릿이 어머니를 향해 마음속의 원한을 토로하는 광경은 마치 거센 강물이 끊이지 않고 도도하게 흐르는 것 같다. 심지어 원한은 고상한 감정이기도 하다. 인간은 원한으로 인해 성장하고 건장해지며 사람들이 앙모해 마지않는 영웅이 될 수 있다. 보복은 문학의 영원한 주제이기도 하다. 하지만 원독은 또 어떤 감정이라고 정의할 수 있을 것인가?

나는 항상 원독이라는 감정에는 비굴함과 사악함이 뒤섞여 있어 영원히 떳떳하고 정당할 수 없다고 생각해 왔다. 원독이란 비열하고 음흉하며 잔인하며 더러운, 우물에 돌을 던지는 것 같은 기질이다. 지금 문학은 선악과 미추, 애증 사이의 심각한 균형 상실로 인해 악함과 추함, 증오만이 남게 되었다. 인성을 저주하고 인성의 사악함을 과장하다 보면 세상에는 원독만이 남는다. 좀 더 솔직히 말하자면 원독이란 소인배들의 원한이다.

문학에는 큰 원한은 있을 수 있지만 이처럼 끝없이 확장되어 도처에 만연하면서 당당하지도 못한 작은 원한이 있어서는 안 될 것이다. 문학에는 사랑, 그것도 큰 사랑이 있어야 한다. 문학은 사람들이 그것을 좋아하면서 시작된 것이다. 자신이 들고 있는 깃발에 '사랑'이라고 크고 선명하게 써야 할 일이다. 하지만 지금 우리가 들고 있는 찌든 깃발에는 가래와 침, 정액만 잔뜩 묻어 있다.

역사주의와 상대주의

전통적 역사주의가 줄곧 상당한 위력을 발휘해 왔다. 역사주의 방법에 대한 문학 비평의 운용은 문학에 넓고 풍부한 세계를 제공했다. 역사주의 비평은 줄곧 가장 효과적이고 중요한 비평이었다. 나중에는 다양한 신비평과 새로운 방법론이 등장하여 비평의 세계를 교란시켰지만 역사주의 비평은 조금도 흔들리지 않았다. 유행처럼 민첩하고 기이하면서도 신비한 비평들이 일련의 실천을 거쳐 나름대로의 현허(玄虛)함과 결론은 그럴듯하지만 아무것도 아닌, 그저 닭털이나 마늘 껍질 같은 사소한 해석들을 제시할 때, 사람들은 역사주의 비평만이 문학의 기본적인 명제를 해석하고 문학사의 중대한 문제들을 설명할 수 있음을 깨닫게 된다. 역사주의 비평의 광대하고 중후하며 안정적인 과학성은 다른 어떤 비평 방법도 따라가지 못한다.

하지만 역사주의는 20세기의 마지막 단계를 지나면서 허무주의의 연막 속에서 점차 상대주의로 변질되고 있다. 중국에서는 역사주의가 완전히 상대주의로 변질되는 양상을 보이고 있다. 결국 역사주의가 곧 상대주의라는 등식이 성립되고 마는 것이다.

역사주의의 기본적인 특징은 세계가 변화하고 유동하는 것이고, 영원히 불변하는 사물은 없다는 것을 인정하는 것이다. 역사에 대한 우리의 서술은 역사의 변화와 호응할 수 있어야 한다. 역사의 변증성은 우리로 하여금 사물의 본질에 접근할 수 있게 하고 아울러 우리의 서술이 아름다운 탄성을 갖게 한다. 하지만 전통적 역사주의 비평은 영원성에 대한 인정을 포기하지 않았고 역사는 여전히 변하고 있지만 일정한 방향이 있다는 방향성의 확립도 포기하지 않았다. 이에 근거하여 역사주의는 시종 가치 체계의 확립을 포기하지 않았고 시종 기본으로서의 역사의 존재를 포기하지 않았다. 역사주의는 변하지 않는 목소리로 문학이 반드시 존재의 이유를 갖고 있다고 말한다.

그러나 오늘날의 이른바 역사주의는 상대성을 무한히 과장하고 있다. 변증법은 '세상에 영원히 변하지 않는 것은 없고 모든 것이 유동하며 모든 것에 한계가 없다.'라고 주장하기 위한 구실로 변해 버렸다. 따라서 문학성이란 일종의 역사 서술이라는 역사주의적 결론이 도출된다. 다시 말해서 고정적인 문학성이란 존재하지 않고 이른바 문학성이란 것은 영원히 일종의 역사적 개념이고 역사적 개념이 될 수밖에 없다는 것이다.

이리하여 사람들은 자신도 모르는 사이에 변화와 불변의 변증법을 '변화가 모든 것'이라는 상대주의로 전환시키게 되는 것이다.

이처럼 역사주의는 그 사용자들로 하여금 사상의 깊이가 가져다주는 충분한 우월감을 누릴 수 있게 해 준다. 이 시대에 무언가를 긍정한다는 것은 천박함의 표시이고 무언가를 부정한다는 것은 심오함의 상징이 되고 있다. 사실 상대주의는 회의주의에 다름 아니다. 오늘날의 지식인들이 맡고 있는 배역의 형상은 뱃속 가득 의심이 들어찬 모습이다. 가장 우아한 자태는 인정이 아니라 회의이다. 현재 통용되고 있는 모든 가치 모델과 도덕 모델, 심미 모델을 회의하는 것이다. 최근 몇 년 동안 나는 학술 회의에 별로 참가하지 않았다. 그 중요한 원인은 어떤 학술 대회도 결과적으로는 상대주의적 결론을 내리게 되기 때문이다. 사흘 또는 닷새 동안의 회의 결과가 순전히 해체이기 때문이다. 이는 모든 학술 회의의 액운이 아닐 수 없다.

상대주의가 사용하는 상투적 어투는 진술문이 아니라 의문문이다. 누군가 진술문으로 "문학은 기본을 갖고 있다."라고 말하면 또 다른 누군가가 "문학이 어떤 기본을 갖고 있는가? 이른바 기본이라는 것이 어디에 있는 것인가?" 하고 반문할 것이다. 그런 다음 그는 상대가 반응할 틈도 주지 않고 단호하게 독단적인 진술문으로 "문학에는 한 번도 고정 불변의 기본이 있었던 적이 없다. 이른바 문학성이란 완전히 허구이고 문학성은 원래 상대적인 개념이다."라고 말할 것이다. 상대주의자들은 항상 이처럼 주도적인 위치에 서 있고, 이러한 주도적 지위는 거의 천연적이다. 아주 짧고 힘 있는 반문 하나가 한순간에 천 년 동안 사람들이 고심하여 세워 놓은 사상을 파괴해 버리는 것이다. 오늘날 중국에서는 상대주의가 무소부재하고 패배를 모르는 비밀 무기가 되어 있고, 수많은 사상가들이 이 비밀 무기의 효력을 실감하고 있다. 그들은 이 비밀 무기에 의지하여 사상계의 정상에 서 있는 것이다. 모든 것이 이러한 역사주의(상대주의)를 통해 해체될 것이다.

나는 일찍이 어느 살롱식 변론의 모임에서 우리의 정신세계를 뒤덮고 있는 이러한 상대주의를 조롱한 적이 있다. 나는 이렇게 말했다. "언젠가는 우리가 집에 돌아와 어머님이 문을 열어 주실 때 '누구세요? 당신이 저의 어머니인가요? 어머니란 것이 무엇이죠? 제 어머니란 것을 어떻게 증명할 수 있죠? 설마 집 안에 있었다는 사실로 당신이 제 어머니라는 것을 증명하려는 것은 아니겠지요? 게다가 이 세상에 어머니라는 것이 있습니까? 진정한 어머니라는 것이 있나요?' 하고 반문하게 될 날이 올 것이다."

또한 상대주의의 관용과 너그러운 태도는 우리로 하여금 문학사에 대한 원칙 없는 용서를 허락하게 한다. 마음속에서 영원한 문학의 기준을 제거해 버리고 이전의 문학사를 회고하다 보면 우리는 오늘날의 기준으로는 과거의 문학을 요구할 수 없다고 말하게 될 것이다. 문학의 기준에 오늘과 어제의 구분이 있는 것일까? 문학도 진화론의 범주에 들어가는 것일까? 오늘의 시인들이 쓴 시가 반드시 과거의 시인들이 쓴 시보다 훌륭한 것일까? 루쉰의 소설이 『홍루몽(紅樓夢)』을 능가한다고 말할 수 있는 것일까?

역사는 용서할 수 있지만 문학사는 절대로 용서할 수 없는 것이다.

문학에 경계의 설정이 필요한가?

상대주의의 책략은 간단한 문제를 복잡하게 만드는 것이다. 할 필요가 없는 말을 우회적인 언어의 순환으로 만드는 것이다. 세상에는 말해선 안 되고 말할 수도 없는 것이 두 가지 있다. 하나는 최종적으로 해결되지 않은 복잡한 문제이고 또 하나는 상식이다. 상식은 이미 최후의 언어이기 때문에 다시 말로 할 필요가 없는 것이다.

　"중신(重新)주의 문학은 헛고생에 불과하다. 셰익스피어나 단테, 그리고 그들의 문학을 제압할 만한 충분한 인식의 힘을 얻을 수 없기 때문이다."(『서양 정전』) 문학이란 무엇인가? 문학이란 『시경(詩經)』과 초사(楚辭), 이백(李白)과 두보(杜甫), 이상은(李商隱)과 『홍루몽』처럼 오늘날까지 세계 각국에서 찬란한 빛을 발하고 있는 모든 작품들을 말한다. 이 모든 것들이 경험을 이루고 이 추상적 경험은 모든 구체적 작품에 재현되는 것이다. 물론, 대충 지나쳐야 할 시대도 있지만 그런 시대는 그다지 많지 않다. 일단의 시대를 통해 우리는 자신을 바로잡을 수 있을 것이고 이런 과정이 바로 경험을 강화하는 과정일 것이다. 과거의 문학과의 접촉과 변별, 그리고 전문가들의 반복되는 언설을 거치다 보면 우리의 마음속에는 이미 ‘문학’이 존재하게 된다. 문자로 이루어진 것을 눈앞에 대할 때 우리는 "이것이 문학이다"라고 말하게 될 것이다. 그리고 자세히 읽다 보면 그것이 훌륭한 문학임을 인정하게 될 것이다. 물론 견해는 천차만별이고 심지어 대립될 수도 있다. 하지만 이 모든 것들이 일정한 개념 안에서 우리가 이 글들을 변별하고 인정하는 행위를 방해하진 않을 것이다.

　영원히 불변하는 것이 없다면 우리에겐 대대로 전승되면서 읽히는 고전적 작품들이 있을 수 없을 것이다. 우리가 오늘날 고전이라고 여기면서 읽을 수 있는 작품이 있다는 사실이 문학의 기본이 변하지 않는다는 것을 증명한다. 우리의 심미 경험이 변한다 해도 문학은 문학이고, 그 성질 즉, 문학성이 이를 관통하고 있는 것이다.

　일관된 문학성이 없다면 문학사가 존재할 수 있을까? 문학성이 역사적인 것이라면, 모든 역사 시기마다 서로 다른 문학성이 있는 것이라면, 나는 오늘의 역사 시기에 지나간 역사 시기의 작품을 제대로 감상할 수 있는 것인지 묻고 싶다. 아마도 불가능할 것이다. 일관된 문학성이 없다면 어떻게 오늘의 문학을 인정할 수 있을 것인가? 유행에 따를 것인가 아니면 상업적 성공이나 다른 기준을 내세울 것인가? 그리고 이런 기준은 무엇에 근거하여 세워지는 것인가?

문학은 경계 설정을 필요로 하지 않는다. 문학은 우리의 생명 속에 존재하고 우리의 감정 속에 존재하며 한 세대 또 한 세대의 열독으로 형성된 공동의 경험 속에 존재한다. 복잡하게 만들 필요가 없다. 복잡한 것이 사상의 깊이를 증명하진 못한다.

문학은 사회 참여의 통로가 되어야 한다

천잉쑹(陳應松)

중국은 급속도로 변화하는 과정에 있는 국가로서 '하루가 다르고 한 달이 다르다.'라는 말이 가장 잘 어울리는 사회이다. 내가 거주하고 있는 우한(武漢) 시를 예로 들자면 최근 몇 년 사이에 아시아에서 가장 아름다운 강변인 한커우(漢口) 강변이 생겨났다. 도시 상공에서는 항상 100대 이상의 타워크레인을 볼 수 있다. 매년 100동 이상의 고층 건물이 세워지고 있음을 의미한다. 우한 시의 창장(長江, 양쯔 강) 구간에는 이미 일곱 개의 대교가 건설되어 있다. 강 위에 대교를 건설하는 일은 이미 너무나 간단하고 하찮은 일이 되어 버렸다. 대교 기공식은 너무나 일상적이고 사소한 일이라 언론에 보도조차 되지 않는다. 경전철 건설이나 강을 관통하는 지하 터널 같은 공사는 기공식 뒤에도 일반 시민들이 거의 알지 못하는 경우가 많다. 하지만 과거로 30년만 돌아가 보면 이런 일들이 도시의 가장 큰 일이었고 심지어 국가의 대사였음을 알 수 있다. 중국 사회의 변화는 정말 하늘과 땅을 뒤집어 놓을 정도이고 지난 30년 동안의 진보는 중국 역사상 초유의 변화였다. 물론 우리의 생활과 가치관, 도덕 시스템이 파괴되고 재건되는 정도 역시 그 어떤 전쟁의 참상보다도 덜하지 않다.

그렇기 때문에 중국에서 작가로 산다는 것은 대단히 힘든 일이다. 시대의 전방에 서야 하는 것은 물론, 시대의 변화를 따라 숨이 턱에 차도록 달려야 한다. 사회 전체의 변화 과정에 참여하지 않고 현실과 동시적으로 움직이지 않는다면 창작은 거의 불가능하다. 왜냐하면 머리를 만질 수 있을 뿐, 뇌를 만지지 못하고 전체 대오에 뒤떨어지며 '한(漢)나라가 있었던 것은 물론, 위진(魏晉) 왕조가 존재했던 것도 모르는 도화원의 백성들'처럼 현실에 적응하지 못하는 상태에 빠져 시대에 도태되기 때문이다. 작가적 재능과 유년 시절의 기억에만 의지해서는 아무리 좋은 소설을 써도 큰 성공을 거둘 수 없을 것이다. 또한 삶의 외곽에서 신발 밖으로 가려운 발을 긁을 수 있을 뿐이라 작품이 사회의 깊은 곳까지 파고들지 못하고 시대와 아주 두꺼운 벽을 사이에 두게 될 것이다.

오늘날 창작은 이토록 어려워졌고 소설은 특히 더 그렇다. 고대의 시인들처럼 대자연에서 무궁무진한 소재를 얻어 풍화설월(風花雪月)을 노래하는 것으로는 더 이상 이름을 날릴 수 없게 되었다. 또한 고대의 시인들처럼 일찌감치 이름을 날릴 수도 없고 몇 구절의 시로 역사의 정상에 올라설 수도 없다. 초당사걸(初唐四傑) 가운데 하나인 낙빈왕(駱賓王)은 일곱 살이라는 어린 나이에 천고의 명편으로 평가되는 「영아(詠鵝)」("거위는 구불구불한 밭고랑에서 하늘을 향해 노래하네. 하얀 깃털이 푸른 물 위를 떠다니고 붉은 손바닥으로 맑은 파도를 일으키네.")를 지었고 또 다른 당대 시인 백거이(白居易)는 열여섯의 나이에 「고원초(古原草)」("어지럽게 헝클어진 언덕의 풀, 해마다 한 번 시들고 다시 우거지니, 들불에 타도 다 없어지지 않고, 봄바람이 불면 다시 되살아나네.")를 지었으며 위진 시기의 시인 조식(曹植)은 겨우 스무 자밖에 안 되는「칠보시(七步詩)」("콩을 삶으려고 콩깍지를 태우고 있는데, 콩이 가마솥 속에서 울고 있네. 원래 같은 뿌리에서 나온 것인데, 어째서 이리 급하게 볶아대는 것인가?")를 지어 문학사에 영원히 자신의 이름을 남겼다. 물론 이 시는 그의 형인 조비(曹丕)의 강압에 의해 쓰인 것이다. 시를 써 내지 못하면 목이 달아날 상황이었던 것이다.

하지만 지금은 어떤 강압이든지 간에 시 한 수로 문학사에 시인으로의 이름을 남긴다는 것은 불가능한 일이다. 작가로서 자신의 작품이 역사에 우뚝 서게 하기 위해서는 고대 문인들에 비해 백 배 천 배의 노력을 경주해야 한다. 작가는 끊임없이 글을 써야 하지만 이보다 더 중요한 것은 사회 전체의 변화 과정에 참여하여 현실의 삶 속에서 영감과 자양, 열정과 사상을 흡수해야 하는 것이다.

예컨대 나는 주로 시골의 생활을 작품에 담고 있는데, 이는 내 마음의 부름에 따른 선택으로 다른 것으로 대체할 수 없다. 하지만 나는 이미 도시에서 20년째 생활하고 있고 시골에 사는 친척도 몇 명 되지 않는다. 시골 생활에 관한 내 기억은 지식 청년 시대에 국한되어 있다. 나는 이런 기억에 의지하여 농촌의 삶을 소재로 한 소설을 몇 편 쓴 바 있지만 오늘날의 시골이 어떻게 발전되어 있는지는 거의 알지 못하기 때문에 작품에 반영하는 부분도 극히 제한적이다. 시골에 사는 친척으로부터 들은 대략적인 설명에 의하면 특별세니 집단 출자니 하는 것들 때문에 농사를 지어도 돈을 벌지 못해 하는 수 없이 도시로 일자리를 찾아 몰려드는 사람들이 많다고 한다.

나는 지금 농촌에서 유행하고 있는 용어들이 도대체 무슨 뜻인지 전혀 알지 못할 뿐만 아니라 현재 농촌의 생활상이 어떤지, 시골의 정치 구조가 어떤지, 봄에 어떤 작물을 파종하여 가을에 어떤 작물을 거둬들이는

지, 새로운 품종과 재배 방식으로는 어떤 것들이 있는지, 농촌 전체의 구조적 조정이 어떻게 이루어지고 있는지, 시골의 민풍과 풍속이 어떻게 변해 가고 있는지, 농민들이 마음속으로 무엇을 기대하고 있는지 등을 알지 못한다. 이 모든 것들이 내게는 머나먼 전설 속의 이야기들이 되어 버렸다. 특히 현재 중국의 이러한 작가 시스템에서 이른바 전업 작가들은 현실 생활과 인민으로부터 유리되기 쉽다. 문학은 원래 인민과 함께 시대의 고통을 분담하고 즐거움을 함께 누려야 하지만 오늘날의 작가들은 먹고 입는 데 부족함이 없다는 이유로 서재에 틀어박혀 완전히 상상에만 의지하여 글을 쓰는 부류로 전락하고 있다.

나는 세기가 교차하는 시기에 이러한 문제의 심각성을 절감하게 되었다. 내 작품이 창백하고 무력한 데다 재기마저 쇠진하여 써 내는 글마다 열정과 사상이 부족하다는 것을 실감했기 때문이다. 이에 직접 현장으로 달려가 농촌의 모든 것을 체험하고 싶은 충동을 느낀 나는 후베이(湖北)성의 가장 편벽한 산림 지역을 찾아갔다. 선농자(神農架)라 불리는 이곳은 아주 이름난 지역으로 풍광이 매우 아름다워 원시인이 산다는 소문이 있을 정도였다. 하지만 깊고 오래된 산림에 사는 인민들은 상대적으로 몹시 가난했고 환경도 폐쇄적이었다. 나는 한 농민의 집에서 먹고 자면서 이곳에서 거의 1년을 지냈다. 그 후로도 농촌과 맺어진 감정과 관계 덕분에 최근 몇 년 동안 자주 그곳을 찾으면서 중국 농촌 개혁의 수많은 역사적 순간들을 직접 체험할 수 있었다.

세기가 교차하는 시기에도 농촌에서는 여전히 특별생산세를 납부해야 했고 과수 한 그루를 심을 때마다 별도의 세금을 내야 했다. 이런 세금은 액수가 많지 않아 몇 위안에 지나지 않지만 내가 직접 만나 본 농부들 가운데는 2, 3위안 정도도 내지 못하는 사람들이 적지 않았다. 그러다 가 지난해에 나는 수천 년 동안 이어져 온 농업세가 극적으로 폐지되는 순간, 한없이 기뻐하는 농민들의 표정을 직접 볼 수 있었다. 이런 광경은 도시에서는 볼 수 없고 느낄 수도 없는 것이었다.

몇 년 전에 농촌에 갔을 때는 적지 않은 장애인들을 볼 수 있었다. 이들은 돌봐주는 사람이 없어 혼자 알아서 살다가 죽는 수밖에 없었다. 이들은 노동 능력도 없어 전적으로 가족에 의지하여 살아야 했다. 이들 가운데 일부는 스스로 농사를 지으면서 고단한 세월을 보내고 있었다. 이들의 모습을 바라보면서 나는 근심과 연민을 금할 수 없었다. 다행히 이제는 이들도 농촌 최저 생계 보호의 대상이 되었을 뿐만 아니라 소도시 최저 생계비 보호 대상으로 완전히 편입되어 한 달에 100위안의 생활비를 보조받고 있다. 이는 한 개인이 산촌에서 아주 넉넉하게 생활할 수 있는 액수이다.

생활의 변화는 이처럼 조금씩, 그러나 빠르게 다가오고 있다. 여러 분야에서 중국 사회는 깊이 있는 변혁을 진행하고 있는 것이다. 하지만 현장에 몸을 던지지 않고서 어떻게 이런 사실을 알 수 있겠는가? 직접 가서 체험하지도 않고 현실의 변화에 감정과 관심을 쏟지 않는다면, 현실에 대한 충심에서 우러나오는 걱정과 우려가 없다면, 누구도 오늘날의 사회에서 자신의 자리를 찾고 자기 역할을 하기 어려울 것이다. 인터넷이나 신문을 통해 농촌의 현실에 관한 꼭 알아야 할 사실들을 접한다 해도 직접적인 체험이 없다면 예술적 성취가 높은 작품을 써 내기 쉽지 않을 것이다.

하지만 우리 주위에는 이런 식으로 글을 쓰는 사람들이 적지 않다. 특히 이런 식으로 영화와 드라마의 극본을 쓰는 사람들은 진정한 예술가라고 하기 어렵다. 이들은 실제 생활을 떠나 마음대로 상상하고 날조하면서 돈만 바라고 가고 있는 것이다. 한편 비교적 젊은 작가들은 우리의 현실과 사회에 관심을 갖지 않고 오로지 상상의 세계에서만 재능을 발휘하고 있다. 게다가 상업주의가 개입하면서 많은 젊은 작가들이 곁길로 빠지고 있고, 심지어 문학 창작과 이름을 날리는 것을 너무나 쉬운 일로 착각하고 있다.

우리가 직면하고 있는 현실은 이렇다. 우리는 한편으로는 사회 진보의 결과로 쾌적한 삶을 누리고 있지만 다른 한편으로는 사회와 유리되어 인민들과의 피와 살이 섞인 관계, 미래에 대한 사유, 그리고 우리가 마땅히 담당해야 할 양지(良地)와 책임에서 멀어지고 있다. 그 결과 우리의 작품은 자연히 사람들의 마음을 울릴 수 있는 힘을 상실해 가고 있고 선선하고 생동감 넘치는 인물 이미지를 결여하고 있으며 사람들이 사색할 수 있는 공간을 너무 경박하게 만들고 있다. 이에 따라 우리의 문학도 독자들을 잃게 되면서 사회적 관심을 상실하여 점차 주변화되고 말았다.

문학이 1980년대의 활발했던 효력과 역할을 회복하지 못한다면 이는 너무도 슬픈 일일 것이다. 사실 사회에 대해 관심과 애정을 기울이지 않으면서 무슨 자격으로 사회가 자신들에게 관심을 가져 주기를 바랄 수 있겠는가? 이는 일종의 양자택일의 문제이다. 물론 우리를 슬프게 하는 또 다른 요소가 있다. 사회가 발전함에 따라 인터넷을 비롯한 전자 매체의 발달로 인해 수천 년 동안 독점적 지위를 지켜 왔던 인쇄 문학이 무정하게도 그 자리를 잃으면서 그 전통적 우세를 상실하고 있는 것이다. 생활이 풍부하고 다채로워지면서 사람들은 책에만 의존하여 세월을 느끼고 지식과 즐거움을 얻는 상태에서 멀리 벗어나 있다. 하지만 우리가 직면하고 있는 근본적인 문제는 여기에 있는 것이 아니다. 근본적인 문제는 작가들이 인민들과 함께 호흡하고 운명을 같이하지 못하다 보니 우수한 작가로서 갖춰야 할 글쓰기의 기초를 상실하고 있다는 것이다. 사회가 더 이상 작가를 필요로 하지 않고 인민들도 작가들을 필요로 하지 않게 될 때, 작가라는 신분과 글쓰기 행위는 무참히 포기될 수밖에 없을 것이다.

내가 산간 지역에서 몇 년을 보내면서 쓴 작품들은 기본적으로 우리의 삶에 긴밀히 밀착되어 있다. 주로 농민들의 과중한 부담과 노년층 농민들의 부양, 농민들이 질병을 경시하는 현상 등 농촌의 변화에 따른 일련의 중요한 문제점들을 반영하고 있는 것이다. 그러나 불과 몇 년 사이에 나의 이러한 문제의식들은 이미 완전히 해결되었거나 지금 한창 해결되어 가고 있는 중이다. 그렇다면 나의 소설들은 이미 시대에 뒤떨어진 무의미한 작품들이란 말인가? 그렇지 않다. 나는 내 작품들이 여전히 중국 농촌의 건설 단계를 반영하는 중요한 족적으로 남아 있다고 믿는다. 한편, 또 다른 유형의 작품들은 비교적 은밀하고 감춰져 있는 문제들을 드러내고 있다. 나는 인터넷에서 재미있는 글을 한 편 읽었다. 글의 요지는 내가 소설예언가로서 선지의 능력을 갖추고 소설을 통해 우리의 현실을 예언하고 있다는 것이었다.

나는 중편 소설 「어치새는 왜 우는가(松鴉爲什么鳴叫)」에서 어떤 사람이 약속을 지키기 위해 동료의 시신을 등에 지고 멀리 고향으로 돌아가는 이야기를 묘사한 바 있다. 소설이 발표된 직후에 정말로 친구의 시신을 등에 지고 멀리 고향으로 돌아간 사람의 소식이 신문에 보도되었다. 또 다른 중편 소설 「마스링 참사(馬嘶嶺血案)」에서는 사람들 사이 소통의 부재로 인해 두 명의 농민이 일곱 명의 기술자들을 살해하는 비극을 다루었다. 소설이 발표되고 얼마 지나지 않아 마쟈쥐에(馬加爵) 살인 사건이 발생했다. 내성적인 성격의 이 대학생은 지나치게 내성적인 성격 때문에 친구들로부터 따돌림을 당하다가 결국 네 명의 동급생을 살해한 것이다. 나는 예언가도 아니고 미래를 내다볼 수 있는 천리안을 지닌 사람도 아니다. 하지만 나의 글쓰기 전략과 현실의 삶에 대한 나의 민감한 인식이 나로 하여금 이 사회에 일어날 수도 있는 일들에 대한 걱정을 떨치지 못하게 만든다. 나는 내가 느낄 수 있는 사회생활의 잠재적 흐름과 그 방향에 근거하여 추론과 판단을 내리는 것뿐이다. 현실에 관심을 갖고 현실을 직시하며 현실에 대해 사유하기 때문이다.

사회생활의 변화는 작가의 창작 공간을 점령할 뿐만 아니라 작가의 사유를 강제하거나 변화시키기도 한다. 작가는 자신의 작품을 통해 시시각각으로 국가와 민족이 나아가는 모든 발걸음에 함께 해야 하고, 그래야만 그의 작품이 역사 위에 설 수 있다. 한마디로 말해서 소설은 현실의 투영이자 정치의 메아리인 것이다.

추구와 자아

추푸진(儲福金)

　창작은 개인적 예술 표현이다. 이는 너무나 간단한 이치이다. 마치 산이 산이고 물이 물인 것을 보는 것과 같다. 내가 책상 앞에 앉기 전에 생각하는 것은 ‘나’를 표현해 내는 것이다. 여기서 ‘나’란 독립된 존재로서 다른 작가들과 분명하게 구별된다. 하지만 우리가 써 내는 작품은 종종 한 가지 경향, 한 가지 컨텍스트를 갖게 되고 서로 부화뇌동하게 된다. 이는 외부적 영향의 소치이다. 창작은 항상 외부적 영향에 열려 있기 때문이다. 우리가 사는 사회는 빠른 속도로 발전하고 있고 시대 역시 천변만화(千變萬化)의 양상을 보이고 있다.

　어린 시절 궤도 전차가 딩동딩동 소리를 내면서 대로를 가로질러 가던 모습을 아직도 기억한다. 파란 석판이 깔린 작은 이면 도로와 골목에는 파란 기와지붕을 한 낮은 집들과 각루(閣樓)가 나란히 들어서 있고 하나의 원자(院子) 안에 여러 가구가 함께 살았다. 후덥지근한 여름날 밤이면 사람들은 골목 양쪽으로 평상과 대나무 의자를 내놓고 그 위에 눕거

158

나 앉아 왕골로 짠 부채를 부치곤 했다. 또한 겨울날 밤에는 유리창 밖
으로 멀리 공장의 높은 굴뚝에서 연기가 피어올라 악몽처럼 밤하늘로 날
아가는 모습을 바라보곤 했다. 지금은 도시에 살면서 무수한 고층 빌딩
들이 나무토막을 쌓아 놓은 것처럼 높이 솟아 있는 모습을 본다. 대로에
는 자동차들이 길게 꼬리를 물고 있고, 때로는 너무 천천히 이동하기도
한다. 밤이 되면 오색찬란한 네온사인이 거리를 밝히고 밤하늘은 장밋빛
불빛으로 붉게 물든다.

중화 민족은 이미 5000년에 가까운 문명의 역사를 자랑하고 있고 전
통 문화가 우리의 혈류를 흐르면서 우리의 정신을 지배하고 있다. 이것
이 바로 우리 영혼의 뿌리이다. 유가와 불가, 도가를 주류로 하는 중국의
전통 문화는 대단히 심오하고 광박하며 당시(唐詩)와 송사(宋詞), 원곡
(元曲), 명청(明淸) 소설을 대표로 하는 중국 문학은 높고도 위대하다.
하지만 현대로 들어서면서 과학의 발전은 중국의 모든 것을 세계와 연결
시키고 있고 서양의 사상 조류와 현대적 문학 조류가 형형색색의 이론으
로 포장되어 쏟아져 들어오고 있다. 변형과 황탄(荒誕), 판타지 등이 밀
려 들어와 현대인의 복잡한 내면과 결합하고 있는 것이다.

이처럼 풍부한 세계와 이처럼 풍부한 문학 유산, 그리고 이처럼 풍부
한 사회 변화가 어떻게 우리의 창작에 영향을 미치지 않을 수 있겠는가?
그렇다면 나는 구체적인 창작 행위를 통해 어떻게 이 외부적 영향들을
텍스트 안에 예술적으로 표현해 낼 수 있을 것인가? 문학 창작의 세계는
대단히 폭이 넓어 어떤 창작자에게도 한 가지 노선을 제공할 수 있다.
하지만 어떤 길을 가든 간에 작가는 오래지 않아 그 길을 먼저 앞서 간
사람이 있고 무수한 길에 무수한 선행자들이 있다는 사실을 깨닫게 된
다. 길을 가다 보면 '나'는 어느새 사라지고 써 낸 작품에도 항상 다른
사람의 색채와 다른 사람의 형식, 다른 사람의 선율과 다른 사람의 사상

이 담겨 있게 된다.

눈앞의 산은 더 이상 산이 아니고 물도 더 이상 물이 아닌 것 같다.

앞에 놓인 길들 가운데 어떤 길은 대단히 번화하다. 번화한 길은 대로이고 사람들이 많이 다니는 길이다. 모든 시대마다 이런 길이 있다. 다니는 사람들이 많다 보니 찬탄과 박수 소리도 끊이지 않는다. 길을 가는 사람들도 하나같이 즐거워하고 손과 발로 춤을 추면서 다닌다. 적막도 없고 고독도 없다. 떠도는 느낌도 없고 참는 느낌도 없다. 이는 유행에 맞는 길이고 일시적인 인연에 맞는 길이다. 이런 길을 걷는 것은 너무나 쉽다. 추측할 필요도 없고 선택할 필요도 없다. 사람이 많은 곳으로 가서 휩쓸리고 소리가 큰 곳으로 달려가며 눈길이 집중되는 곳을 찾아 가면 그만이다.

그런 길을 걷다 보면 자신을 찾기가 어렵다. 모든 것이 유행이고 패션이기 때문이다. 유행과 패션은 애당초 남에게서 빌려온 것이고, 남들과 다를 바 없는 것이다. 어쩌면 한동안은 편하게 걸을 수 있겠지만 얼마 후에는 길을 걷는 힘조차 남에게서 빌려온 힘이고 자신의 힘만으로는 한 치도 걸을 수 없다는 것을 깨닫게 될 것이다. 그때가 되면 완전히 새로운 사람도 없고 절대적인 자아를 갖춘 사람도 없으며 모든 사람들이 타인의 그림자 안에 있는 것 같다고 스스로를 위로하는 수밖에 없을 것이다.

사실 문학 작품이란 자신의 삶을 자신이 쓰면 되는 것이다. 자신의 경험이 있고 자신의 것이 있으면 자신의 문학이 되는 것이다. 남의 것을 베낀 것이 아니라면 모든 작품은 어떤 의미에서든 독창적일 수밖에 없다. 하지만 또 다른 관점에서 보면 아무리 위대한 작품이라 해도 어떤 의미에서든 앞서 간 타인의 발자취를 찾는 것에 다름 아니다. 그러나 독창과 모방은 얼마든지 구별할 수 있다.

자신이 느끼고 깨달은 바를 작품에 담을 수만 있다면, 자신의 모든 것을 자아 속으로 녹여 넣을 수만 있다면 누구나 모방에서 우회로, 우회에서 다시 용해를 거쳐 자신의 중심을 세울 수 있을 것이다. 다른 일에 마음을 쏟는 일이 없이 독창성을 근본으로 하여 자신의 방법으로 자신의 경험을 주입하고 자신의 감정을 반영하며 자신의 사상을 표현하는 것이 바로 인생에 대한 자신의 인식이고 인생에 대한 깨달음이며 생활의 내용을 소박함으로 귀결시키고 자연의 형식으로 귀결시키는 일이 될 것이다.

그렇게만 된다면 그 형식이 번잡하든 간단하든, 크든 작든, 부드럽든 강경하든, 날카롭든 평이하든, 고음의 노래이든 낮은 읊조림이든 간에 독창적인 자아를 담을 수 있을 것이다. 말은 쉽지만 이렇게 하기가 얼마나 어려운 일인가. 수많은 길들 가운데 자신의 길을 찾아 목적지에 도달하고 자신을 드러내며 진정으로 자신을 표현해 낸다는 것은 아마도 커다란 행운이 따라야 가능한 일일 것이다. 카프카 같은 작가도 생전에는 자신의 작품에 회의를 가졌지만 세상을 떠난 후에는 그 독특한 작품이 사람들에게 받아들여져 고전적 작품이 될 수 있었던 것이다. 이는 매우 어려우면서도 운 좋은 일이 아닐 수 없다.

무수한 작가들 가운데 아마도 한두 명만이 진정한 창신의 경지에 이를 수 있고 무수한 신예 작가들 가운데 겨우 한두 명만이 완전하게 자아를 드러낼 수 있을 것이며 자아를 드러낸 무수한 작품들 가운데 겨우 한두 편만이 성공을 거둘 수 있을 것이다. 그렇다면 어떻게 '나'를 찾을 것인가? 물론 나는 갖가지 영향을 받게 될 것이고, 나는 갖가지 영향 속에서 생성된 내가 될 것이다. 그렇다면 나는 어떻게 예술적 자아를 표현해 낼 수 있을 것인가?

예술 창작의 모든 것이 변화할 수 있다. 기법과 형식, 주제, 인물, 허구, 사실, 언어 등 모든 것이 수시로 변할 수 있는 것이다. 하지만 가장 기본적인 것들은 변하지 않는다. 이것이 바로 독창성이고 독특성이다. 일단 모방을 통해 남들과 같아지면 가장 위대한 작가와 상통하고 가장 위대한 작품과 비슷해지며 눈부시게 화려한 경지에 오른다 해도 평범하고 용속함을 면하기 어려울 것이다. 외부에서 끌어온 자본으로 경제적 번영을 구가할 수 있고 외부에서 가져온 제도로 사회 구조를 변화시킬 수는 있지만 빌려온 예술 창작으로는 아무리 찬사와 박수 소리에 파묻힌다 해도 근본적인 조롱을 피할 수 없을 것이다. 자아를 찾는 길은 고독하다. 고독할 수밖에 없다. 고독의 길가에 서서 고독한 행인들을 위해 박수를 치고 찬사를 보내는 심경 자체가 고독한 것으로서, 적막을 이겨 낼 수 있어야 하고 화려하고 요란한 유혹을 이겨 낼 수 있어야 한다.

진정으로 자아를 확립하는 작가는 그다지 많지 않다. 틀림없이 천재적 자질과 행운을 지닌 사람일 것이다. 이 단계를 거친 작가들에게도 보다 많은 학문과 지식, 보다 많은 깨달음과 사상, 보다 많은 철학과 경험, 보다 많은 기교와 생활이 필요할 것이다. 근본적인 것은 모든 것을 자아로 용해시키되, 깨끗하고 완전하며 정교하게 용해시키는 것이다. 근본적인 것은 일종의 자아의 힘이 필요하다는 것이다. 독창적인 삶을 통해 독창적인 자아의 힘을 구축하고 자아가 독창적인 인생의 깨달음과 자아가 독창적인 철학 내지 종교적 중심 사상을 구축해야 한다는 것이다. 그래야만 외부에서 오는 모든 그림자와 기교, 기세와 형상들을 녹일 수 있기 때문이다. 또한 그래야만 진정한 자아를 확립할 수 있고 완전한 자아, 투명한 자아, 자유로운 자아를 회복할 수 있을 것이다.

이러한 목적에 도달하는 길은 아주 길고 깊이 있는 과정이 될 것이다. 그 사이에 작가는 최대한 자신을 넓히고 확대하며 자신의 깊이를 확보해야 한다. 스스로 진정한 힘이 있어야만 백가(百家)의 신이 될 수 있고 백가의 장점을 융합하여 인생의 넓은 의미와 근본을 깨달아 이 모든 것을 자아로 전환시킬 수 있기 때문이다. 그러기 위해서는 초월의 경지에 이르러야 한다. 중요한 것은 고독의 길이 반드시 진정한 자아로 통하는 것은 아니라는 사실이다. 적막이란 몸 뒤에서 일어나는 일이다. 영원히 쉬지 말고 살펴야 한다. 머뭇거리며 주저하는 사람은 천재일 수도 있고 바보일 수도 있다. 가장 크게 성공한 사람이 어쩌면 전혀 희망이 없는 실패자일 수도 있다.

수시로 자아 추구의 길을 넓히면서 모든 유혹을 피하라. 영원히 걸음을 멈추지 말고 계속 앞을 향해 나아가라. 철인들은 항상 이렇게 말한다. 어느 날 갑자기 나는 한 편의 동영상을 본다. 그 안에는 나의 모습이 담겨 있다. 내가 살아 움직이는 모습이 담겨 있다. 거울에 비친 모습과 같기도 하고 다르기도 하다. 순간, 나는 낯선 느낌을 받는다. 자아 이미지의 낯선 느낌이다. 그것이 나란 말인가? 동영상 속에서 내 주위의 친구들은 하나같이 친숙하고 사실적이다. 유독 나만이 가짜 같고 낯설다. 나는 그저 습관과 상식에 의지하여 자신을 알아볼 수 있을 뿐이다. 그것이 바로 나다.

가끔씩 자신의 작품을 읽다 보면 '이게 내가 쓴 것이란 말인가? 이것이 나를 표현한 것이란 말인가?' 하는 생각을 갖게 된다. 그리하여 자신이 추구하는 자아의 길 전체에 대해 '나는 도대체 어디에 있는 것인가?' 하는 회의를 갖게 된다. 어쩌면 진정한 자신이라고 자신하던 것들이 영원히 반짝이는 일종의 유혹일 수도 있고 허구와 환상의 유혹일 수도 있다. 이러한 것들은 내가 나를 추구할 때, 별처럼 아주 먼 곳에서 반짝거리고 있을 것이다.

어쩌면 내가 더 이상 자아를 추구할 수 없을 때 자아는 내 곁에 다가와 있을지도 모른다. 그리하여 자아는 나 자신이 된다. 산은 여전히 산이고 물은 여전히 물일 것이다. 어쩌면 그 완전한 자아는 이상과 상상, 추구의 과정 속에만 존재하는 것인지도 모른다. 그래도 작가는 자신이 쓴 글에 대해 이렇게 물을 수 있을 것이다. 본질적으로 말해서 네가 바로 나란 말인가? 진정 나란 말인가? 너는 평생 단 한 편이라도 완전한 자신의 글을 쓴 적이 있는가? 진정으로 자신을 표현한 작품이 있는가?

　나는 영원히 한 길을 가는 수밖에 없을 것이다.

'현대성'도 필요하지만 더욱 필요한 것은 '민족성'이다

두안충셴(段崇軒)

1

중국의 문학과 사회는 숙명처럼 하나로 결합되어 있어 분리하여 생각하기가 어렵다. 오늘날 평화롭게 발전하고 있는 중국은 세계화라는 파도와 컨텍스트 안에서 중국 고유의 특성을 지닌 발전의 길을 모색하고 있다. 중국의 문학 또한 갈림길에 놓여 또 한차례의 중대한 선택을 눈앞에 두고 있다. 이 갈림길에 놓인 두 개의 표지판 가운데 하나는 '현대성'이고 다른 하나는 '민족성'이다.

길고긴 문학 발전의 역정에서 우리는 이미 여러 차례 이러한 선택의 기로를 만난 적이 있지만 이번 선택은 특별히 엄격하고 어려운 것 같다. 중국의 문학은 사회와 마찬가지로 이미 세계 전체의 범주로 진입해 있고 어떤 길을 선택하느냐 하는 것이 더 이상 자신만의 사정이 아니기 때문이다. 신시기(新時期)[1] 이후로 중국 문학은 이미 30년의 역사를 갖고 있고 거대한 관성이 주관적 변화를 허용하지 않고 있다. 문학은 개인의 것인 동시에 사회의 것이기도 하다. 작가에게는 무엇을 쓰고 어떻게 쓸 것인가 하는 것이 완전히 개인의 문제로서 넓은 사유의 공간이 주어지지만 한 민족, 한 국가에게 있어서 문학은 그것이 형성하고 체현하는 일종의 상징이 된다. 여기에는 하나의 전체적 주제와 전체적 정신 및 풍격이 필요하며 이는 오늘날 문학이 선택하고 실천해야 할 과제이다.

1977년부터 지금까지 중국 문학 30년의 역정은 두 단계로 구분할 수 있다. 1977년부터 1989년까지는 신시기 문학으로, 1990년부터 지금까지는 '탈신시기 문학'이라 명명할 수 있다. 나는 후자를 '다원화 시기 문학'으로 규정하고 있다. 이 30년 동안의 문학의 역정은 '현대성'과 '민족성' 사이에서의 끊임없는 선택과 탐색, 실천의 역사이자 양자 사이의 단발적인 충돌과 융합, 분류의 역사였다.

문학의 '현대성'과 '민족성'에 관한 문제는 1980년대 이후 점차 학계의 중심 과제가 되었고, 이 개념의 내포와 외연에 관해, 그리고 문학이 양자를 어떻게 처리해야 하는가 하는 문제에 관해 다양한 견해들이 쏟아져 나왔다. 루쉰은 일찍이 1934년에 "외국의 우수한 견해들을 받아들여 이를 최대한 발휘함으로써 중국의 문학 작품이 풍성해지는 길로 나아가야 하며 중국의 유산을 새로운 기제와 결합시켜 미래의 문학 작품에 새로운 길을 열어 주어야 한다."라고 말한 바 있다.[2] 루쉰의 사상과 창작은 외국의 훌륭한 기제와 중국의 유산이 서로 상치되어서는 안 되고 양자의 결합을 통해 창조적 전환을 실천해야만 문학의 발전을 이룰 수 있다는 것을 증명하고 있다. 이른바 문학의 '현대성'이란 서양 문학이 체현하는 문화 사상과 심미 형식을 최고의 기준으로 삼는 일련의 예술 규범으로서,

---

1) 개혁 개방이 시작된 이후를 말함.
2) 루쉰, 「木刻紀程・小引」, 『魯迅全集』 제6권(인민문학출판사, 1991), 48쪽.

166

현대적이고 선진적이며 정교하여 일종의 보편적 특성을 갖고 있다고 할 수 있다. 중국의 100년 문학이 줄곧 추구해 온 것도 바로 이러한 경지와 속성일 것이다. '현대성'은 이미 중국 문학의 정신이자 전통이 되어 있고, 물론 '중국화'되어 있다. 문학의 '민족성'이란 자국 문학이 세계 문학에서 갖는 가장 독특하고 매력 있는 특징 가운데 하나이다. 하지만 장기간 끊이지 않은 문학 혁명과 창신, 실천의 과정에서 문학의 '민족성'은 점차 파괴되고 희미해져 문학이 뿌리도 없고 질서도 없는 상태로 발전한 시기도 있었다.

한 시대의 문학은 표현의 중심과 발전의 경향을 가질 수밖에 없다. 오늘날의 문학에 있어서 이러한 추구와 탐색은 쌍방향적인 특성을 나타내고 있다. 한편으로는 신시기 문학의 '현대성' 궤적을 지속하여 지식인의 계몽적 입장을 견지하고 인문주의 정신을 제창하며 서양 문학의 심미 형식과 방법을 받아들임으로써 중국 문학의 '현대성' 발전을 추진하는 동시에 다른 한편으로는 문학의 '민족성' 노선을 확실하게 모색하고 개척함으로써 전통 문화와 문학으로 회귀하여 민족 문화 사상과 심미 경험을 발전시키고 전통에서 현대화로의 전환을 촉진하고 민족 문화와 서양 현대 문화의 교융을 실천하여 결과적으로 중국의 문화와 문학으로 세계의 문화와 문학을 풍부하게 하는 것이다. 이러한 각도에서 볼 때 문학의 '현대성'을 견지하고 문학의 '민족성'을 촉진하는 것은 서로 상치됨이 없이 병행할 수 있는 작업이라 할 수 있다. 우리에게는 '현대성'도 필요하고 '민족성'도 필요하다. 문학은 마치 커다란 나무와 같아서 '민족성'으로 그 뿌리를 튼튼하게 하고 '현대성'으로 목표를 발전시켜 나가야만 뿌리가 깊어지고 잎이 무성해지며 크게 성장할 수 있는 것이다.

2

1990년대 초에는 일부 서양학자들의 영향으로 중국의 각 분야에서 '현대성의 종언'과 '포스트모던 문학의 시작'이 선언된 바 있다. 하지만 사람들은 즉시 독일의 유명한 철학자이자 사회학자인 하버마스가 일찍이 1980년대 초기에 일련의 저술을 통해 포스트모더니즘이라는 것은 '현대화에 전면적으로 작별을 고하는' 이론이라고 전제하면서 현대성은 아직 완성되지도 않았고 계속되고 있다고 지적했던 사실에 주목했다. 현대성이란 아직 미완의 진행인 것이다.

중국은 경제 현대화 전략이나 정신 문화의 건설 또는 문학예술의 발전 등 여러 분야에서 아직 '현대성'이 완성되었다고 말하기 어렵다. 중국이 이를 위해 한 세기가 넘는 시간 동안 부단히 노력했고 이미 현대화된 국가의 대열에 진입하긴 했지만 현대화의 목표는 아직도 멀기만 하다. 혹시 경제와 과학의 현대화는 머지않은 장래에 실현될 수 있을지 모르지만 이데올로기의 범주에 있는 정치와 문화, 사상과 도덕의 현대성은 아직도 갈 길이 먼 상태이다. 지난 100년의 '현대성'은 주로 서양 국가들의 가치 체계를 기준으로 했지만 세계화의 추세가 갈수록 확장되고 있는 오늘날에는 각 민족 국가, 특히 동양 각국(한국, 일본, 중국)의 문화 사상과 가치 이념도 '현대성'의 시스템 가운데 중요한 부분을 이루고 있으며 이를 기초로 신선하고 활발하며 풍부하고 광대한 보편적 의미의 인류 사상을 갖추고 있다. 특히 중국은 서양의 가치 이념으로 스스로를 개조하고 향상시키는 동시에 서양의 것들을 중국화하여 현실의 요구에 적응시켰다.

또한 자체의 전통에 현대적 전환을 실현함으로써 세계의 '현대성' 구조에 참여하고 있다. 이는 대단히 복잡하고 방대한 공정이었다. 중국 문학은 대대로 '경세치용(經世致用)'의 전통을 갖고 있다. 이는 사회의 현대화 과정에 대한 참여와 촉진을 요구할 뿐만 아니라 역사 발전 과정에서 국민성의 개조와 민족 정신의 수립이라는 과제를 요구하고 있다. 이와 동시에 '현대성'과 '민족성' 사이에서 끊임없이 탐색과 실천을 통해 현대적 품격을 갖춘 민족 문학을 건설할 것을 요구하고 있다. 문학의 '현대성' 역정은 국가의 '현대화' 역정과 궤를 같이 하여 발전해 나갈 것이다.

지난 30년 동안의 문학 발전을 회고해 보면 우리는 '현대성'을 추구하는 과정에서의 지난한 발자취를 분명하게 확인할 수 있다. 신시기 문학의 '상흔(傷痕) 문학'과 '반사(反思) 문학', '개혁 문학' 등은 문혁을 부정하는 문학으로서 '5·4'정신을 회복하는 과정에서 빠르게 발전했다. '민주'와 '자유', '과학'은 문학의 가장 두드러진 주제가 되었고 '계몽'과 '비판', '인성의 회복'은 작가들의 자각적인 과제가 되었다. 왕멍(王蒙)을 비롯하여 장즈룽(蔣子龍), 가오샤오셩(高曉聲), 장지에(張潔) 같은 작가들은 이러한 문학의 흐름을 이끄는 중요 작가가 되었다.

하지만 지금의 관점에서 보자면 사실 신시기 문학에는 진부하고 보수적인 요소들도 적잖이 내포되어 있었다. 1980년대 중기에 유행했던 선봉(先鋒) 문학이나 현대파 작가들은 선배 작가들의 철저하지 못한 '현대성'을 간파했고 문학이 여전히 기존의 노선에서 잠행하고 있다는 사실을 깨달았다. 이에 따라 이들은 자신들이 진정한 현대성이라고 판단하는 새로운 노선을 개척했다. 그들은 직접 서양의 현대 및 포스트모던 문학을 받아들여 개인의 내면 세계와 생명의 체험을 더욱 중시하게 되었고 인간과 인류의 형이상학적 문제, 예술 표현에 있어서의 의식의 흐름과 부조리극, 상징주의 등 갖가지 형식과 방법에 대한 사유를 거쳐 참신하면서도 기이한 현대적 작품을 선보였다. 하지만 이들 젊은 작가들은 현대파 문학에 대한 이해가 그다지 깊지 못해 '수박 겉핥기'로 그치는 경우도 적지 않았다. 그들이 표현해 낸 감각과 체험, 사상 등은 절대다수의 독자들과 소통하기 어려웠다. 특히 예술 표현의 형식에 있어서는 항상 기교와 문자의

유희로 그치면서 중국의 문화 환경 내에서 ‘물과 기름’의 관계를 보이기
도 했다. 선봉파와 현대파 작가들의 실험은 나름대로의 가치를 지녔지만
단명할 수밖에 없었다. 그 뒤로 위화(余華)를 비롯하여 쑤퉁(蘇童), 마위
안(馬原) 같은 작가들은 점차 리얼리즘으로 나아가면서 ‘본토의 경험’으
로 회귀하여 문단에 진정으로 발판을 구축할 수 있었다.

문학 유산이 풍부하고 리얼리즘 문학의 뿌리가 깊은 나라에서 문학의
‘현대성’이란 필연적으로 곡절과 위험에 직면할 수밖에 없다. 하지만 중
국 문학은 ‘현대성’이란 원대한 목표를 갖고 있고 이는 문학 활동을 고무
하고 문학 작품의 질을 향상시키기 위해 반드시 거처야 하는 길이기도
하다.

3

지난 100년 동안의 중국 문학 발전사에 있어서 ‘현대성’은 시종 주요
테마가 되어 왔다. 이에 따라 1990년대 후반에는 일부 학자들이 ‘현대성’
을 발전의 주조로 하는 문학 발전의 전체적인 틀을 다시 구성하고 20세
기 문학사를 다시 써야 한다고 주장하기도 했다. 우리는 ‘현대성’이 일종
의 가치 체계이자 심미 사상으로서 중국 문학에 근본적이고 혁명적인 변
화를 가져왔다는 사실을 부인하지 않는다. 그러나 이와 동시에 우리는
중국 문학이 ‘현대성’의 진행 과정에서 때로는 ‘민족성’에 대한 억압과 배
척, 희생을 대가로 했다는 사실도 주목하지 않을 수 없다. 하지만 중국
문학의 ‘민족성’은 절대로 이로 인해 파괴되거나 소멸되지 않았다. 오히
려 그 완강한 정신과 다양한 형태가 중국 문학의 발전 과정에 끊임없이
재현되면서 꽃을 피우고 열매를 맺어 중국의 현당대(現當代) 문학을 더
욱 풍부하고 성숙하게 해 주었다. 지금 우리는 세계화의 흐름과 갖가지

유형의 문화 유입과 교융에 직면하여 중국의 전통 문화와 문학이 얼마나 위대하고 진귀한 것인지, 백년 문학이 계승과 발전의 과정에서 얼마나 많은 굴곡을 거쳤는지를 더욱 절감하고 있으며, 중국 문학이 전통으로의 회귀와 재건을 거쳐야만 비로소 세계 문학의 숲에 확실한 자리를 확보할 수 있다는 사실을 깨닫고 있다.

신시기 이후 30년 동안의 문학에서 우리는 강인한 '민족성'의 흐름을 확인할 수 있었다. 왕정치(汪曾祺)의 『대요기사(大淖紀事)』나 『수계(受戒)』같은 일련의 작품들은 풍부한 전통 문화의 맛과 분위기, 그리고 아름답고 성숙한 고전 소설의 기교를 재현함으로써 요란하던 당시의 문단에 충격을 가하면서 많은 작가들에게 커다란 영향을 미쳤다. 순리(孫犁)의 『예재소설(藝齋小說)』은 고전 필기 소설의 기법을 계승하여 함축적이면서도 생동감 넘치는 응결된 작품으로 전통 서사 방식의 무한한 매력을 과시했다. 이 두 선배 작가와 그들의 깊이 있는 수양 및 정교한 작품은 중국 고전 문학의 문화 정신과 표현 형식을 크게 전승하고 확대시켰다.

이보다 더욱 두드러진 문학 현상은 1980년대 중기에 나타난 이른바 '심근(尋根) 문학'과 '본토 경험'으로 회귀하려는 창작 사조이다. 선봉 및 현대파 소설이 등장한 것과 때를 같이하거나 조금 앞서서 '심근 문학'이 출현했다. 이는 이론과 경험을 동시에 갖춘 문학 유파로서 그 주체는 일부 '지식 청년 작가'들이었다. 대표적인 인물로는 아청(阿城), 정이(鄭義), 한샤오궁(韓少功), 정만룽(鄭萬隆) 등을 들 수 있는데, 이들의 신기하면서도 소박한 소설 작품은 지금까지도 기억에 새롭다. 이 가운데 한샤오궁의 주장은 이들 작가들의 문학적 관념을 대표한다고 할 수 있다. 그는 이렇게 말했다. "문학에는 뿌리가 있고 문학의 뿌리는 민족 전통 문화의 토양에서 찾아야 한다. 뿌리가 깊을수록 잎이 무성해질 수 있다. …… 우리의 과제는 현대 관념의 열에너지를 해방시켜 새롭게 빛나는 자아를 주조하는 것이다.”[3] ‘심근 문학’은 서양 문학, 특히 라틴아메리카 문학의 흥기에 따라 싹을 틔우기 시작하여 민족의 뿌리를 찾고자 하는 이들 작가들의 ‘세계와 대화하고자 하는’ 웅심을 드러내고 있다. 이들의 이론이 매우 복잡하고 창작을 견지한 시간도 그리 길지 않지만 이러한 신시기 문학 최초의 자발적이고 대규모적인 ‘민족성’으로의 회귀는 매우 깊고 원대한 의미를 지닌다고 할 수 있다.

신시기 이래의 문학은 여전히 다원화된 상태로 발전해 가고 있지만 사람들은 ‘본토 경험’으로 회귀하는 문학 사조가 암암리에 확장되고 있다는 사실을 분명하게 인식하지 못하고 있다. 쟈핑와(賈平凹)의 『진강(秦腔)』이나 모옌의 『생사피로(生死疲勞)』, 티에닝(鐵凝)의 『면화(笨花)』 같은 작품들은 쇠락한 향촌 문화나 농촌의 역사적 변화를 표현하거나 독특한 지역적 민정과 풍속을 그리고 있다. 이런 작품들은 하나같이 민족 문화의 정신을 함축함으로써 일종의 ‘본토 경험’을 발굴해 내고 있는 것이다. 이런 작품들이 비슷한 시기에 동시에 출현할 수 있었던 것은 결코 우연이 아니다. 이런 현상은 중국 작가들이 세계화라는 커다란 배경하에서 내리는 현대화에 대한 새로운 해석이자 ‘민족성’에 대해 갖는 새로운 관심이라 할 수 있다.

4

타고르는 “모든 민족의 책임은 자기 영혼의 영원불멸한 등불을 지킴으로써 세계의 빛의 일부가 되는 것이다. 민족의 등불이 꺼진다는 것은 그 민족이 세계의 경전 속에 자신의 자리를 상실한다는 것을 의미한다.”라

---

3) 韓少功, 『아름다운 가정(完美的假定)』(作家出版社, 1996)

고 말한 바 있다. 한 민족의 문학이 바로 그 민족 영혼의 등불이다. 이 등불은 그 민족의 것인 동시에 세계의 것이기도 하다. 따라서 한 민족의 문학이 세계 문학에서 독특한 빛을 발하기 위해서는 민족 문화 정신의 깊고 두터운 기초 위에서 자신을 견지하고 발전시켜야 한다. 오늘날 세계 경제 일체화의 시대가 전개되면서 각 민족 국가 사이에 과학 기술의 보급과 정치 체제의 차용, 문화 사상의 삼투가 '물이 댐을 허무는' 상황을 연출하고 있다. 이러한 정세 아래에서 한 민족이 '타자'에 의해 완전히 '식민화'되거나 '형식화'되며, 더 나아가 자기의 문화와 정신을 상실하는 것은 더욱 쉬운 일이 되어 버렸다. 따라서 문학의 '민족성'을 강화하고 세계 문학에서의 자신의 자리를 찾기 위해 노력하는 것은 문학 영역의 과제일 뿐만 아니라 민족 이미지와 문화 정신을 창조해 내는 중요한 작업이 될 것이다.

중국 전통 문화와 문학의 광대함과 깊이, 그리고 그 현대적 가치는 지난 100년 동안 많은 서양 학자들의 관심과 숭상의 대상이 되어 왔다. 우리는 전통 문화와 문학 속에 담겨 있는 풍부한 생명력의 정수를 보다 자각적으로 발굴하고 발양하여 이를 오늘날의 문학을 위한 생명과 정신으로 전환시켜야 할 것이다. 예컨대 전통 문화와 문학에 담긴 '천인합일' 사상이나 조화의 이념, 중용의 원리, 수신 양성 등의 관점, 중국 고전 소설에 담긴 풍부하면서도 독특한 서사 형식과 방법, 고전 시사(詩詞)의 격률과 기교 등은 이러한 발굴과 발양의 대상이 되기에 충분하다. 현재 국학 연구와 보급의 열기가 사람들에게 민족 정신에 대한 각성을 제시하고 있다. 이처럼 전통적인 것들을 현대 사회에 적응시킬 수 있을까, 광대한 독자들에게 이러한 것들이 받아들여질 수 있을까 하는 우려를 나타내는 사람들도 있다. 여기서 가장 중요한 것은 현대적 전환일 것이다. 이와 관련하여 유명한 역사학자인 위잉스(余英時)는 "이른바 현대화, 즉 전통의 현대화가 전통이라는 주체에서 벗어난다면 현대성은 절대로 아름다운 부산물이 될 수 없다."라고 말한 바 있다.[4] 고대 중국의 풍부한 문화와 문학 전통은 상당 부분이 현대화로의 전환이 가능하고 '현대성'의 핵심적 가치 이념이 될 수 있다. 우리는 이미 '민족성'으로 회귀하는 힘찬 걸음을 내디뎠지만 아직은 갈 길이 멀다.

위에 쓴 주장이 '현대성'의 포기를 의미하는 것은 결코 아니다. 중국 문학의 '현대성'은 '종결'과는 아직 거리가 멀다. 향후 중국의 문학은 '현대성'을 노력의 주요 목표로 삼아야 한다. 하지만 '현대성'은 하나의 동태(動態)로서 부단히 건조되는 개념이다. 서양 문화와 문학의 가치 체계 가운데는 왕성한 생기를 지니고 있는 것도 있고 역사적 제한성을 보이는 것도 있다. 이러한 것들은 마땅히 포기되어야 한다. '현대성'은 모든 물줄기를 하나로 모으는 거대한 바다가 되어야 하고 세계와 함께 움직이는 새로운 세기, 새로운 세계를 향한 새로운 가치 체계를 주조할 수 있어야 한다. 우리는 바로 이런 길 위에 서 있는 것이다.

'현대성'과 '민족성'의 관계는 동전의 양면과 같다. 우리는 이 두 가지를 모두 갖춰야 한다.

---

4) 余英時, 『文史傳統與文化重建』(三聯書店, 2004), 8쪽.

'세계화'와 민족정신

황런커(黃仁柯)

우리는 지금 새로운 세계를 맞고 있다. 이 세계는 신기함으로 가득 차 있고 희망과 갖가지 변수, 의혹과 두려움이 충만해 있다. 이 세계에서 현재 가장 유행하고 있는 화두가 바로 '세계화'이다. 경제 세계화와 과학 세계화는 물론 사유의 세계화가 진행되고 있고 이산화탄소 배출량의 증가에 따른 온실 효과마저도 세계화의 정의에 힘을 실어 주고 있다.

물론 '세계화'는 좋은 것이다. 우주선과 국제 전화, 인터넷 등이 이미 믿기 어려울 정도로 거리에 대한 전통적 관념을 바꿔 놓고 있다. 과거에는 도저히 실현하기 어려운 것으로 여겨졌던 환상들이 지금은 이미 손을 뻗어 만질 수 있는 현실로 다가와 있다. '지구촌'의 주민들은 동일한 행성 위에서의 평화 공존과 공동 발전의 기회를 모색하고 있다.

'세계화'는 갈수록 많은 국가의 폐쇄적인 자기 방어 상태를 무너뜨리고 있고 '세계화'의 운용 수단, 특히 경제 분야의 운용 수단은 갈수록 더 많은 민중들에게 실질적인 혜택을 가져다주고 있다. 하지만 '세계화'는 절대로 만병통치약이 아니다. 이미 성과를 나타내고 있는 '경제 세계화'의 외연을 무한히 확대하고 '세계화'를 종교와 문화, 이데올로기의 영역까지 확대한다면 진리에서 '한 걸음 넘어서는' 진리가 될 것이고 인류에게 위해를 가하는 이단이 되고 말 것이다.

최근 10여 년 동안 업무 관계로 인해 중국을 찾는 수십 개 국가와 지역의 작가 대표단을 접대하는 일에 종사해 왔다. 수많은 외국 작가들, 특히 중동 및 근동 국가의 작가들과의 교류 과정에서 내가 흔히 들을 수 있었던 화제는 세계화라는 컨텍스트 아래서의 문화 침투 문제이다. 이 주제는 약간 무거우면서도 귀를 솔깃하게 만든다. 하지만 무정한 현실과 사상의 충돌로 인해 우리는 권위적인 정치와 심한 빈부의 격차가 존재하는 이 세계에서 작가들이 문화 침투에 대해 우려하는 것이 결코 기우가 아니고 신경과민이 아님을 인정할 수밖에 없다.

모든 사람이 공존하고 있는 이 지구 위에는 분명히 자신의 의지를 남에게 강요하기 좋아하고 자신의 생활 방식과 문화 방식, 사유 방식을 다른 사람들에게 강요하기 좋아하는 사람들이 있으며, 이는 이미 비밀도 아니다. 나는 양지(良知)를 갖추고 있고 편견이 없는 지식인이라면 이 모든 것을 함께 느끼고 인식할 수 있으며 민족정신, 민족문화가 소실된 세계가 인류 자신의 발전에 어떤 후환을 안겨 주게 될지를 충분히 상상할 수 있으리라 믿는다. 때문에 나는 '세계화'라는 콘텍스트 아래에서 작가들이 자신의 창작에 있어서 민족적 특성을 견지하고 민족의 우수한 문화를 확대하며 민족정신을 발휘하는 것이 가장 중요한 현실적 의미와 역사적 의의를 갖는다고 생각한다.

애국주의를 핵심으로 하는 단결 통일과 평화 애호, 용기와 근로, 자강 불식 등이 바로 중화 민족의 위대한 민족정신이다. 중국 작가로서 나는 영원히 이러한 정신들을 지켜 나갈 것이다. 2006년 8월, 중국 저장을 방문한 파키스탄 작가들과 좌담하는 자리에서 파키스탄의 여류 시인 카이시와 나이드는 내게 창작의 자유에 대한 견해를 물었다. 나는 그녀에게 중국 작가로서 내가 누리고 있는 폭넓은 창작의 자유에 대해 말해 주었다. 하지만 나는 이런 자유를 누리면서도 줄곧 '기조'를 놓치지 않는다. 기조란 바로 조국을 사랑하고 인민을 사랑하는 마음에 다름 아니다.

여기서 말하는 조국과 인민에 대한 사랑과 민족정신은 모두 공허한 것이 아니다. 여기에는 최소한 두 가지 내용이 분명하게 포함되어 있다. 첫째는 깊이 있는 학습과 이해, 깨달음, 그리고 민족의 우수한 문화 전통의 계승이고 둘째는 일찍이 민족이 경험했던 고난과 치욕을 영원히 잊지 않는 것이다. 오늘날의 세계에서는 어쩌면 후자가 더 중요할지 모른다. 지난 160년 동안 중화 민족은 외국의 침략과 야만 민족들의 멸시와 압박을 견뎌야 했다. 특히 항일전쟁 14년 동안에는 엄청난 희생을 감수해야 했다. 400여만 제곱킬로미터의 아름다운 땅이 잔혹하게 유린당했고 2700만의 무고한 목숨이 전쟁의 원혼이 되어 버렸다.

우리는 이러한 재난의 기억을 가슴속에 영원히 깊이 새겨야 한다. 또한 전쟁을 은폐하려는 모든 죄행과 전쟁의 책임을 떠넘기려는 세력들에게 단호하게 "아니요!"라고 말할 수 있어야 하며, 동시에 전쟁에 드러난 중국 민족의 결점을 철저히 반성해야 한다. 강한 적을 만났을 때 우리에게는 수없이 많은 민족 영웅이 출현했다. 하지만 강한 적을 만났을 때 무수한 비겁자들도 나타났다. 루쉰은 일찍이 "중국에는 실패한 영웅이 드물었고 강한 저항이 드물었으며 용감하게 홀로 나서서 악전고투하는 병사도 적었고 반역자의 눈물을 어루만지는 조문객도 적었다."라고 말한 바 있다. 항일전쟁의 역사를 돌이켜보면서 우리는 고개 숙여 이러한 반성을 되풀이하지 않을 수 없다.

양지를 지키고 민족정신을 수호하는 것은 작가로서 마땅히 해야 할 책무이다. 과거 중국 문단에는 중화 민족의 전통적 가치관을 뒤흔드는 폭풍이 불기도 했었지만 나는 스스로의 '기조'를 굳게 지키며 누가 무슨 말을 하든지 개의치 않았다. 20여 년 동안 나는 '이성에의 호소'를 주제로 하는 일련의 장편 전기 소설을 창작했다. 여기에는 『육군감옥(陸軍監獄)』과 『샤멍하이 형제 풍어록(沙孟海兄弟風語錄)』, 『티엔산의 생사 — 위슈쑹과 성스차이 남매(生死天山 — 兪秀松和盛世才兄妹)』, 『산둥의 예인들 — 붉은 예술가들(魯藝人 — 紅色藝術家們)』 등 다수의 작품이 포함된다. 세계가 반파시스트 전쟁에서 승리를 거둔 지 60주년이 되던 해에 나의 소설을 원작으로 하고 내가 각본을 맡은 텔레비전 연속극 『기억의 논쟁(記憶的爭鳴)』이 중국 시시티브이(CCTV)에서 세 차례 방송된 적이 있다. 2억여 명에 달하는 중국 관중들이 한·중·일 3국의 연기자들이 연기하고 전쟁에 대한 반성을 주제로 하는 이 작품을 시청했다. 드라마는 2004년 중국 텔레비전 방송대상에서 '비천상(飛天獎)' 1등상과 최우수 극본상, 2005년 중국 텔레비전 금응상(金鷹獎)을 수상했다. 내가 고수한 '기조'가 독자와 관중들의 인정을 받게 된 것이다. 물론 이 일은 이미 과거지사가 되어 버렸다. 하지만 앞으로도 나는 민족정신의 '기조'를 지켜 나갈 것이다. 이는 이미 나의 피와 생명에 녹아들어 있는 바탕이기 때문이다.

볏짚 속의 은바늘을 찾아서

진런순(金仁順)

　1998년 7월, 나는 또다른 여섯 명의 여성 작가들과 함께 잡지 ≪작가≫에 작품을 발표했다. 이 잡지는 우리의 작품을 이렇게 선전했다. "1970년대에 출생한 일곱 명의 여성 작가들의 대표 작품을 본격적으로 소개하는 이유는 이들이 가장 충격적인 집단의 모습을 보이고 있기 때문이다. 이들은 군계일학의 탁월한 자태로 중국 문단을 그 우중충한 고민에서 해방시키고 있다." 이 잡지가 출간됨으로써 '1970년대 출생 작가'라는 호칭이 중국 문단에서 확실한 지위를 얻게 되었다.

　나는 중국의 문화대혁명 시기에 태어났고 초등학교에 들어갈 즈음에는 이미 '문화대혁명'이 끝난 상태였다. 나는 매일 학교에 갔다가 수업이 끝나 집으로 돌아올 때면 거대한 선전광고판 앞을 지나치곤 했다. 선전광고판에는 '사인방(四人幇)' 타도에 관한 소식과 함께 장칭(江靑)과 왕홍원(王洪文), 장춘차오(張春橋), 야오원위안(姚文元) 등 네 명의 사진이 붙어 있었다. 그 가운데 장칭은 백골이 앙상한 모습으로 그려져 있었다.

이는 해골에 대한 내 최초의 기억이었다.

1970년대 중국에서는 사람들이 폴리백을 별로 사용하지 않았고 농사에도 비료를 쓰지 않았으며 교통도 별로 발달하지 못했기 때문에 북방에서 남방의 과일을 먹는다는 것이 그리 흔한 일이 아니었다. 봄과 여름, 가을의 세 계절 동안은 오곡과 함께 제철 과일과 채소를 골고루 먹을 수 있었지만 겨울이 되면 산채(酸菜 : 배추를 발효시켜 만든 음식으로 백김치와 비슷하다.)와 감자국수만으로 배를 채워야 했다. 나의 유년 시절은 겨울이 매우 추웠다. 11월 중순이 지나면 큰 눈이 거리를 뒤덮어 이듬해 봄이 될 때까지 녹지 않았다. 한차례 한차례 눈은 끊이지 않고 내렸고 우리는 얼음 칼과 썰매를 챙겨 학교에 가곤 했다. 수업 중간에 쉬는 시간만 되면 우리는 밖에 나가 얼음을 지쳤고 학교가 파한 뒤에는 비탈길로 몰려가 썰매를 탔다. 내가 살았던 소도시에는 차가 많지 않아 특별한 이유가 없는 한 학교까지 차를 타는 일이 없었다.

우리에겐 사탕이나 과자도 넉넉하지 않았고 우유를 먹을 수 있을 정도로 부유하지도 못했지만, 그런 만큼 숙제도 많지 않았고 다닐 수 있는 학원도 없었다. 아직 가족계획이 시작되기 전이라 집집마다 아이들이 여럿씩 있었고 대부분의 가장들은 아이들의 학업 성적에 대해 비교적 관대한 태도를 보였다. 부모님들은 10년이 지나서야 점차 '지식이 운명을 바꾼다'는 문제를 의식하기 시작했다.

당시에는 연애하는 젊은이들도 손잡고 길거리를 활보할 수 없었고 사람들이 감정을 표현하는 방식도 대단히 함축적이었다. 문학 작품에서 성애를 묘사하는 부분도 그저 독자들의 심장 박동이 약간 빨라지는 정도로 그쳐야 했고 어쩌다 스킨십을 묘사한 대목이 나오기라도 하면 독자들은 온몸을 떨었다. 키스 따위는 아예 언급되는 일조차 없었다.

우리는 순진무구한 환경 속에서 성장했기 때문에 집안에서 부모님들의 말씀은 거의 절대적인 권위를 지니고 있었다. 세대 차이나 가출은 여러 해가 지나서야 처음 나타나기 시작한 용어이자 행위였다.

1980년대로 접어들면서 중국 사회에는 급속도로 개혁과 개방이 진행되었다. 이때 우리는 한창 중고등학교에 다닐 때라 신체와 정신이 빠르게 성장하고 있었다. 중국의 경제와 문화가 빠른 속도로 '문혁'의 질곡에서 벗어나 번영과 발전을 향해 가고 있는 것과 궤를 같이하고 있었다. 우리는 청바지를 입고 하이힐을 신었으며 컬러 텔레비전을 보고 영어를 배울 수 있게 되었다. 학교 안에서도 학생들 사이에 이성교제가 시작되었다. 보다 중요한 것은 고등학교를 졸업한 후에 우리가 갖게 되는 사회적 공간이 어떤 등급의 대학에 입학하느냐 하는 문제와 긴밀히 연관되어 있다는 사실을 인식하게 되었다는 것이다.

우리는 추이젠(崔健)의 음악에 열광했고 장이머우(張藝謀)와 천카이거(陳凱歌)가 1980년대에 찍은 영화를 좋아했다. 이 시기에 나온 모든 것들이 우리를 흥분과 열정에 빠져들게 했다. 눈과 귀를 일신해 주는 문학 작품도 예외가 아니었다. 왕안이(王安憶)와 모옌(莫言), 마위안(馬原), 쑤퉁(蘇童), 왕수어(王朔) 같은 작가들의 이름을 기억했고 특히 "바다를 향해 얼굴을 돌리면, 봄은 빠듯하고 꽃이 핀다"라고 노래하고는 철길에 누워 자살한 시인 하이즈(海子)를 잊지 못했다. 중국 대륙의 작가들뿐만 아니라 진용(金鏞)이나 총야오(瓊瑤) 같은 홍콩 및 타이완 작가들의 작품도 대량으로 도서 시장에 유입되었다.

오랫동안 베스트셀러였던 톨스토이나 스탕달, 오스틴 같은 작가들의 작품 외에 마르케스나 업다이크, 뒤라스, 가와바타 야스나리 같은 상대적으로 덜 알려져 있던 외국 작가들의 작품도 서서히 번역, 소개되기 시작했다. 고등학교에 다니면서 내 생활비의 절반은 좋아하는 책과 잡지를 사는 데 소비되었다. 1980년대에 글을 쓴 작가들은 행복했고 1980년대에 문학을 열애했던 사람들도 행복했다. 우리는 언제 어디서든지 같은 작가를 사랑하고 같은 문학 작품을 좋아하는 동지를 만날 수 있었다. 산골 마을에서도 그랬고 기차를 기다리는 짧은 틈에도 그랬다.

　이처럼 활발하고 활기가 넘쳤던 1980년대에 비해 1990년대의 분위기는 사뭇 애매하면서도 슬픔에 젖어 있었다. 어느덧 우리는 고등학교 시절을 마감하고 대학 생활에 접어들어 있었다. 우리가 다니는 예술 대학에서는 독립적인 사고와 행위를 통해 독자적인 풍격을 수립하는 것이 일반적인 경향이었다. 우리는 한편으로는 대중과 달라지기를 갈망하면서도 다른 한편으로는 갈수록 물질 생활을 향유하는 데 익숙해져 갔다. 도시 생활이 천천히, 그러나 완강하게 우리의 향촌 기억을 침식해 갔다. 우리가 다니던 희극문학과에서는 매년 ‘체험 생활’을 통해 시골 마을이나 지방의 작은 소도시, 공장 등을 찾아가 현지의 인민들과 함께 생활하는 프로그램을 진행했다. 이런 현장들은 우리가 바로 얼마 전에 떠나온 곳이기도 했다.

　나는 1990년대 말부터 글을 쓰기 시작했다. 이때 나는 이미 대학을 졸업하고 한 문학 잡지사에서 일하고 있었다.

　마르케스는 「성녀(聖女)」라는 산문에서 마르가리토 두아르테라는 남자에 관해 언급하고 있다. 원래 아주 평범함 시민이었던 그는 열여덟 살 때 미모의 아가씨를 만나 결혼을 하게 되었다. 그러나 얼마 지나지 않아 첫 딸을 낳으면서 아내가 죽고 말았다. 딸은 엄마보다 더 아름다웠지만 일곱 살이 되어 큰 병에 걸려 죽고 말았다. 11년이 지나 이사 계획을 세우던 마르가리토 두아르테는 다른 주민들과 마찬가지로 가족들의 유골을 파내 새로운 무덤에 이장해야 했다. 이때 기적이 나타났다. 마르가리토 두아르테의 아내는 이미 썩어 황토가 되어 있었지만 딸의 시신은 조금도 손상되지 않은 상태로 남아 있었던 것이다. 목관을 여는 순간, 사람들은 처음 매장할 때 함께 묻었던 신선한 장미의 향기를 맡을 수 있었다. 더욱 신기한 것은 딸아이의 시신이 매우 가벼웠다는 것이다. 이런 상황은 사람들 사이에 큰 소란을 불러일으켰고 현지 교구의 주교도 이런 기적은 마땅히 로마 교황청에 알려 적절하게 처리해야 한다고 말했다. 이리하여 모두들 모금 활동을 벌이면서 마르가리토에게 로마로 가서 이 문제를 잘 처리할 것을 종용했다.

나는 이 이야기를 매우 좋아한다. 모든 인간의 생명에는 이처럼 신기한 시간의 비밀이 담겨 있지만 어떤 것은 겉으로 드러나 쉽게 볼 수 있는 반면 어떤 것은 아무리 관찰해도 겉으로 드러나지 않는다. 나는 나의 생각을 어떻게 창작으로 옮겨야 할지 모를 때가 많다. 15년 동안 문학 작품을 읽어 오면서 이런 열독 행위에 갈수록 더 깊이 빠져 드는 것을 느낄 때면 자신의 이야기를 쓰는 것이 일종의 필연으로 다가오곤 한다. 처음 몇 편의 단편 소설 창작 경험은 사람들을 즐겁게 해 주기에 충분했다. 그 이야기들이 내 펜 끝에 나타난 것은 「성녀」에 나오는 영원히 아름다운 얼굴이 변하지 않는 소녀와 신선한 장미 향기처럼 마치 신비한 세계에서 온 것 같았다.

그리하여 나도 마르가리토 두아르테처럼 길을 떠났다. 그는 그 뒤로도 22년 동안이나 딸의 유해를 담은 상자를 들고 로마 곳곳을 돌아다녔다. 그 사이에 다섯 명의 교황이 세상을 떠났지만 그는 여전히 교황을 만날 날을 기다리는 처지였다. 그럼 나는? 지난 10년 동안 나는 100만 자가 넘는 분량의 작품을 썼다. 대부분 중단편 소설들이었다. 한 편 한 편의 창작 과정이 내게는 마치 짧은 여행길 같았고, 이 짧은 여행에서 나는 가장 가고 싶은 곳, 다른 사람들이 한 번도 가 보지 못한 곳을 찾으려 애썼다. 다른 사람들이 거쳐 간 곳에서도 나만의 무언가를 찾으려 노력했다.

이처럼 여러 해 동안 글을 쓰고 나서야 나는 어쩌면 글쓰기라는 것이

애당초 내가 생각했던 것처럼 그렇게 자연스럽고 순조로운 것이 아닐지도 모른다는 것을 비로소 깨달았다. 애거서 크리스티는 자신의 추리 소설에서 항상 사건의 실마리를 찾는 것이 마치 볏짚 속에서 은바늘을 찾는 것과 같다고 강조하곤 했다. 삶을 한 무더기의 볏짚이라고 가정한다면 작가의 창작을 독려하는 가장 중요한 동기는 바로 이 볏짚 속에 숨겨진 은바늘일 것이다. 우리는 볏짚 속에 반드시 은바늘이 감춰져 있을 거라고 믿어 마지않으면서 이 은바늘에 모든 관심을 쏟고 있다. 이 은바늘로 몸에 박힌 가시를 빼낼 수도 있고 천에 꽃을 수놓을 수도 있을 것이다.

우리들 몸에는 항상 가시가 박혀 있다. 어떤 가시들은 어디에 박혀 있는지 알기 때문에 쉽게 빼낼 수 있지만 도대체 어디에 박혀 있는지 알 수 없는 가시들도 있다. 이 가시들은 고독과 분노, 고통과 두려움, 절망을 담고 있다. 글을 쓰는 행위는 바로 이런 가시들을 찾아내 자세히 연구하는 과정일지도 모른다. 중학교 시절 우리 반 담임선생님은 따귀를 때리는 것으로 아이들의 잘못에 대해 처벌을 내리곤 하셨다. 이런 처벌을 받는 학생들은 대부분 남자 아이들이었지만 가끔씩 여학생이 이런 불운을 당하는 경우도 있었다. 여선생님은 이런 처벌을 반 전체 50여 명의 학생들이 지켜보는 가운데 실행했다. 그러다 보니 이런 굴욕적인 처벌은 따귀를 맞는 학생에게만 수치와 고통을 안겨 준 것이 아니라 반 전체 학생들의 뺨을 때리는 것이나 마찬가지였다. 다른 학생들과 마찬가지로 나는 그녀를 몹시 미워했고 두려워했다. 우리는 하나같이 열심히 공부했고 담임선생님이 가르치는 과목에서는 전부 좋은 성적을 거뒀다. 좋은 성적만이 우리를 위험에서 구해 줄 수 있기 때문이었다.

지금 내 나이는 그때 그 선생님의 나이와 비슷해졌다. 지금 내가 새삼 생각하는 것은 그녀의 처벌 행위가 아니라 그녀가 보여 주었던 그러한 행위의 근원이다. 이 여인은 왜 그토록 폭력적이었던 것일까? 그녀의 삶

속에 남들이 알지 못하는 어떤 아픔이 있었던 것은 아닐까? 그녀의 유년의 기억이 그녀의 삶에 뭔가 깊은 상처를 남겼던 것은 아닐까? 그녀의 결혼이 행복하지 못했던 것은 아닐까? 사회가, 또는 그녀 주위의 사람들이 그녀가 학생들을 향해 손바닥을 치켜들 수밖에 없게 만든 무언가를 주었던 것은 아닐까!

그녀로 인해 나는 상처와 폭력에 대해 대단히 민감해졌다. 내가 처음 쓴 몇 편의 단편 소설에서 추구하고자 했던 것도 바로 청소년 시절의 상처와 폭력의 문제였다. 예컨대 「5월 6일」에서 중학교 남학생인 치정(祈政)은 보통 광부의 아들로 석탄 가루가 휘날리는 광산 지역을 멀리 벗어나기를 갈망하면서 외부 세계를 동경하지만 그에게는 돈이 없었다. 돈을 빌리기 위해 이리저리 돌아다니다가 하마터면 자기 반 여학생을 죽음으로 몰 뻔하기도 한다. 「유리 커피숍(玻璃咖啡館)」에서는 몇 명의 가출 여학생들을 그렸다. 아이들은 질투심 때문에 아주 예쁘게 생긴 낯선 여자에게 폭력을 가해 아이를 유산시키고 만다. 「겨울(冬天)」에서는 결혼한 지 얼마 안 된 신부가 야근하러 가는 길에 성폭행을 당하자 남편이 자책감의 고통에 빠져 자신을 통제하지 못하게 되는 심리의 역정을 묘사했다. 또한 「냉기류(冷氣流)」에서는 서로를 목숨처럼 아끼는 두 자매를 묘사했다. 연약하면서도 지적인 동생이 언니의 남자친구에게 성폭행을 당하자 언니는 칼을 품고 남자친구를 찾아가지만 정말로 복수를 할 수 있는 순간이 되자 차마 칼을 꺼내지 못한다.

고전적 제재로 쓰인 나의 다른 소설에서도 죽음은 늘 구름그림자처럼 하늘을 이리저리 떠돌고 있다. 「고려의 지나간 일(高麗往事)」에서 귀여운 주인공은 강보를 떠나기도 전에 비명에 죽음으로써 궁중에 일련의 사건을 발생시키고 마지막 왕후인 난왕후는 거문고 줄에 목을 매어 죽는다. 「도입(引子)」에서는 한림안찰부사가 숲속에서 모기에 물려 죽고 「반

슬리(盤瑟俚)」에서는 남편의 능욕을 견디지 못한 엄마가 자살한 뒤에 부친의 능욕을 견디지 못한 딸이 부친을 술항아리에 빠뜨려 죽인다……. 내 작품에는 이처럼 많은 죽음들이 펼쳐진다.

그래서인지 평론가들은 내 작품을 이렇게 평하고 있다. "냉엄함 속의 욕망과 폭력은 인간에게 일종의 침울함과 위협을 제공한다. 진런순은 격정의 발산을 포함하여 폭력적 이야기를 폭력적 언어로 전환시키지는 못하지만 냉정한 서사 언어로 사람들에게 사후의 두려움을 갖게 만든다. 그녀의 언어상의 절제는 실제로 사람들을 두렵게 만들긴 하지만, 이는 절대로 거부할 수 없는 욕망과 폭력에 대한 '냉각 처리'이다." "진런순은 종종 냉혹한 죽음의 처리를 수많은 사람들 사이를 떠도는 가담항의(街談巷議)로 전환시킨다. 그녀가 묘사하는 죽음은 대부분 성장 과정에서 경험한 잘못된 처우에 대응하는 의외의 선택이다."

나는 결코 폭력을 좋아하지 않는다. 오히려 내가 주로 폭력과 죽음을 묘사하는 이유는 폭력과 죽음의 공포로부터 벗어나기 위한 것이다. 이는 뒤라스가 빛나는 젊음이 지나가 버린 만년에 『연인(情人)』이라는 아름답고 영롱한 사랑의 이야기를 썼고, 강한 이미지의 인물을 주로 그렸던 헤밍웨이가 병에 직면하여 무력하게도 자신을 향해 총을 쏘았던 것과 같은 심리의 소치이다. 나는 괴테도 죽음이라는 미지의 세계에 대한 두려움 때문에 『파우스트』를 썼을 것이라고 생각한다. 미지의 세계에 비하면 구체적 내용을 가진 지옥은 그다지 두렵지 않기 때문이다. 게다가 그는 자신이 천국에 들어가는 것으로 작품을 이끌어가고 있다.

현실 생활 속의 곤경과 상처, 그리고 공포로부터의 자유는 모든 사람들이 갖고 있는 꿈이다. 그러나 모든 사람들이 이를 위한 길을 찾을 수 있는 것은 아니다. 이런 점에서 작가들은 운이 좋은 편이다. 문학은 우리가 상처의 고통을 이해하고 분석할 수 있는 가장 좋은 첩경 가운데 하나이기 때문이다. 이것만으로도 글쓰기를 선택하는 이유는 충분할 것이다. 게다가 글을 쓰다 보면 은바늘을 찾아 꽃을 수놓을 수 있는 때가 찾아오기도 한다.

나는 고전적 제재로 소설을 쓰면서 그 배경을 대부분 고대 조선의 궁정이나 민간 사회에서 찾는다. 물론 내 상상 속의 궁정과 민간 사회이다. 일부 디테일의 운용에 있어서는 실제 사회의 모습과는 상당한 거리가 있을 수도 있지만, 이는 아무런 문제도 되지 않는다고 생각한다. 이런 이야기들이 날개를 활짝 펴고 나를 데리고 산을 넘고 강을 건너 머나먼 과거로 돌아가기 때문이다. 이런 이야기들은 내가 부모님께 드리는 어떤 선물로서, 이를 통해 부모님들은 내가 우리 민족을 사랑하고 있다는 것을 이해하게 된다. 나는 종종 엘리엇의 시 몇 구절을 인용하여 이런 이야기를 쓰는 내 심정을 표현하곤 한다.

> 날개가 또 키 큰 나무를 찾았다
> 나뭇잎들은 또 다시 채색 구름을 본다
> 모든 꽃송이들은 자신만의 태양을 갖고 있다
> 모든 얼굴이 꽃처럼 활짝 핀다
> 조용한 황금빛 가을의 품성과
> 조용한 노랫소리는 자신을 잊어버리고
> 흰 눈의 시계소리에 이어
> 비밀의 마지막 달을 위해 울고 있다 ―

터키 속담에 바늘로 우물을 뚫는다는 말이 있다. 터키 작가 오르한 파묵은 바늘로 우물을 뚫는 사람들이 바로 작가들이라고 말한 바 있다. 이 속담이 강조하는 것은 인내심과 완강함뿐이 아닐 것이다. 나는 내 손에

쥐어진 이 바늘이 때로는 상처의 고름 주머니를 터뜨릴 수도 있고 때로
는 마술 지팡이가 되어 그 신기한 힘을 불러내 새로운 세상을 창조할 수
있으리라고 믿는다.

토행손과 아틀라스가 내게 준 계시

모옌(莫言)

내가 아직 어린 아이였던 시절에 노인들이 토행손(土行孫)에 관해 얘기하는 걸 들은 적이 있다. 그는 중국의 신마 소설 『봉신연의(封神演義)』에 나오는 호걸로서 몸에 '토둔(土遁)'이라는 절묘한 신기를 갖고 있기 때문에 땅속에서 아주 빠른 속도로 잠행할 수 있다. 이런 신기 덕분에 그는 수많은 공로를 세울 수 있었다. 그는 여러 차례 적에게 사로잡혔지만 몸이 땅에 닿기만 하면 언제든지 물고기가 헤엄치듯이 땅속으로 흔적도 남기지 않고 사라지곤 했다. 어른이 된 후에는 책에서 그리스 신화에 나오는 거인 아틀라스의 이야기를 읽게 되었다. 그의 부친은 바다의 신이고 모친은 땅의 신이다. 그의 힘은 대지인 모친에게서 온 것이다. 대지를 벗어나지 않는 한 그의 힘은 무궁무진하지만 일단 대지를 떠나면 무력해져 가벼운 공격도 견뎌 내지 못한다.

나는 이 두 인물 사이에 아주 신비한 관계가 있음을 발견한 뒤로 항상 이 두 인물이 내가 종사하는 문학 활동과 어떤 연관성을 갖고 있다고 생각해 왔다. 우리에게는 인민을 어머니에 비유하는 습관이 있고 또 대지를 어머니에 비유하는 습관도 있다. '인민—대지—어머니'의 관계 구조는 문학을 하는 사람들에게 있어서 몸을 기탁할 수 있는 풍부하고 다채로운 삶에 다름 아니다.

삶은 문학예술의 영원히 마르지 않는 원천으로서 어떤 유형의 천재이든, 얼마나 풍부한 상상력을 가진 사람이든 간에 삶을 떠나고 인민 대중과의 휴척(休戚) 공생, 생사를 함께 하는 관계를 떠나면 곧 힘의 원천을 잃게 되고, 결국에는 시대의 본질을 깊이 있게 반영하는 작품을 써 내고 싶어도 거의 불가능한 일이 되고 만다. 시종 가장 광대한 인민 대중과 함께 서서 항상 자신이 민중의 일원임을 잊지 않고 영원히 인민의 고통을 자신의 고통으로 삼을 수 있어야만 대지를 벗어나지 않았던 토행손이나 아틀라스처럼 왕성한 창작의 동력을 확보할 수 있을 것이고 사람들을 감동시키는 작품을 써 낼 수 있을 것이다.

나는 1980년대 초에 문학 창작을 시작하여 20년에 이르는 지금까지 줄곧 인민 대중의 일상생활에 대한 관심을 유지하고 있고, 나 자신의 고통을 인민 대중의 고통과 하나로 연계시키면서 '토행손'의 기질을 버리지 않고 있다. 똑똑한 사람들의 조롱과 비웃음을 면할 수 없는 일이지만 나는 오히려 이를 영광으로 생각한다. 이미 한국어로 번역되어 출간된 『투명한 홍당무(透明的紅蘿卜)』와 『붉은 수수 가족(紅高粱家族)』, 『천당 마늘종의 노래(天堂蒜薹之歌)』, 『풀 먹는 가족(食草家族)』, 『술의 나라(酒國)』, 『풍만한 가슴과 살진 엉덩이(豊乳肥臀)』, 『탄샹싱(檀香刑)』 등의 작품들도 모두 내가 살았던 시대를 반영하고 있다. 일부 편장들은 역사적 삶을 묘사하고 있지만, 이를 관통하고 있는 것 역시 오늘날을 살고 있는 작가의 강렬한 감정이다. 때문에 현실 생활을 반영하는 강한 당대성(當代性)을 지니고 있다. 이 가운데 대부분의 작품들은 자신이 가장

익숙한 삶의 모습을 담고 있고 자신의 정감을 토로하고 있지만 개인의
고통과 대다수 인민들의 고통 및 행복과 어느 정도 일치하기 때문에 자
기에서 출발한 작품이라 해도 일정한 보편성을 갖고 있고 어느 정도의
인민성을 확보하고 있다.

솔직히 고백하자면 젊고 혈기가 왕성하던 시절에는 한동안 '삶이 예술
을 결정한다'라는 기본적인 상식에 대해 회의를 품은 적이 있지만 나이
가 들고 창작 경험이 증가함에 따라 자신이 상상력에 의지하여 써 낸 것
이라 생각하는 작품마저도 사실은 여전히 삶의 반영이며 자기의 경험을
기초로 하여 창조된 산물임을 깨닫게 되었다.

최근 몇 년 사이에 나는 점점 창작의 위기를 느끼고 있다. 이러한 위
기는 개인적 재능의 퇴보를 의미하는 것이 아니라 삶에 대한 괴리감과
낯선 느낌을 말한다. 나는 이것이 나 개인의 문제가 아니라 수많은 작가
들이 함께 느끼는 공통의 문제라고 생각한다. 글쓰기로 인해 높은 관직
과 넉넉한 봉록을 얻었다면, 글쓰기로 인해 호화 주택에 입주하게 되었
다면, 글쓰기로 인해 훌륭한 말과 수레를 얻었다면, 그리고 글쓰기로 인
해 꽃다발과 박수 소리에 파묻혔다면, 이런 작가는 이미 대지를 떠난 토
행손과 아틀라스처럼 힘의 원천을 잃은 셈이다. 이런 사실에 불복하여
입으로 연신 변명을 늘어놓으면서 아직 충분한 힘이 있다고 우겨 댄다
해도 실제로는 이미 마음은 있으나 힘이 따르지 않는 처지로 전락한 것
이다.

작품의 수량이 나날이 증가하고 명성이 높아짐에 따라 작가들은 물질
적 생활에 있어서 광대한 인민 대중과 거리를 두게 될 뿐만 아니라, 더
무서운 것은 인민 대중과의 감정의 거리가 크게 벌어지게 된다는 것이
다. 이런 작가의 시선은 이미 보다 화려하고 영광스러운 직함과 보다 값
비싼 명품들, 보다 많은 재산, 보다 편안한 생활에 흡수되고 만다. 이런

작가들의 정신은 이미 자신도 모르는 사이에 용속하고 나태해지고 만다. 날카로운 고통과 강렬한 애증을 느끼지도 못하고 사랑과 원한의 능력을 상실하고 만다. 이른바 '중산 계급'으로 전락하고 마는 것이다. 이런 작가들은 자신의 모든 부와 성공을 빛낼 수 있는 기회를 놓치지 않고 부를 위대함으로 간주하며 작은 똑똑함을 커다란 지혜로 오인한다. 또한 이런 작가들은 이른바 고아한 취미를 추구하고 사치와 허영에 기초한 소비 과정에서 스스로 즐거워하며 화려하기만 하고 아무런 의미도 없는 뉴스와 신기한 소문을 수집하는 데 열중하고 쓰레기 같은 정보에 탐닉하고 도취한다. 이런 정신 상태에서 이루어지는 글쓰기는 사람들을 놀라게 하고 여전히 갈채를 받긴 하지만 실제로는 이미 진실한 정감이 개입되지 않는 문학의 유희에 빠질 뿐이다.

물론 이런 국면은 작가들의 가장 큰 비애임에 틀림이 없다. 이러한 국면을 피할 수 있는 방법으로 톨스토이처럼 집을 떠날 수도 있고 프랑스 화가 고갱처럼 모든 것을 버리고 멀리 남태평양의 군도를 찾아가 원주민들과 함께 생활할 수도 있을 것이다. 그런 결단조차 내릴 수 없다면 최대한 하층 인민들과의 관계를 유지하고 사상적으로 두려움과 경각심을 유지하면서 자신의 비천한 신분을 망각하지 않고 상류 계층의 배역을 맡지 않으며 자신보다 불행한 사람들을 조롱하지 않고 자신이 얻은 모든 것에 대해 충심으로 감격스럽고 송구스런 마음을 가져야 할 것이다. 자신이 모든 사람들보다 똑똑하다는 상상을 버리고 모든 사람을 폄하와 풍자의 대상으로 삼지 말며 뜨거운 마음으로 거대한 세계에 관심을 갖고 인류의 고통에 대한 동정과 관심에 마음을 써야 할 것이다. 한마디로 말해서 남들을 그렇게 나쁘게 상상하지 말고 자신을 그렇게 훌륭하게 상상하지 말아야 하는 것이다.

그렇다. 우리가 사는 이 시대는 온갖 욕심이 횡행하고 갈등과 분규가 그치지 않고 있다. 하지만 지나가 버린 과거의 시대도 이와 다르지 않았다. 100년 전 찰스 디킨스는 자신의 명작『두 도시 이야기』의 서두에 이렇게 썼다. "이 시대는 가장 훌륭한 시대인 동시에 가장 열악한 시대이다. 지혜의 시대인 동시에 어리석음의 시대이고 신앙의 시대인 동시에 회의의 시대이다. 이 시대는 빛의 계절인 동시에 어둠의 계절이고 희망의 봄인 동시에 실망의 겨울이다. 사람들의 눈앞에는 온갖 사물이 다 있지만, 동시에 아무것도 없다. 사람들은 곧장 천당으로 오르고 있지만, 동시에 곧장 지옥으로 떨어지고 있다."

이러한 시대에 직면하여 작가는 냉정한 마음 자세를 유지하면서 과잉된 매체가 만들어 내는 정보의 쓰레기와 부유하는 사회의 거품을 뚫고 인류의 정감을 관찰하고 그 안으로 들어갈 수 있는 소박하고 진실한 삶을 체현해야 한다. 소박하고 진실하며 평범한 인민들의 삶이야말로 삶의 주류가 될 수 있고, 이러한 삶 속에만 진정한 감정과 진정한 창조성, 진정한 인문 정신이 용솟음칠 수 있으며, 이러한 삶만이 문학예술의 진정한 원천이 될 수 있다.

물론 작가는 자신의 창작에서 대담하게 새로운 창의성을 발휘할 수 있고 각종 예술 수단을 과감하게 운용하여 삶을 처리할 수 있으며 전통적 현실주의의 반도(叛徒)가 되어 발자크나 톨스토이에 대항할 수 있을 것이다. 하지만 발자크나 톨스토이를 대표로 하는 비판적 현실주의 작가들이 현실생활에 대해 유지했던 비판과 회의의 정신, 그들의 작품 속에 관철됐던 인간의 운명에 대한 관심과 현실과 타협하지 않는 강인한 태도는 영원히 우리가 따라야 할 법칙일 것이다. 우리는 인간의 운명에 대해 이러한 관심을 가져야 하고 작품 속에 우리의 진실한 정감을 쏟아 내야 하며, 어떤 계층의 환심을 사거나 헛된 감정과 가식적인 이미지로 독자들의 눈물샘을 자극할 것이 아니라 인간의 영혼을 어루만지고 시대의 병폐를 들춰 내야 할 것이다. 그리고 인간의 영혼을 어루만지고 시대의 병폐를 들춰 내기 위해서는 우선 자신의 영혼을 어루만지고 자신의 병폐를 들춰 낼 수 있어야 한다. 무엇보다도 후회만으로 그칠 것이 아니라 가차없이 단호한 태도로 자신의 죄를 물을 수 있어야 한다.

작가라면 모든 사람들을 사랑하고 자신의 적마저 사랑할 수 있는 용기를 가져야 하지만 자신을 사랑해서는 안 되고 자신에 대해 연민을 갖거나 관용해서는 안 된다. 자신을 창작 과정에서의 가장 크고 절대로 용서할 수 없는 적으로 삼아야 한다. 좋은 사람을 나쁜 사람으로 쓰고 나쁜 사람을 좋은 사람으로 묘사하며 자신을 죄인으로 나타내는 것이 바로 우리 예술의 변증법인 것이다.

'오락의 죽음'으로 요약되는 이 시대, 무수한 오락이 진정한 문학 창작과 진정한 문학 비평 및 열독 행위를 주변화하는 이 시대에 문학은 비굴하고 천박한 자세로 사람들에게 '오락의 악귀'를 헌납할 것이 아니라 어떤 것으로도 대신할 수 없는 자신의 소중하고 고귀한 본질로써 자신을 지켜 내야 할 것이다. 물론 부분적으로는 독자들이 작가를 결정하겠지만 진정한 작가라면 스스로 자신의 독자들을 창조해 낼 수 있어야 할 것이다.

문학에 있어서 우리가 처한 이 시대는 디킨스가 말했던 '가장 훌륭한 시대인 동시에 가장 열악한 시대'일 수도 있다. 우리가 토행손과 아틀라스의 교훈을 받아들이고 자신의 약점을 명징하게 인식하고 기억할 때, 한순간도 대지를 벗어나지 않고 인민의 평범한 삶에서 벗어나지 않을 때에만 '인류 공통의 장점과 단점을 깊이 있게 드러내고 인류의 장점이 창조해 내는 찬란함과 인류의 약점이 만들어 내는 비극을 깊이 있게 드러내며 인류 영혼의 복잡성과 선악과 미추 사이의 몽롱함을 드러내고 그 사이를 비추는 한 줄기 빛을 깊이 있게 표현해 낼 수 있는 작품'을 써 낼 수 있을 것이다. 이것이 바로 우리가 말하는 위대한 작품의 정의일 것이다. 우리는 평생 이런 작품을 써 내지 못할지도 모른다. 하지만 이러한 웅심(雄心)을 갖는 것이 그렇지 못한 것보다는 나을 것이다.

현대사와 작가의 창작 경험 서술의 무게
『한류삼부곡』 서술의 정위(定位)를 논함

샤롄셩(夏輦生)

거의 모든 사람들이 나를 만나면 중국 작가이면서 왜 한국을 제재로 선택하느냐고 호기심 어린 어투로 묻곤 한다. 나의 대답은 간단하다. 내가 한국을 택한 것이 아니라 역사가 내게 한국에 대해 서술하게 했다는 것이다. 물론 일단 역사에 의해 선택된 이상 이런 과제를 거부하지 말고 기꺼이 받아들여야 하고, 동시에 이를 위한 값비싼 대가를 치러야 할 것이다. 여기서는 또 다시 몇 년 전 사람들이 내게 물었던 창작의 인연을 설명하는 것보다 차라리 창작 공태(功態)와 서술 방식을 통해 약간의 체험을 말하고자 한다.

물론 '창작 공태'란 평범하지 않은 일종의 특별한 창작 상태를 의미한다. 이와 관련된 수많은 평론문들 가운데 나는 일본 코쿠시칸대학 교수인 후지타 리나(藤田梨那)가 「샤롄셩의 『한류삼부곡』을 논함」이라는 글에서 사용한 '걸어 들어가기(走入)'라는 동사를 매우 좋아한다. 그녀는 작자가 이미 의식적으로 자신이 직면한 역사 속으로 걸어 들어가고 있다고 말하고 있다. E. H. 카가 말한 것처럼 역사는 사람들이 시간의 흐름을 사계절이 순환이나 인간의 일생처럼 자연적인 과정이 아니라 사람들이 의식적으로 걸어 들어가거나 자발적으로 갖가지 영향력을 발생시키는 특수한 사건의 연속으로 간주할 때에야 비로소 시작될 수 있는 것이다. 나는 『한류삼부곡』의 후기에서 나의 작품 세계를 이렇게 설명한 적이 있다. "아마도 이처럼 퇴로가 없는 압박이 있었기 때문에 나는 온몸과 마음을 다해 역사 속으로, 이야기 속으로, 온갖 인연이 얽혀 있는 생생한 삶 속으로, 무한히 참열(慘烈)하고 무한히 비장한 비극 속으로 걸어 들어갈 수 있었던 것 같다……."

후지타 교수에게도 이런 '걸어 들어가기'의 체험이 있었는지는 모르겠다. 하지만 나는 이 날카롭고 섬세한 일본 학자가 내가 창작의 공태에서 세계 속으로 걸어 들어가는 모습을 분명하고 정확하게 보았을 것이라고 믿어 마지않는다. 그녀가 걸어 들어간 대목은 1930년대 중한 양국 인민들 사이의 생생한 인연의 '이합집산'의 역사이다. 「프롤로그」에서 나는 이렇게 썼다. "이 세상에 글자를 모르는 여인이 하나 있어, 그녀의 생명 가운데 가장 진귀한 일단의 역사를 일기로 쓴다." 이 여주인공 주아이바오(朱愛寶)는 배 젓는 노로 물 위에 일기를 쓴다. 「프롤로그」의 마지막 부분에서는 이런 질문을 던진다. "이 일기가 끝내 유일하게 이를 볼 수 있고 들을 수 있고 읽을 수 있고 이해할 수 있는 사람 곁으로 흘러갈 수 있을 것인가?"

「물속에 쓴 일기」는 하나의 상징으로서 기록되지 않는 역사를 의미한다. 이런 역사는 눈으로는 볼 수 없고 마음으로만 읽을 수 있으며 의식으로만 매만질 수 있다. 이를 읽을 수 있는 사람이 바로 이 역사에 대한 인연을 지닌 사람이다. 작자는 「보충 설명」에서 「프롤로그」에 대한 해답을 내린다. 「보충 설명」에서는 아주 간단명료하게 『선월(船月)』이 탄생하게 된 인간과 사건의 기묘한 인연을 개괄하고 있다. 작자는 "특수한 인연으로 인해 나는 기자가 되어 처음부터 끝까지 이 먼지 풀풀 나는 지난 일의 흔적에 참여하게 되었다. …… 그러던 어느 날 우연히 나는 달이 은빛으로 빛나는 산타만(三塔灣)의 수면에서 배를 모는 아가씨 하나가 물 위에 쓴 일기를 읽게 되었고, 그리하여 이미 지나간 세월에 묻혀 버린 이 이야기를 건져 냈다." 작자는 바로 이 기록되지 않은 역사를 읽을 수 있는 사람이다. 「프롤로그」와 「보충 설명」, 「에필로그」를 통해 『선월(船月)』의 세계와 주제는 어느 정도 밝혀진 셈이다. 요컨대 이 소설은 주아이바오와 김구(金九)의 인연과 이들을 둘러싼 갖가지 인연의 이합집산을 묘사하고 있는 것이다. 이러한 인연의 이야기를 건져 올린 작자는 이 갖가지 인연들과 또 하나의 거부할 수 없는 인연을 맺게 된다.

나는 '자연호흡'이라는 말로 이처럼 '역사 속으로 걸어 들어가는' 창작의 공태를 설명하고자 한다. 돌이켜보면 이러한 '걸어 들어가기'에는 말로 비유할 수 없는 고통의 체험이 뒤따랐지만 전체적인 창작 과정을 통해 뜻밖의 유창한 소통을 수확할 수 있었다. 일찌감치 동화 작가로 통했던 '다 큰 아이'인 내가 갑자기 이처럼 두꺼운 성인 소설 『선월』을 썼을 때, 사람들의 시기하는 눈빛 속에서 나는 가릴 수 없는 초월적인 놀라움과 회열을 발견할 수 있었다. 사실 더 믿기 어려운 말이겠지만, 분량이 40만 자에 달하는 이 이야기에는 뜻밖에도 서술의 모두에 머리말도 없고 단지 인물들과 눈앞에 선명하게 펼쳐지는 정경만 있을 뿐이다. 작자는 이미 본능적으로 체험 속에서 이 이야기를 말하는 사람이 되어 있는 것이다.

물론, 누가 말하고 어떻게 말하는가 하는 것이 가장 중요한 문제일 것이다. 상하이 푸단(復旦)대학교의 한 유명한 역사학과 교수는 내게 똑같이 이 일단의 역사를 묘사한 이야기인데도 어째서 자신의 전문 역사서는 그토록 재미가 없는데, 내 소설은 한국 독자들도 좋아할 정도로 재미가 있는 것이냐고 묻기도 했다. 이에 대한 나의 답변은 간단하다. 역사학자의 임무는 역사를 복원하는 것인 데 비해 문학가들의 임무는 역사를 부활시키는 것이기 때문이다.

그렇다면 이런 부활식 서술을 어떻게 찾을 것인가 하는 것이 또 하나의 중요한 전제가 될 것이다. 나는 줄곧 서술이 일종의 적재 능력이라고 생각해 왔다. 특히 『한류삼부곡』 같은 작품의 제재는 서술에 필요한 무게가 감동적인 이야기일 뿐만 아니라 진실하고 신선하며 생동적인 역사라는 것이다. 게다가 이 세 편의 작품이 갖는 각기 다른 무게가 내가 찾고자 하는 '바로 이'(가장 적합하고 가장 잘 표현해 낼 수 있는 이) 서술 방식에 속한 것임을 확인해 준다. 나는 창작에 들어가기 이전의 이러한 탐색을 '서술의 정위'라 부른다. 이는 마치 패션의 디자인과 같다고 할 수 있다.

『한류삼부곡』과 관련된 서술의 정위는 다음과 같다.

1)『선월』의 서술 정위는 '텍스트 외부의 서술(文外敍述)'과 '각 장 앞에서의 암시(章前導引)'이다. 마치 드라마의 화면 밖 음악 같은 이러한 '텍스트 외부의 서술'은 완전히 새로운 모습으로 나타난다. 각 장 앞에 '배를 모는 아가씨가 물 위에 뜬 채로 일기를 쓴다.'라는 설명이 나오지만 이는 결코 평범한 의미에서의 '내면의 독백'이 아니라 주인공의 텍스트 안에서의 서술에서 도망쳐 나와 한데 이어진 채 유동하고, 끊임없이 밀고 나아가는 공간에 서서 개성의 서술에 기원하면서도 개성의 서술보다 한 단계 높은 서술을 진행하는 독백이다. 특히 '물위에 떠다니는 일기' 자체가 허구적인 서술 공간이긴 하지만 오히려 배 모는 아가씨라는 이 특별한 서술 주체의 내면 세계를 더 진실하고 생동감 있게 묘사하고 있다. 이처럼 특별히 마음속에서 나오는 서술을 '장전도인'이라 한다. 이

러한 서술 방식으로 작품 전체를 관통함으로써 '정감추진기'의 작용을 도출하여 전체 서술에 감정의 동력으로 삼는 것이다.

다시 말해서 이러한 서술은 고립되어 있는 것이 아니라 흩어져 있으면서 작품 전체를 관통하는 정합(整合)으로서 유동하고 기복하는 상호 관계와 점차적으로 상승하는 서술의 리듬 및 구성의 변화를 형성하고 전체적인 긴장과 서술의 맥락을 조성하는 것이다. 텍스트 앞의 「프롤로그」나 텍스트 중간에 '물 위에 떠다니는 일기에서 발췌했다'는 설명, 그리고 문미의 「보충 설명」이 바로 이런 서술의 장치인 것이다.

2) 『호보류망(虎步流亡)』의 서술 정위는 세 가지 통로에서의 시공의 교차이다. 세 가지 통로란 첫째, 한국의 국부(國父)인 김구 선생이 망명 중에 항일 독립 투쟁을 이끄는 역사 이야기와 둘째, 김구의 아들 김신(金信) 장군이 반세기 후에 중국의 자싱(嘉興)으로 가서 옛날의 발자취를 찾는 실록적 사건, 셋째, 작자 본인이 '한국과의 인연'으로 온갖 변화가 펼쳐지는 현실생활 속에서 겪게 되는 가정(家庭)의 조우이다. 이 세 가지 통로는 서술의 진행을 따라 끊임없이 진퇴를 거듭하면서 자유롭게 시공을 교차하고 연결한다.

3) 『천당으로 돌아가다(回歸天堂)』의 서술 정위는 쌍방향 다층 서술 구조이다. 쌍방향이란 한 중국 작가와 한국의 의사(義士) 사이의 영혼의 대화이다. 다층이란 세 겹의 서술 층면을 의미한다. 첫 번째 단계는 각 장절 앞에 작자가 1인칭 화법을 사용하여 한국에 가서 직접 체험한 경력과 감상을 서술하는 것이고, 두 번째 단계는 텍스트 중간에 작자가 3인칭 화법으로 이야기의 구성과 인물들의 개성을 객관적으로 서술하는 것이며 세 번째 단계는 텍스트 중간에 나오는 주인공의 1인칭 서술로서 주인공의 절실한 감정과 내면의 정서를 진실하게 펼쳐 내는 것이다. 이러한 세 번째 서술 공간이 있기 때문에 역사의 진실한 기초 위에서 서술의

필촉을 사람들이 역사 자료에서 얻을 수 없는 특정 인물의 내면 세계로 최대한 깊이 가져갈 수 있는 것이다.

상술한 내용을 종합하자면 서술의 정위란 하나의 이성의 틀일 뿐이고, 진정으로 창작의 공태로 진입하는 서술이 되기 위해서는 인물과 감정, 스토리, 정경, 디테일, 긴장, 갈등, 개성의 충돌 등이 자연스럽게 생성되어 자유자재로 전개될 수 있어야 할 것이다. 이런 단계에 이르면 서술은 이미 은거해 버리고 대신 그림자만 관중들을 전혀 의식하지 않는 자세로 스크린 위에 진실하게 재현될 것이다.

서술이란 일종의 경지이고, 일종의 무게이다.

사회 발전과 작가의 창작

양사오헝(楊少衡)

사회의 발전과 작가의 창작과의 연관성은 이미 수많은 학자들의 논구의 대상이 되어 왔다. 나는 소설가로서 학자들의 논술을 통해 이러한 문제를 의식하게 된 뒤로 자신의 경력과 창작을 통해 이에 관한 사유를 전개해 왔다. 여기서 나는 내게 비교적 익숙한 감성 언어의 방식으로 이 문제와 관련된 나의 인식과 사유를 묘사하고자 한다.

생활과 사회 발전

나는 내 생활 속에서 커다란 변화를 느끼고 있다. 하루 또 하루, 한 해 또 한 해 삶은 조용히 흘러가지만 어느 순간 문득 뒤를 돌아다보면 엄청난 변화를 인식하게 된다. 이러한 변화는 사회의 발전과 절대로 무관하지 않을 것이다.

나는 중국 동남연해의 푸졘(福建) 성에 살고 있다. 내 고향은 이 성의 남부에 위치해 있고 서기 6세기 중엽 대당 왕조 시기에 건립된 1300여 년의 역사를 자랑하는 오래된 도시이다. 지난 20세기에 이 도시에서는 아주 유명한 작가가 하나 배출되었다. 다름 아닌 린위탕(林語堂)이다. 수많은 학자들이 이 사람을 일컬어 '학문이 동서를 두루 관통하고 있으며' 중국의 전통 문화뿐만 아니라 서양의 현대 문화에 대해서도 폭넓은 지식을 갖고 있다고 했다. 이 작가가 발표한 다량의 작품은 '저작등신(著作等身)'이라 불리고 있다. 예컨대 소설 『경화연운(京華煙雲)』이나 전기 『소동파(蘇東坡)』, 구미의 수많은 사람들이 읽고서 서양에 중국의 상황을 소개했던 『내 나라 내 민족(吾國吾民)』 등이 바로 그것이다. 그는 1930년대에 이른바 '유머 문학'을 제창하여 커다란 논쟁을 일으킨 바 있다. 이 린위탕 선생이 바로 푸졘 성 장저우(漳州) 사람이다.

그는 핑허(平和) 현 판자이(坂仔) 향의 한 선교사 가정에서 태어났다. 어린 시절에 산골에서 성장한 그는 유년 시절에는 가족들에 의해 집에서 100킬로미터나 떨어진 푸졘 성의 또 다른 연해 도시 샤먼(廈門)의 한 교회 학교로 보내졌다. 그곳에서 그는 중국과 세계의 일부 대도시들을 향한 자신의 경력을 시작했다. 나중에 그는 저서에서 여러 차례 자신의 고향과 유년 시절, 청소년기의 경험에 관해 언급한 바 있다. 당시 그는 시골의 산골에서 샤먼까지 오는 동안 무려 사흘을 길에서 보내야 했다. 덮개가 달린 작은 목선을 빌려 당시에는 '지우룽(九龍) 강'이라 불리던 강물을 따라 장저우를 거쳐 샤먼에 도착했던 것이다.

그로부터 수십 년이 지난 1960년대에 나는 장저우의 한 중학교 도서관에서 린위탕 선생에 관한 기록을 접하게 되었다. 어린 시절 나는 여름이면 친구들과 함께 지우룽 강에 가서 수영을 하기도 했고 얕은 강물을 건너 강 한가운데 있는 모래톱까지 걸어가기도 했다. 당시만 해도 강 위에서는 그 옛날 린위탕 선생이 탔던 목선을 쉽게 찾아볼 수 있었다. 하지만 린위탕 선생이 태어나서 자란 향촌으로 이어진 수운(水運)의 뱃길은 이미 사라지고 없었다. 수십 년 동안 하상에 흙과 모래가 퇴적되어 목선으로는 강을 거슬러 올라갈 수 없게 되었기 때문이다. 수운을 퇴화시킨 또 한 가지 이유는 육상 교통이 크게 발달되었다는 점이다. 도로가 건설된 덕분에 그 옛날 힘들게 가야 했던 산골을 무거운 짐을 실은 화물차나 여객용 차량도 얼마든지 쉽게 갈 수 있게 되었다. 이제 샤먼에서 판자이까지는 한 시간이면 충분히 닿을 수 있게 되었다. 린위탕 선생의 작품 속에서 향토의 풍정이 넘치던 시골의 수상 여행이 이미 과거의 풍경이 되고 만 것이다.

얼마 전 나는 지금 살고 있는 도시를 떠나 고향을 찾아갔다. 새로 건설된 대교 위에서 서쪽을 바라보니 당시 내가 친구들과 함께 수영을 하던 강변에는 이미 고층 건물들이 빼곡히 들어섰고 강의 수위는 크게 낮아져 모래톱이 알몸을 드러내고 있었다. 강 위에서는 배의 모습을 찾아보기 어려웠다. 이곳을 배로 항해하던 일은 이미 역사가 되어 버린 것이다. 반면에 도로는 훨씬 넓고 평탄해져 차량들이 꼬리에 꼬리를 물고 있고 고속도로와 현대식 도로가 사통팔달로 이어져 있어 당시 린위탕 선생이 사흘을 꼬박 걸어서 가야 했던 길을 지금은 불과 두 시간 만에 갈 수 있게 되었다.

이런 것들이 바로 내가 느끼는 사회 발전의 한 측면이다. 여기서는 일부 표면적 현상들을 언급할 수 있을 뿐이지만 이런 현상들 속에는 내포가 들어차 있기 마련이다. 이러한 현상의 이면에는 정치와 경제, 문화를 아우르는 여러 분야의 깊이 있는 변화가 내재되어 있는 것이다. 린위탕 선생이 살면서 글을 썼던 시대에는 중국의 현대화 과정에 기복이 매우 심했고 외적에 대한 항전과 몇 차례의 내전을 겪어야 했다. 내가 태어난 1950년대에는 양대 진영 간의 냉전을 주요 특징으로 하는 제2차 세계대

전 이후의 전후 질서가 이미 뼈대를 갖추고 있었다. 하지만 지금 나는 또 다른 세상에 살고 있다. 혹자는 이를 '세계화' 시대라 부르기도 한다. 나는 내 신변의 세계와 나 자신의 삶이 갈수록 빠른 속도로 변화하고 있음을 실감하고 있다.

이런 변화가 작가들과 그 창작 행위에 거대한 영향을 미치리라는 점에는 의심의 여지가 없다.

문학의 길과 그 체험

1970년대 말 이후로 중국 문학은 새로운 시기로 접어들었다. 오늘날 중국 문학의 발전은 신시기 중국 문학의 다양한 모습들과 함께 뚜렷한 독창성을 보이고 있어 중국 문학에 깊이 있는 이해가 부족한 외부의 독자들은 제대로 이해하는 데 커다란 어려움이 있겠지만, 대략적인 발전 과정을 설명함으로써 이해를 증진시킬 수는 있을 것이라 생각한다. 나는 연륜과 그동안의 경력 덕분에 중국 신시기 이래의 문학 창작 양상을 깊이 있게 관찰하고 체험할 수 있었다. 게다가 나 자신의 창작도 신시기 문학이 한창 발흥하기 시작한 1970년대에 시작되었다.

나는 신시기 이래 문학 창작의 거대한 흐름을 체감할 수 있었다. 신시기 문학의 첫걸음은 이른바 '상흔 문학'에서 시작되었다. 당시는 10년에 걸친 '문화대혁명'이 막 끝난 때라 중국 근대사의 매우 특수한 단계를 체험한 작가들은 작품을 통해 앞 다투어 자신들이 겪었던 역사의 고난과 감상을 묘사했다. 수많은 당대(當代) 작가들이 바로 이 시기에 글쓰기를 시작했고 나도 그 가운데 하나이다. 나는 '상흔 문학'의 거대한 충격에 이어 중국의 문단에 이른바 '심근(尋根) 문학'이라는 커다란 조류가 나타나고, 곧이어 당시의 사회 변혁을 직접적으로 표현한 무수한 작품('개혁 문학’이라 불리기도 함.)들이 쏟아졌던 것을 생생히 기억하고 있다.

1980년대 중후기에는 ‘현대파’ 또는 ‘선봉파’라 불리는 모더니즘 문학이 광범위한 영향을 미쳤고 그 뒤를 이어 ‘신사실주의’라 불리는 유파의 작품들이 대거 중국 문단에 쏟아져 나왔다. 이러한 발전 과정은 대략적인 설명에 불과한 데다 내 개인적 체험과 느낌에서 나온 것이라 어느 정도는 나의 창작 사상의 변화에 근거하여 중국 신시기 문학의 발전을 이해한 것에 지나지 않을지도 모른다. 게다가 이성적 인식의 깊이보다는 감성적 판단의 비중이 더 강할 것이다. 어쨌든 나는 이러한 중국 신시기 문학의 변화가 사회 발전의 과정과 밀접히 연관되어 있으며 당시 사회 사조의 변화와도 직접적인 대응 관계에 있다고 생각한다. 이러한 관계에 대한 인식과 설명에는 보다 많은 이론적 사유와 설명이 필요하겠지만 나는 이 부분에 충분한 능력을 갖고 있지 못하다. 여기서는 그저 자신의 몇 가지 창작 실천 경험으로 대략적인 설명을 할 수 있을 뿐이다.

1970년대 말에 나는 「의사(醫生)」라는 제목의 단편 소설을 발표한 바 있다. 그 내용은 시골의 한 의사가 폭풍우가 몰아치는 밤에 응급 진료에 임하는 과정에서 과거에 자신의 아내를 박해하여 죽음으로 내몰았던 원수와 조우하게 되는 이야기이다. 이 의사가 급하게 진료해야 하는 환자가 바로 이 원수의 아이였던 것이다. 소설에서는 이 의사가 천직과 과거의 원한 사이에서 고뇌하다가 결국 자신의 생명을 천직에 바치게 된다. 이 작품은 당시 ‘상흔 문학’ 조류의 영향을 받은 것으로서 이를 통해 방금 지나간 역사 기시의 어두운 그림자를 볼 수 있고, 동시에 모든 것들이 새롭게 변하고 있는 사회 발전의 행보를 확인할 수 있다.

1980년대 초기에는 「다르만 혜성(彗星岱爾曼)」이라는 제목의 중편 소설을 썼다. 한 청년 기업가가 자신의 영역에서 갖가지 개혁을 실행해 나가는 내용이었다. 당시에는 개혁의 파도가 중국 대륙을 뒤덮고 있었다.

몇 년 후에는 또 한 편의 단편 소설 「기쁨(愉悅)」을 썼다. 이번에는 심리적으로 변태 상태에 있는 주변 인물이 심야에 인적이 끊어진 거리에서 기관총으로 길가는 사람들을 조준하는 내용이었다.

1990년대 초기에는 한국전쟁에 참전했던 퇴역 군인이 고향의 한 대중목욕탕에서 민속을 연구하는 미국인을 만나 서로의 몸을 닦아 주며 피차 알아듣지 못하는 언어로 대화를 나누는 과정에서 지나간 전쟁과 한창 진행 중인 개혁에 관해 언급하는 이야기를 다룬 소설 「목욕탕에서의 봉사(浴池之役)」를 썼다. 아울러 「영동(靈動)」이라는 제목의 또 다른 유형의 소설을 썼다. 한 연구원이 창밖으로 젊은 여자 하나가 나무에 기어오르는 것을 본 후에 자료실에서 우연히 이 여자가 20년 전에 이 나무에 올라가 목을 매 자살한 여자라는 사실을 발견하게 된다는 이야기였다. 이런 유형의 작품은 당시 유행하던 모더니즘 문학 사조의 영향을 받은 것으로서 개혁 개방 초기 외국인들과의 교류와 새로운 사조의 유입, 그리고 관념의 교환이 이루어지고 있는 실제 상황을 표현하고자 했던 것이다.

1990년대 후기에는 또 한 상인이 거액의 돈을 모아 탐욕스럽게 호랑이 생식기나 원숭이 골 같은 천하의 진미로 구복을 채우다가 나중에는 완전히 식욕을 잃어 어떤 음식도 먹지 못하게 되는 기이한 상황을 그린 소설 「도철(饕餮)」을 썼다. 당시 중국 사회는 이미 새로운 상황에 직면하여 환경 보호를 의식하기 시작했고 사회의 공정성을 유지하면서 야생 동물을 보호하는 등의 새로운 이념이 널리 확산되고 있었다. 이처럼 자신의 창작 경험을 대략적으로 회고하고 약술하면서 나는 당시 문학 사조의 촉진 작용을 실감할 수 있고 당시의 사회 발전 상태가 나의 창작에 미친 영향을 실감할 수 있다. 이러한 영향은 나 자신의 인식 수준을 훨씬 능가한다.

동시성과 반성

나는 나의 창작 경험에서 두 가지 경향을 발견한다. 나는 이를 사회 발전과의 동시성과 이와 관련된 반성이라고 규정하고 싶다. 사회 발전이 가속화되면서 우리의 생활도 빠르게 변하고 있다. 경제의 세계화와 정치의 변화, 지구촌의 형성, 중국 사회의 신속한 현대화와 이에 따른 도시화 과정, 그리고 동서 문화의 충돌과 교차 등 우리가 직면하고 있는 다양한 사회 발전 상황이 우리의 창작에 깊은 영향을 미치고 있고 다양한 방식으로 우리의 작품 속에 표현되면서 내게 일종의 동시성의 느낌을 갖게 한다.

이러한 정방향적 연관성 외에 작가와 그 창작 행위는 사회 발전에 또 다른 방향의 인식과 질의를 제공한다. 작가들은 지나간 과거를 회고하면서 역사의 긴 강줄기 속에서 사라져 가는 사물과 사실들을 인지하고 찾아내야 하며, 하나의 참조 시스템으로서 인류의 정신 가치라는 입장에서 사회 발전의 상황에 대해 부분적으로 질의를 던지고 반성을 진행할 수 있어야 하는 것이다. 이것이 작가와 그 작품이 존재하는 중요한 이유이고 사회의 정상적인 발전에서 유래하는 자발적인 요구이며 작가와 그 작품에서 도출되는 사명이자 가치일 것이다.

소설의 소리

장칭구어(張慶國)

소설은 본질적으로 지니고 있는 오락성과 소비성 때문에 그 소리가 갈수록 획일화되고 갈수록 더 의심의 대상이 되고 있다. 물질주의의 시대에 허구성을 지닌 소설은 고상한 시나 우아한 산문과 분리되어 예로부터 지금까지 이어져 온 신성한 문학의 세계에서 멀어져 평범한 소비품으로 변질되면서 문학 양식 가운데 가장 천박하고 무료한 장르가 될 가능성이 가장 크다. 내가 말하고자 하는 소설의 타락과 변질이란 일부 작품들이 용속한 사회학과 정치공리주의, 상업적 이익의 유혹 아래 문학과 생명에 대한 작가의 사고 및 도덕적 견지를 포기하고 독자의 기호에 영합하여 쉽게 물질적 이익을 얻으려 하는 것을 가리킨다. 이런 유형의 작품들이 표현해 내는 것은 현실 사회와 생명의 본질이 아니라 사회의 물질 생활의 얕은 표면이나 사회 현실의 허상에 지나지 않는다. 이런 유형의 작품이 갖는 목적은 작가가 각고의 노력을 거쳐 얻게 되는 문학적 발견이나 인생에 대한 깨달음이 아니라 돈과 세속적인 이익의 획득이다. 이런 작품들은 표면적으로는 사회와 관련된 것처럼 보이지만 실제로는 작가의 모든 작업이 단지 작가 개인의 일에 국한될 뿐, 사회나 보편적 인생과는 무관하며 심지어 사회에 대한 작가 개인의 잘못된 일이나 불리한 상황일 경우가 많다.

이런 작품의 출현은 물질 세계의 떠들썩함과 화려한 유혹과 무관하지 않다. 현대 공업과 농업, 상업과 현대 과학 기술의 발전이 인류에게 더 많은 부를 창출해 주고 더 많은 돈을 축적하게 해 주었으며 인류의 탐욕스러운 천성을 더욱 증강시켜 주었고, 이에 따라 사치 풍조와 향락주의가 횡횡하게 되었다. 중국 고대의 문인들은 '한 소쿠리의 밥을 먹고 한 표주박의 물을 마시면서 물질적인 것으로 기뻐하지 않고 자신 때문에 슬퍼하지 않았다.'(一簞食, 一瓢飲己, 不以物喜, 不以己悲) 하지만 오로지 정식적 추구만을 최고로 여기는 시대는 이미 지나가 버렸다. 이런 삶의 태도는 심지어 우스갯소리가 되고 말았다. 이런 상황에서 진실하고 순수한 문학의 소리는 떠들썩하고 어수선한 물질 세계에 은폐되고 묻혀 버렸고, 소설은 명리를 추구하는 도구가 된 지 오래다. 이는 구제할 수 없는 결과인지도 모른다.

이와 동시에 일부 작가들의 소설 작품은 순수한 언어와 뛰어난 창의성에도 불구하고 내용과 정신의 핵심적인 부분에서 낙담하고 곤혹스러운 부분만 묘사하고 있어 고대 역사 속에 나타난 인류의 미래에 대한 바람과 기대는 찾아보기 어렵다. 이러한 작가들은 인간의 신체에 대한 관심이 외부 세계에 대한 관심보다 크고, 작가 자신의 처지에 대한 민감함이 다양하고 복잡한 삶의 현실에 대한 탐색보다 크며, 단순한 언어 기교의 실험과 서사 전략의 탐색이 사회 집단에 대한 관심보다 크다. 이처럼 문학과 드넓은 인생의 확실한 관계가 점차 느슨해지면서 광대하고 깊이 있는 생명에 대한 존중과 사회적 어려움과는 갈수록 무관해지고 있다.

낙담과 곤혹은 현실 세계에 대한 작가의 실망에 유래한다. 이러한 실망이 풍부하고 믿을 만한 문학적 서술의 힘을 통해 자신의 처지에 대한 인류의 각성과 반성을 이끌어 낼 수만 있다면 문학은 여전히 중요한 가치를 지니게 될 것이며 어떤 것으로도 대체되지 않을 것이다. 반면에 작품이 공허하고 생명력이 없으며 도덕적 이상의 지지가 부족하다면 작가가 아무리 고심하여 계획하고 경영한다 해도 문학은 하찮고 대수롭지 않은 것으로 변질되어 사람들로부터 경시와 싫증의 대상이 될 것이고, 소설의 소리는 더 이상 우렁차게 울리지 못하고 점점 희미해져 바람에 묻혀 사라지고 말 것이다. 결국 이러한 작가와 소설은 동시에 공전의 난처하고 곤혹스런 지경에 처할 것이다.

이러한 소설의 존재는 인류 사회의 발전 과정에서 끊임없이 출현한 정신적 위기에 기인한다. 모두가 알고 있는 바와 같이 인류는 고대 사회에서 현대의 역사를 향해 끊임없이 발전해 왔고 그 과정에서 많은 물질적 부를 창조해 냈지만 갈수록 더 큰 어려움과 곤혹감을 피하지 못하고 있다. 예컨대 식민주의 역사를 비롯하여 종교 및 지역에 기초한 문화의 충돌, 자원 위기와 에너지 위기, 시장 확장에 따른 무역 마찰과 장애, 그리고 이로 인해 촉발되는 전쟁과 유혈 사태 등이 그것이다. 현대 사회로 진입하면서 남성과 여성, 영혼과 육체, 과학 기술의 발전과 환경 보호, 분자생물학과 생명윤리학, 세계화와 지역적 다원 문화 등 다양한 가치관의 대립으로 인해 갈등과 충돌이 증폭되고 있다. 사회의 발전과 진보가 인류의 활동을 더욱 자유롭게 했고 인류의 생활과 오락 방식을 풍부하게 했으며 공정성과 복리 체계를 점차 개선시켜 주었다. 또한 인성과 부녀자 및 아동의 권리가 중시되기 시작했고 물질적 생존의 조건이 크게 개선되었다. 하지만 오히려 인류는 정신적 부담은 경감시키지 못하고 우려와 걱정을 증폭시키고 있으며 끊임없이 피하기 어려운 새로운 위기들을 만들어 냈다. 작가들의 글쓰기는 통계학이나 경제학적 의미에서의 사회적 진보의 현실과 상치되고 있으며, 이에 따라 소설 작품 속에 나타나는 낙담과 곤혹은 갈수록 증가하고 있다.

나는 결코 소설가의 작품이 반드시 헤아릴 수 없을 정도로 고상하고 깊이 있어야 하며 세속적인 일상의 즐거움을 완전히 거부해야 한다고 생각지는 않는다. 작가가 개인의 합법적 이익을 얻어선 안 된다거나 사회 발전이 가져다주는 현대 물질 문명의 성과를 향유해서는 안 된다고 생각지도 않는다. 이와 마찬가지로 문학의 생명과 사회에 대한 인식이 유치한 낙관론을 표현해야 한다거나 소설가가 견지하는 문학적 기교의 탐색과 실험에 대해 무조건적으로 찬사를 보내야 한다고 생각지도 않는다. 나는 단지 오늘날의 소설 창작이 역사를 돌이켜보고 고전 정신을 되찾는 동시에 새롭게 확립하며 문학의 숭고한 신념과 인류 생활에 대한 믿음을 견지해야 한다고 생각할 따름이다. 작가라면 마땅히 다양하고 복잡한 현실의 어려움에 대한 관심을 유지하고 또한 이를 초월하며 인류 사회의 현실적 어려움과 수많은 갈등을 풍부하고 믿을 만하며 선의와 온정이 가득한 문학 서술로 바꿔야 한다.

위대한 작품은 위대한 정신에서 나온다. 천지를 감동시키는 훌륭한 작품은 작가의 개인적 고통에 기초하고 있으며 동시에 대다수 사람들이 느끼는 생명의 곤혹과도 연관되어 있다. 작가가 기존에 갖고 있는 도덕을 의심하고 검증하는 것은 영원한 과제인 동시에 엄숙하고도 고상한 정신의 역정이다. 하지만 도덕적 의심과 검증이 작가의 시선을 산만하게 분산시켜서는 안 되고 오히려 작가의 흉금을 보다 넓게 하고 시야를 더 원대하고 투명하게 해 줄 수 있어야 한다. 세상의 모든 만물은 시가 될 수 있고 작가는 작품의 텍스트에서 갖가지 실험과 탐색을 시도할 수 있다. 하지만 아무리 창조성이 풍부한 서술 방식을 선택한다 하더라도 '사람들을 사랑하는 인자(仁者愛人)'의 마음이 결여되어서는 안 될 것이다.

때문에 중국의 소설가로서 나는 다시 한 번 공자의 '인자애인' 사상을 되돌아봄으로써 중국어와 비중국어 작가들 모두 창작에 필요한 일종의 계발(啓發)의 단서를 얻을 수 있기를 기대한다.

중국의 옛 성인인 공자가 제시한 '인자애인'의 관점은 매우 복잡하고 깊이 있는 중국 문화 체계를 장식하는 한 줄기 사상의 빛으로 수천 년 동안 면면히 이어지면서 시간과 역사를 관통하여 당시는 물론, 후세의 중국 사회 발전에 기본적인 원칙으로 확립되어 있다. 중국 사회는 예로 부터 오늘날에 이르기까지 점차적으로 발전해 오는 과정에서 자연 재해 와 정치 변화, 전쟁 등 온갖 불안정한 역사를 경험했으면서도 지난날과 다름없는 인자와 관용을 유지하면서 시종 변치 않는 동정심과 인생에 대 한 지워지지 않는 신념을 굳게 지켜 왔다. 주목할 만한 사실은 공자의 사상이 일종의 철학적 개념인 동시에 치국의 책략이자 수신양성(修身養 性)의 윤리 도덕 원칙으로서, 온갖 꽃들이 어우러져 비단 같은 아름다움 을 이루고 있는 중국어 문학의 창작 활동에 유구하고 풍부하여 숭고한 기준을 확립해 주었다는 것이다.

공자의 '인자애인' 사상이 문학 창작에서 구현되었다는 사실이 갖는 가장 중요한 의미는 작가들이 마땅히 훌륭한 도덕적 수양과 충분한 생활 신념을 지녀야 한다는 것이다. 우수한 작가는 인자하고 선량해야 하며 동정심이 많아야 한다. 이런 자질을 갖춘 연후에야 비로소 위대한 작품 을 써 낼 수 있는 것이다. 이 부분에 관한 사례는 무수히 많다. 『시경』으 로부터 시작된 중국 문학은 고대의 역사 산문과 제자 산문, 초사, 당시, 송사, 원곡, 그리고 명청 소설에 이르기까지 그 작품 수가 셀 수 없을 정 도로 많지만 그 가운데 사람들의 입에 오래도록 회자되는 우수한 작품들 가운데 작가의 진실과 양지를 전달하지 못하는 작품은 하나도 없다.

‘인자애인’의 두 번째 의미는 작가라면 마땅히 비애와 고뇌의 정서를 가져야 한다는 것이다. 현대 사회 사상문화사의 발전은 갈수록 많은 인성의 결점과 인생의 불완전함을 드러내고 있다. 인성의 무수한 결점과 영원히 해결되지 않는 삶의 어려움에 직면해 있으면서도 인류는 끊임없이 생식하고 번성하고 발전해 가면서 미래에 대한 탐색을 유지하고 있다. 이처럼 온갖 고난과 역경을 거치고서도 끊어지지 않은 생명의 신념에 대해 작가들은 충분히 관심을 기울일 필요가 있다. 작가 자신이 세상의 모든 일에 대해 슬퍼하고 고뇌하는 넉넉한 가슴을 갖지 못한다면 인류의 고난을 깊이 체득하고 이해할 수 없을 것이고, 역경을 이겨 내는 인류의 용기와 신념을 정확하게 묘사하고 표현하는 것은 더더욱 불가능할 것이다. 작가가 인생의 갖가지 불평등과 어려움에 직면하여 분노하고 근심하지 못한다면 언어적 서술을 통해 독자를 감동시키고 독자에게 분노와 근심을 느끼게 할 수 없을 것이다. 하지만 분노와 근심만으로는 충분치 않다. 슬퍼하고 고뇌하는 넉넉한 가슴은 일종의 사상적 통찰력이자 감정의 포용력이라 할 수 있다. 작가는 마땅히 인성과 사회의 악을 용기 있게 드러내고 모든 사물의 감춰진 양면을 날카롭게 발견함으로써 선과 악의 전환과 그 속에 내재되어 있는 원인을 발견할 수 있어야 하고 나약함과 사악함의 허탈을 간파하고 선과 악의 싸움에서 인생의 희망을 찾아내 따스함과 연민으로 결코 완전하지 못한 세계를 포용할 수 있어야 한다.

‘인자애인’의 세 번째 의미는 ‘나’의 마음으로 천지의 마음을 체험하고 깨닫는 것이다. 여기에서 ‘인자애인’은 사랑과 천지가 융합된 사람으로서 사랑으로 하늘과 땅을 감동시키는 사람을 의미한다. 천지를 사랑해야 비로소 생명을 사랑할 수 있고, 천지를 존중해야 비로소 인생을 존중할 수 있으며 천지를 중시해야 비로소 명실상부한 ‘인자’가 될 수 있다. 또한 진정한 인자가 되어야만 비로소 위대한 작품을 써 낼 수 있다. 천지란 무엇인가? 천지는 자연의 법칙이자 시간의 질서이며 국가의 법도이자 혈맥의 연원이다. 인생의 무수한 어려움과 혼란은 인류와 자연의 법칙과 시간의 질서의 충돌에서 그 원인을 찾을 수 있다. 또한 개인과 국가 그리고 종족 혈통의 갈등 속에서 출처를 찾을 수 있을 것이다. 천지를 존중하고 일반적인 원리를 어기지 말아야 한다면, 인생의 고난은 부분적으로 생명의 역사에서 피할 수 없는 역정으로 이해할 수 있을 것이다. 그리고 어차피 피할 수 없는 것이라면 지레 겁먹을 필요 없이 역사를 직시하고 사실을 직시하며 인생을 묘사하고 생명의 진상을 드러냄으로써 감정이 진실로 충만해지고 태연하게 혼란에 처해도 놀라지 않게 할 수 있는 것이다.

이상의 세 가지 의미가 내가 이해한 '인자애인'의 정신적 핵심이자 내가 발견한 위대한 작품의 공통된 모습이기도 하다. 중국문학사를 장식하고 있는 우수한 작품들 가운데는 이렇지 않은 작품이 없다. 이러한 작품들은 현실 속에서 순수하고 진실한 감정과 도덕적 이상을 토로하거나 역사를 기록하는 동시에 삼강오륜의 질서와 종법 윤리에 대해 충분한 관심을 나타내고 있다. 제자산문 가운데 공자의 『논어』에 나타나는 관용과 넉넉하고 깊이 있는 인성은 두말할 필요도 없고, 초사에서 하늘을 가리켜 땅의 일을 묻고 사람들의 마음을 깊이 감동시키는 심성, 당시와 송사의 우아하고 깊은 정은 오랜 세월이 흘러도 여전히 사람들에게 찬탄의 대상이 되고 있다. 또한 원대의 희곡은 세속적인 이야기를 통해 생명의 비애와 처량함을 나타내고 있어 오늘날에도 사람들의 가슴을 울리고 있고 명청 소설은 역사를 종횡하면서 일상생활의 사실을 반성하고 귀납하고 정리하면서 언어의 연마를 통해 작가의 성실한 의지와 태도를 유지함으로써 오늘날까지 사람들의 입에 회자되고 있다. 일본 문학의 처연한 아름다움과 집착, 인도 문학의 신성함과 장엄함, 러시아 문학의 아득함과 깊음 역시 이와 다르지 않다. 호머의 서사시에서 시작된 유럽의 문학사 역시 이와 유사한 특징을 지니고 있기 때문에 지역과 국가의 경계를 넘어서 광범위하게 유전되고 사람들의 기억에서 잊히지 않게 된 것이다. 모든 길은 로마로 통한다는 유럽인들의 속담과 모든 시내는 바다로 흘러간다는 중국인의 속담은 같은 함의를 지니고 있다. 중국의 공자가 제시한 '인자애인'의 사상도 세계 문학사에 그대로 구현되고 있다. 우수한 작가들은 하나같이 인자하고 넉넉한 가슴을 지니고 있기 때문에 사회와 생명에 대해 깊이 있게 통찰할 수 있고 멀리 이름을 날리는 작품을 써 낼 수 있는 것이다.

사마천은 『사기』 「공자세가찬(孔子世家贊)」에서 "『시경』에 '높은 산은 우러러 볼 만하고, 큰 덕은 쫓아 행할 만하다.'라고 했는데, 우리가 그 경지에 도달할 수 없으니 마음으로나마 이를 항상 앙모하는 것이다."라고 했다. 이는 공자의 고상한 정조와 풍부한 정신세계를 후인들이 따라갈 수는 없어도 이를 숭상하고 공경하는 마음을 가져야 한다는 뜻이다. 공자로부터 시작된 중국의 사상은 물질과 정신의 이중 생활 속에서 인간의 정신적 경계를 특별히 중시하고 강조했다. 이는 우리가 공자의 '인자애인' 사상을 돌이켜볼 때 반드시 기억하고 특별히 중시해야 할 고대 중국 문화의 모범이자 '인자애인' 사상이 후인들에게 가져다준 중요한 깨달음이다. 문학 창작이 생계에 도움을 주고 영리를 가져다줄 수 있겠지만 위대한 소설이라면 생동감이 넘치고 문학적 서술 능력이 풍부해야 하며 독자들이 믿을 수 있는 정신생활 내용을 제공할 수 있어야 한다. 세인들의 정신적 방향을 제시하고 세인들로 하여금 요란한 물질주의의 혼란을 극복하고 정신의 출구를 찾게 하며 영혼의 귀의를 실현할 수 있게 해야 한다. 그래야만 소설의 소리가 사람들의 앙모를 얻고 널리 전해질 수 있으며 문학이 진정한 가치를 얻을 수 있는 것이다.

현대사와 중국 문학

장종(張炯)

아편전쟁 패배 이후 중국의 인의지사들은 현대화의 추구를 위한 역사의 과정을 시작했다. 태평천국운동과 양무운동, 유신운동, 신해혁명 등을 거치면서 서양의 과학 기술과 문화 사상이 점차적으로 중국에 유입되었다. 그리고 1919년의 신문화운동은 학자들에 의해 중국현대사의 기원으로 공인되었다. 확실히 이때 이후로 중국은 신민주주의 혁명의 승리를 쟁취했을 뿐만 아니라 사회주의 혁명과 건설을 향해 매진하게 되었다. 또한 이때 이후로 서양의 과학주의와 인문주의, 마르크시즘 사상이 중국 인민들의 정신을 지배하는 가장 중요한 사상으로 자리 잡게 되었다. 이러한 현대화의 역정은 중국 문학에 깊고 거대한 영향을 미쳤다. 이런 영향으로 중국에는 백화문(白話文)을 매개로 하는 현대 문학이 생겨났고 현대 문학은 새로운 이론과 창작 소재, 새로운 주제와 형식, 풍격을 갖추게 되었으며 이를 바탕으로 중국 문학은 새로운 역사 시대, 즉 인민 문학의 시대, 세계 문학의 영향을 다방면으로 받아들이는 시대로 접어들게 되었다.

신문화운동의 대표적 인물인 천뚜슈(陳獨秀)와 리다자오(李大釗), 후스(胡適), 루쉰(魯迅), 궈모뤄(郭沫若) 등은 모두 백화문의 제창자인 동시에 신문학의 실천자들이기도 하다. 예컨대 천뚜슈는 「문학혁명론」에서 조탁적이고 아첨을 일삼는 귀족 문학을 타파하고 평이하면서도 서정적인 국민 문학을 건설할 것과 애매하고 난삽한 산림 문학을 타파하고 명료하면서 통속적인 사회 문학을 건설할 것, 그리고 진부하고 과장적인 고전 문학을 타파하고 진실한 사실 문학을 건설할 것을 주장했다.

또한 후스는 「문학개량추의(文學改良芻議)」에서 언어만 있고 사물이 없는 글을 쓰지 말 것과 옛사람들의 글을 모방하지 말 것, 허황한 미사여구를 배척할 것, 속어와 속자(俗字)를 피하지 말 것 등을 주장했다. 루쉰의 소설 『광인일기(狂人日記)』와 『아Q정전(阿Q正傳)』, 산문 『수감록(隨感錄)』, 궈모뤄의 시 「창조자(創造者)」와 「우리의 화원(我們的花園)」 등은 모두 중국 문학의 신천지를 개척하면서 백화문 창작을 실천했을 뿐만 아니라 중국문학의 제재와 체제를 확대하고 중국 문학의 새로운 풍격을 창조했다.

이에 따라 중국 문학은 사대부 지식인들의 문학에서 광대한 인민 대중을 향해 나아가기 시작했다. 이때 이후로 수십 년 동안 중국 문학은 중국현대사의 모든 과정에서의 삶의 변화를 반영하면서 중국 인민들이 겪어야 했던 압박과 굴욕의 비참한 세월을 묘사하고 해방과 광명을 쟁취하기 위한 투쟁을 표현했으며 사회주의 혁명과 건설에 있어서의 갖가지 곡절과 각 계층 인민들의 용감하고 빛나는 사적들을 기록했다.

이러한 노력의 흔적은 궈모뤄와 원이두어(聞一多), 다이왕수(戴望舒), 아이칭(艾青), 장커자(臧克家), 허징즈(賀敬之), 궈샤오취안(郭小川), 리잉(李瑛) 등의 시와 마오둔(茅盾), 바진(巴金), 라오서(老舍), 딩링(丁玲),

자우수리(趙樹理), 순리(孫犁), 량빈(梁斌), 저우리포(周立波), 류칭(柳靑) 등의 소설, 그리고 류바이위(劉白羽), 친무(秦牧), 양수어(楊朔), 웨이웨이(魏巍), 쉬츠(徐遲), 황강(黃鋼) 등의 산문 및 르포 문학 작품에서 그 족적을 찾아볼 수 있다. 이와 동시에 중국 문학에는 획기적인 변화가 나타났다. 문학이 인민을 향해 나아가고 광대한 노동자, 농민, 병사(工農兵) 계층을 향해 나아가는 동시에 세계 각국이 창조해 낸 문학 사조와 문학 양식, 문학 창작 방법 등을 적극적으로 배우고 흡수하게 된 것이다. 중국 문학은 유미주의에서 사실주의, 낭만주의에서 자연주의, 모더니즘에서 포스트모더니즘까지 거의 모든 외래 사조와 경향으로부터 어느 정도 영향을 받았다.

특히 1980년대 개혁 개방이 시작된 이후로는 덩샤오핑(鄧小平)이 문학은 더 이상 정치에 예속되지 않고 작가와 예술가들 모두 아무런 간섭도 받지 않고 자유롭게 예술 창작에 매진하면서 스스로 자신의 창작을 통해 문제를 해결해야 한다고 주장하면서 최근 30년 동안 중국 문학의 제재와 주제, 형식과 풍격의 외연이 훨씬 넓어지고 풍부해졌다. 이에 따라 문화 대혁명의 창상을 폭로하는 '상흔 문학'이 출현했고 역사의 착오를 바로잡으려 시도하는 '반사(反思) 문학'이 나타났으며 사회 개혁을 고취하는 '개혁 문학', 민족 문화의 뿌리 찾기를 시도하는 '심근 문학', 모더니즘과 포스트모더니즘의 영향이 뚜렷한 '선봉 문학' 등의 조류가 이어졌다.

이에 이어 삶의 원초적 상태를 묘사하는 것으로 인식되고 있는 '신사실주의' 소설과 인간 내면의 체험을 묘사하는 데 주력하는 '신상태(新狀態) 문학', 성애와 성행위의 표현에 주력하는 '하반신 창작' 그리고 여성의 심리 묘사와 평등권의 회복에 주력하는 페미니즘 소설과 시가 나타났다. 새로운 세기로 접어들면서 현실주의로 회귀하는 경향이 강하게 나타나면서 하층 인민들의 생활상을 반영하는 '저층(底層) 문학'이 출현했다.

예컨대 광부들의 생활을 그린 류칭방(劉慶邦)의 작품이나 농촌을 떠나 도시로 일자리를 찾아 밀려오는 농민들의 삶을 그린 샹번구이(向本貴)의 작품이 이에 해당한다고 할 수 있다. 광부나 도시로 몰려오는 농민들은 작업 환경이 열악하고 생명을 보장할 수 없으며 생활이 곤궁한 데다 온갖 천대와 멸시를 받고 있어 작가들의 동정을 사기에 충분했다. 하지만 중국의 국가 위상은 하루가 다르게 변화하고 있고 각 분야에서의 사회주의 건설의 성과가 르포 문학 같은 기록 문학 작품에 대거 반영되고 있다.

또한 중국의 수천 년 역사에 출현했던 뛰어난 제왕장상들이나 영웅호걸들의 이야기들이 장편 소설을 통해 묘사되고 있다. 야오쉐인(姚雪垠)이 명말청초의 기의군을 그린 『이자성(李自成)』이나 청초 순치(順治) 황제의 사적을 그린 링리(凌力)의 『소년천자(少年天子)』, 청 왕조의 공고한 통치를 위해 투쟁했던 옹정제의 일생을 그린 얼유에허(二月河)의 『옹정황제(雍正皇帝)』, 근대 중국의 명신 증국번을 그린 탕하오밍(唐浩明)의 『증국번(曾國藩)』, 명대의 뛰어난 재상인 장거정의 일생을 그린 슝자오정(熊召政)의 『장거정(張居正)』 등이 대표적인 예라 할 수 있다.

당대(當代) 중국 문학은 이미 문학 창작과 문학 연구를 포함하는 두 분야로 발전해 있다. 전자에는 시와 소설, 산문, 희곡, 르포 문학, 아동 문학 등 다양한 장르의 문학 창작이 포함되고 후자에는 문학 이론과 문학 비평, 문학사 연구 등이 포함된다. 중국 작가 협회 회원들이 전문적으로 문학 활동에 종사하는 것 외에 각 분야에서 아마추어 작가들의 활동도 눈부시다. 중국은 다민족 국가로서 56개 소수 민족들이 나름대로의 작가군을 형성하고 있다. 소수 민족 작가들은 자기 민족의 언어로 창작 활동을 벌일 뿐만 아니라 동시에 중국어로도 작품을 쓰고 있다.

또한 산둥(山東) 성의 지난(齊南) 작가군을 비롯하여 장쑤(江蘇)와 저장(浙江)의 우유에(吳越) 작가군, 후난(湖南)과 후베이(湖北)의 산추(三楚)

작가군, 산시(陝西)의 섬군(陝軍), 허난(河南)의 예군(豫軍), 산시(山西)의 진군(晉軍) 등과 같은 각 지역별 작가군이 형성되어 있어 그 지방 특색을 작품에 담고 있다. 중국작가협회가 펴내고 있는 ≪인민문학≫과 ≪민족문학≫, ≪시간(詩刊)≫, ≪소설선간(小說選刊)≫, ≪중국작가≫, ≪문예보(文藝報)≫ 등의 간행물 외에 전국 각 성 및 자치구에서 자체적으로 발간하는 각종 간행물에 문학 작품과 평론이 발표되고 있고 전국적으로 약 300여 개의 출판사가 전문적으로 문학 서적을 출판하고 있다.

때문에 중국 문학 작품의 생산량도 매우 방대한 수준이다. 최근 몇 년 동안 출판된 장편 소설은 1,000편을 상회하고 중편 소설과 시, 산문 등은 더더욱 그 수를 헤아리기 어렵다. 매년 각종 간행물에 발표되는 시의 편수는 전당시(全唐詩)를 능가한다. 최근 30년 동안 마오둔이나 바진, 차오위(曹禺), 딩링, 아이칭, 저우양(周揚), 후펑(胡風), 장광니엔(張光年), 류바이위, 야오쉐인, 장커자, 저우얼푸(周而復), 샤오쥔(蕭軍, 몽골족) 등 원로 작가들이 차례로 세상을 떠났지만 창작의 연륜이 70년이 넘는 시인으로 허징즈, 리잉, 니우한(牛漢, 몽골족), 김철(金哲, 조선족) 등이 생존해 있고 소설가로는 왕멍(王蒙), 리궈원(李國文), 장지에, 펑종푸(馮宗璞), 마라신푸(瑪拉沁夫, 몽골족) 등이 아직 활동을 하고 있다.

현재 중국 문단에는 60대에서 10대에 이르기까지 다양한 연령층의 주역들이 활동하고 있다. 대표적인 작가로는 티에닝(鐵凝), 왕안이(王安憶), 장캉캉(張抗抗), 천충스(陳忠實), 장핑(張平), 장즈룽(蔣子龍), 리춘바오(李存葆), 천지엔궁(陳建功), 모옌, 루티엔밍(陸天明), 저우메이선(周梅森), 장웨이(張煒), 천스쉬(陳世旭), 허지엔밍(何建明), 양샤오헝(楊少衡), 덩이광(鄧一光), 수팅(舒婷), 시촨(西川), 스쉬칭(石舒淸, 회족), 양진(央金, 장족), 예메이(葉梅, 토가족) 등을 들 수 있으며 이른바 '80후'와 '90후'로 불리는 젊은 작가들의 활동도 무시할 수 없다. 중국작가협회의 회원

수는 이미 7400명에 이르며 각 성과 자치구의 작가협회에는 지방 회원들이 5만여 명에 달한다. 중국 현대 문학과 당대 문학의 발전 상황을 소개하는 문학사 저작도 이미 수백 종에 달하는데, 필자가 주편한 『중화문학통사』 10권과 『중화문학발전사』 3권, 『신중국문학사』 상하 2권 등이 현 역사 시기의 중국 문학에 관해 비교적 상세한 평가와 논술을 제공하고 있다.

우수한 작품들을 표양하기 위해 중국작가협회는 루쉰문학상과 마오둔문학상, 아동문학상, 소수 민족 작가에게 주는 준마상(駿馬賞) 등의 문학상을 운영하고 있으며 이외에 소설학회와 시가학회, 산문학회, 르포문학학회 등이 다양한 장르의 표창 제도를 운영하고 있다. 이번 한중문학인대회에 참가하는 중국 대표 단원들 가운데 적지 않은 작가들이 다양한 문학상을 수상한 바 있다.

중국 고대의 유명한 문학비평가인 유협(劉勰)은 『문심조룡(文心彫龍) 「시서(時序)」 편에서 "시대의 기운이 변함에 따라 글의 질박함과 화려함도 변한다."라고 말한 바 있다. 역사의 발전과 사회생활의 변화에 따라 문학의 내용과 형식도 필연적으로 시대의 변화를 따라 변하기 마련이다. 중국 현대사와 중국 현대 문학의 관계도 이와 다르지 않다. 중국이 반봉건 식민지 사회에서 중국적 특색을 갖는 사회주의 현대화 건설의 시대로 전환하면서 중국 문학의 내용과 형식에도 커다란 변화가 나타났고 중국은 전대미문의 문학예술 번영의 시대를 맞고 있다. 우리는 이러한 시대가 계속되어 새로운 문학이 아침햇살처럼 중국의 광활한 지평선 위로 활짝 펼쳐 나갈 수 있기를 기대한다. 일찍이 초사(楚辭)와 한부(漢賦), 당시(唐詩), 송사(宋詞), 원곡(元曲), 명청 소설 등으로 문학의 전성기를 경험했던 중국이 수많은 작가들의 노력에 의해 반드시 문학의 새로운 정상을 향해 나아갈 것이라 믿어 마지않는다.

한국 작가 약력

고은(高銀)

1933년 전북 군산 출생. 시인, 서울대학교 기초교육원 초빙교수. 군산고등학교를 중퇴하고 20세에 승려가 되었으며 1958년 ≪현대시≫로 등단, 1962년에 환속하여 시인으로 활동하고 있다. 이후 ≪사회와사상≫ 편집위원, 민족문학작가회 이사장, 하버드대학교 옌칭연구소 연구교수, 버클리대학교 초빙교수를 거쳐 2004년 베를린 문학 페스티벌 자문위원을 역임하였다.

1960년 첫 시집 『피안감성(彼岸感性)』을 간행했고, 시인으로 활동하며 1970년대부터는 군부 독재 정권에 맞서 민주화운동과 노동운동에 앞장서 왔다. 초기 시는 주로 허무와 무상을 탐미적으로 노래한 반면, 이후 어두운 시대 상황에 대한 치열한 참여의식과 역사의식으로 시 세계가 바뀌어 갔다. 1980년대의 투옥, 고문, 연금은 역사와 현실 참여시에 더욱 관심을 갖게 만들었다.

주요 작품으로 연작시 『만인보』 1~23권, 장편서사시 『백두산』 1~7권이 있고, 시집 『조국의 별』, 『내일의 노래』, 『속삭임』, 『순간의 꽃』, 시선집 『고은 시 전집』 1~2권, 『고은 전집』 1~38권 등이 있다.

중역 시집으로 『對話(대화)』(作家出版社, 2000)가 있다.

영문 공식 홈페이지: http://www.koun.co.kr

김광규(金光圭)

1941년 서울 출생. 시인, 한양대학교 명예교수(독문학). 서울대 독문과 및 동대학원을 졸업하고, 1975년 계간 ≪문학과지성≫으로 등단했다. 1980~2005년까지 한양대학교 독문과에서 학생들을 가르쳤다. 시인이자 독문학자로서 유명 독일시인의 작품을 번역·출간하고, 한·독 문학 교류 행사를 개최하는 등 독일과 한국의 문학 교류에 많은 기여를 하였다.

자연에 대한 투명하고 지적인 서정과, 우리를 억압하는 문명과 조직 사회에 대한 비판을 기조로 하는 그의 시들은 특이한 정서와 일상적 시어, 교양시적(教養詩的)인 문맥으로 한국 시단에서 독자적인 자리를 확보하고 있다. 일상생활을 소재로 삼는 그의 시는 평범한 듯하지만 가독성이 높고, 평범한 일상 속에 자신의 소시민성을 비판하는 화자의 목소리를 실어 현실에 대한 날카로운 비판의식을 보여준다.

주요 작품으로 첫 시집 『우리를 적시는 마지막 꿈』을 포함하여 『아니다 그렇지 않다』, 『크낙산의 마음』, 『좀팽이처럼』, 『아니리』, 『물길』, 『가진 것 하나도 없지만』, 『처음 만나던 때』, 『시간의 부드러운 손』 등 총 9권, 시선집 『반달곰에게』, 『대장간의 유혹』, 『희미한 옛사랑의 그림자』, 『누군가를 위하여』 등 4권이 있으며 산문집 『육성과 가성』 및 『천천히 올라가는 계단』과 독문학 저서로 『귄터 아이히 연구』 등을 간행하였다.

오늘의작가상(1981), 녹원문학상(1981), 김수영문학상(1984), 편운문학상(1994), 대산문학상(2003), 독일 학술원의 프리드리히 군돌프 문화상(2006), 이산문학상(2007) 등을 수상하였다.

중역 시집으로 『模糊的旧愛之影(희미한 옛사랑의 그림자)』(群衆出版社, 2007)가 있다.

김연수(金衍洙)

1970년, 경상북도 김천 출생. 소설가. 성균관대학교 영문과를 졸업하고, 1993년 ≪작가세계≫로 등단했다.

정통적·전통적 글쓰기를 수행하면서도 새로운 상상력의 촉수로 문학의 영토를 넓혀 가는 작가로 어떤 소재라도 그의 눈과 손끝을 거치면 하회에 대한 궁금증을 불러일으키는 새로운 이야기가 된다. 연애 문제, 1980~1990년대 대학생 시위 현장 등 다양한 소재를 작품에서 다루면서 현실과 환상, 진실과 거짓이라는 자명한 이분법이 무너진 자리에서 경계를 넘나드는 사람들을 통해 '나의 정체성'을 탐색한다.

주요 작품으로 소설 『7번 국도』, 『스무살』, 『꾿빠이, 이상』, 『내가 아직 아이였을 때』, 『나는 유령 작가입니다』, 『네가 누구든 얼마나 외롭든』 등이 있다.

작가세계문학상(1994), 동서문학상(2001), 동인문학상(2005), 대산문학상(2005), 황순원문학상(2007) 등을 수상했다.

김원일(金源一)

1942년 경남 김해 출생. 소설가. 영남대학교 국문과와 단국대 대학원 문예창작과를 졸업하고, 1966년 ≪대구매일신문≫ 신춘문예로 등단했다. 도서출판 국민서관 주간, 상무이사, 전무이사를 지냈고, 국제펜클럽 한국본부 인권위원회 위원장으로 활동했으며, 한국문학번역금고 이사를 역임하였다.

6·25전쟁으로 인한 민족 분단의 비극을 집요하게 파헤쳐 대표적인 '분단 작가'로 불린다. 작가의 분단 상황에 대한 문제의식은 어린아이의 관점에서 본 아버지의 이야기, 고부간의 갈등을 분단의 비극적 상황과 관련시킨 이야기 등으로 이어진다. 이밖에도 도시 하층민 젊은이들의 좌절과 희망, 우리 시대를 살아가는 가족의 모습, 빈민운동가의 죽음 등 현실의 모순을 작품 속에 사실적으로 그려 냈다.

주요 작품으로 소설집 『어둠의 혼』, 『마음의 감옥』, 『도요새에 관한 명상』, 장편 소설 『노을』, 『마당 깊은 집』, 『바람과 강』, 『겨울 골짜기』, 『늘푸른 소나무』, 『전갈』, 연작 소설 『슬픈 시간의 기억』, 『푸른 혼』 등이 있다.

현대문학상(1974), 한국소설문학상(1978), 대한민국문학상 대통령상(1978), 한국창작문학상(1979), 동인문학상(1984), 이상문학상(1990), 황순원문학상(2002) 등을 수상하였다.

중역 소설선으로 『木槿花的 誘惑 韓國當代中短篇小說選(한국현대단편소설선)』(上海文化出版社, 2002)이 있다.

김인숙(金仁淑)

1963년 서울 출생. 소설가. 연세대학교 신문방송학과를 졸업하고, 1983년 ≪조선일보≫ 신춘문예로 등단했다. 1993부터 2년간 오스트레일리아 시드니에서 생활하면서 창작 활동을 하였고, 2002년부터 중국의 다롄과 베이징 등지에 머물렀다.

등단 이후 시대적 고민과 내면적 성찰을 담은 문제작들을 발표해 온 작가는 현실의 벽에 부딪혀 실의에 빠진 남편과 헤어지고 중국으로 건너온 여자의 이야기, 현실에서 낙오하고 실연의 상처로 방황하는 남자의 이야기 등 삶의 위기에 놓인 주변부 사람들의 이야기를 세련된 필치로 그려 냈다.

주요 작품으로 소설집 『칼날과 사랑』, 『함께 걷는 길』, 『브라스밴드를 기다리며』, 『그 여자의 자서전』, 중편 소설 『한 여자 이야기』, 장편 소설 『긴 밤, 짧게 다가온 아침』, 『그래서 너를 안는다』, 『그늘, 깊은 곳』, 『유리구두』, 『봉지』, 『우연』 등이 있다.

한국일보문학상(1995), 현대문학상(2000), 이상문학상(2003), 이수문학상, 대산문학상(2006) 등을 수상하였다.

중역 소설집으로 『等待銅管樂隊(브라스밴드를 기다리며)』(花城出版社, 2004)가 있다.

김진경(金津經)

1953년 충남 당진 출생. 시인, 전 대통령비서실 교육문화비서관. 서울대학교 국어교육과 및 동대학원 국문과를 졸업하고, 1974년 ≪한국문학≫으로 등단하였다. 고등학교 국어교사를 지냈으며, 참교육연구소연구원과 대통령자문교육혁신위원회 전문위원을 거쳤고, 민족문학작가회의 이사를 역임하였다.

한국 교육 현장의 모순을 보면서 느끼는 안타까움과 그것을 극복하려는 의지를 생생한 현장 감각으로 작품에 나타냈다.

주요 작품으로 시집 『갈문리의 아이들』, 『광화문을 지나며』, 『우리 시대의 예수』, 『별빛 속에서 잠자다』, 『슬픔의 힘』, 장편 소설 『이리』, 어른을 위한 동화 『은행나무 이야기』, 동화 『거울전쟁』, 『고양이학교』, 『한울이 도깨비 이야기』, 『일 년이 열 두달이 된 이야기』, 교육 에세이 『스스로를 비둘기라고 믿는 까치에게』 등이 있다. 그중 특히 『고양이 학교』는 최초의 연작 판타지 동화로, 우리 창작 동화의 지평을 넓힌 성취물로 평가받는다. 2006년 프랑스 아동 청소년 문학상을 수상하기도 했다.

≪소설문학≫ 신인상(1981), ≪시와 시학≫ 작품상(2000), 한국어린이도서상 특별상(2004년), 앵코(2006) 등을 수상하였다.

중역 동화로 『고양이 학교(描咪魔法學校)』(新蕾出版社, 2005)가 있다.

신경숙(申京淑)

1963년 전북 정읍 출생. 소설가. 서울예대 문예창작학과를 졸업하고, 1985년 ≪문예중앙≫으로 소설가로서의 첫발을 디뎠다.

이후 섬세하고 울림이 큰 문체를 특질로 현대를 살아가는 고독한 인간 내면을 향한 따뜻하고 융숭 깊은 시선, 상징과 은유가 요소요소에 박혀 빛을 발하는 작품을 발표해 왔다.

주요 작품으로 소설집 『강물이 될 때까지』, 『풍금이 있던 자리』, 『오래전 집을 떠날 때』, 『딸기밭』, 『종소리』, 『감자 먹는 사람들』, 장편 소설 『깊은 슬픔』, 『외딴 방』, 『기차는 7시에 떠나네』, 『바이올렛』, 『리진』 등이 있다.

한국일보문학상(1993), 오늘의 젊은 예술가상(1993), 현대문학상(1995), 만해문학상(1996), 동인문학상(1997), 21세기문학상(2001), 이상문학상(2002), 오영수문학상(2005) 등을 수상하였다.

중역 장편 소설로 『單人房(외딴방)』(人民文學出版社), 『鐘聲(종소리)』(化性出版社)가 있다.

안도현(安度眩)

1961년 경북 예천 출생. 시인, 우석대학교 문예창작학과 교수. 원광대학교 국문과를 졸업하고, 1981년 ≪대구매일신문≫ 신춘문예로 등단하였다. 중·고등학교 국어교사를 지냈다.

초기 시는 지나간 역사에 대한 의식과 교육 현장에 대한 작가의 비판의식을 담아낸 현실참여적인 시가, 이후 작품에서는 삶의 미세한 비의를 발견하는 서정시가 주를 이룬다. 작가는 작품에서 세상 전체를 받아들이고 너와 나 사이의 관계를 탐색하는 데 관심을 가지고 있다.

주요 작품으로 첫 시집 『서울로 가는 전봉준』을 출간한 이후 시집 『모닥불』, 『그대에게 가고 싶다』, 『외롭고 높고 쓸쓸한』, 『그리운 여우』, 『바닷가 우체국』, 『아무것도 아닌 것에 대하여』, 『너에게 가려고 강을 만들었다』, 『간절하게 참 철없이』가 출간되었고, 어른들을 위한 동화 『연어』, 『관계』, 『짜장면』, 『증기기관차 미카』, 산문집 『외로울 때는 외로워하자』, 『사람』 등이 있다.

시와 시학 젊은 시인상(1996), 소월시문학상(1998), 노작문학상(2002), 이수문학상(2005), 윤동주상(2007) 등을 수상했다.

중역 시집으로 『炸醬麵(짜장면)』(哈爾濱出版社, 2003), 『鮭魚(해어)』(接力出版社, 2003)가 있다.

※ 공식 홈페이지: http://www.ahndohyun.com

유중하(柳中夏)

1954년 서울 출생. 문학평론가. 현 연세대학교 중문과 교수. 연세대학교 중문과 졸업 및 동 대학원에서 박사 학위를 취득하고 2001년부터 2002년까지 중국 칭화대학교 방문교수, 2003년부터 2005년까지 중국 현대문학학회 회장을 지냈다.

저서로 『노신에게 길을 묻다』(공저), 『동양과 서양, 그 아름다움』(공역), 한국시인 김수영에 관한 평론 및 학술 논문 「김수영과 그 이후」, 「김수영의 초기 시에 대한 새로운 접근 1~2」, 「김수영과 노신 1~2」 등이 있다.

은희경(殷熙耕)

1959년 전북 고창 출생. 소설가. 숙명여자대학교 국문과와 연세대학교 국문과 대학원을 졸업하고, 1995년 ≪동아일보≫ 신춘문예로 등단하였다. 2005~2006년 한국문화예술위원회 문학위원회 위원을 역임하였다.

유머를 통한 섬세한 심리 묘사에 있어 단연 돋보이는 작가이다. 작품을 통해 이야기꾼으로서 재능과 서정적 감수성을 골고루 표현하고 있다. 등단하자마자 문학적 인정과 독자의 인기를 동시에 얻었으며 풍부한 상상력과 능숙한 구성력, 인간을 꿰뚫어 보는 신선하고 유머러스한 시선, 감각적 문체 구사에 뛰어난 소설가로 평가받는다.

주요 작품으로 소설집 『타인에게 말 걸기』, 『행복한 사람은 시계를 보지 않는다』, 『상속』, 『아름다움이 나를 멸시한다』, 장편 소설 『새의 선물』, 『마지막 춤은 나와 함께』, 『그것은 꿈이었을까』, 『마이너리그』, 『비밀과 거짓말』 등이 있다.

문학동네 소설상(1996), 동서문학상(1997), 이상문학상(1998), 한국소설문학상(2000), 한국일보문학상(2002), 이산문학상(2006), 동인문학상(2007) 등을 수상하였다.

중역 장편 소설로『漢城兄弟(마이너리그)』(作家出版社, 2004),『타인에게 말 걸기』(華成出版社, 2004),『鳥的礼物(새의 선물)』(人民文學出版社, 2007)이 있다.

정양(鄭洋)

1942년 전북 김제 출생. 시인, 우석대학교 문예창작학과 명예교수. 동국대학교 국문과와 원광대학교 대학원 국문과를 졸업하고, 1968년 ≪대한일보≫ 신춘문예로 등단하였다.

불우했던 유년 시절에 대한 기억을 잘 담아내고 있는 그의 시는, 이를 통해 우리 민족의 정서와 삶의 모습에 대한 강한 애착을 보여 준다. 또한 절망적인 현실에서 오는 고통을 끌어안고 애정을 쏟음으로써 작품에서 이를 한 차원 높이 승화시키고 있다.

주요 작품으로 첫 시집『까마귀떼』와『수수깡을 씹으며』, 『빈집의 꿈』, 『살아 있는 것들의 무게』, 『눈 내리는 마을』, 『길을 잃고 싶을 때가 많았다』, 『나그네는 지금도』 등이 있다, 시화집(詩話集)『동심의 신화』, 판소리 평론집『판소리 더늠의 시학』, 공편집『판소리의 바탕과 아름다움, 판소리 단가』 등이 있다.

모악문학상, 아름다운 작가상, 백석문학상(2005) 등을 수상했다.

※ 공식 홈페이지: http://www.jyang.org

정호승(鄭浩承)

1950년 대구 출생. 시인. 경희대학교 국문과와 동대학원을 졸업하고, 1972년 ≪한

국일보≫ 신춘문예에 동시, 1973년 ≪대한일보≫ 신춘문예에 시가 당선되어 등단
했다. 숭실고, ≪샘터≫, ≪월간조선≫ 등에서 근무하였고, 2000년 현대문학북스 대
표를 역임하였다.

1970년대와 1980년대 한국 사회의 그늘진 면을 따뜻한 시각으로 들여다보는 작
가로, 암울한 분단 상황에서 산업화 과정을 거치면서 정치적·경제적으로 소외된
사람들에 대한 애정을 슬프고도 따뜻한 시어들로 그려 냈다.

주요 작품으로 첫 시집 『슬픔이 기쁨에게』를 포함하여 시집 『서울의 예수』, 『새
벽편지』, 『별들은 따뜻하다』, 『사랑하다가 죽어버려라』, 『외로우니까 사람이다』,
『눈물이 나면 기차를 타라』, 『이 짧은 시간 동안』, 『포옹』, 시선집 『흔들리지 않는
갈대』, 『내가 사랑하는 사람』 , 『너를 사랑해서 미안하다』, 산문집 『정호승의 위
안』, 『내 인생에 힘이 되어 준 한마디』, 어른을 위한 동화집 『항아리』, 『연인』, 『모
닥불』, 어른을 위한 동시집 『풀잎에도 상처가 있다』 등이 있다.

소월시문학상(1989), 동서문학상(1997), 정지용문학상(2000), 편운문학상(2001),
가톨릭문학상(2006) 등을 수상하였다.

중역 동화집으로 『愛情故事(연인)』(華夏出版社, 2003), 『幸福的 理由(모닥
불)』(木馬文化事業有限公司, 2004)가 있다.

중국 작가 약력

두안충셴(段崇軒)

1952년 6월 30일 산시 성 출생. 소설가 겸 평론가. 현 산시 성 작가협회 부주석, 중국당대문학연구회 이사, 자오수리(趙樹理)연구회 상무이사. 1978년 산시대학교 중문과를 졸업하고 산시대학교 중문과 현대문학 강사, ≪우타이산(五台山)≫ 잡지 주간, 월간 ≪산시문학(山西文學)≫ 집행부 편집인 등을 역임하였다. 1978년부터 작품을 발표하기 시작하여 전국의 주요 신문과 잡지에 300여 편의 문학 평론, 100여 편의 산문 수필 등 총 200만 자 분량의 작품을 발표하였다.

장편 전기 『자오수리전(趙樹理傳)』(공저)을 비롯하여 평론집 『생명의 강하(生命的河流)』, 『영주할 후토(永駐的厚土)』가 있으며, 이론서로 『향촌 소설의 세기적 부침(鄕村小說的世紀沉浮)』과 『마훵 소설 예술론(馬烽小說藝術論)』이 있으며 산문 수필집 『쪽빛 음악(藍色的音樂)』 등이 있다.

이론서 『마훵 소설 예술론』과 논문 「신세기를 향해 가는 산시 문학(走向新世紀的山西文學」(공저), 『농촌 제재 소설에 관한 비망록(關于農村題材小說的備忘录)』, 『90년대 향촌 소설 종론(90年代鄕村小說綜論)』 등으로 전국 여러 분야에서 다양한 상을 수상하였다.

모옌(莫言)

1956년 3월 25일 산둥 성 출생. 소설가 겸 극작가. 가족이 많은 농민 가정에서 태어나 초등학교 5학년 때 학업을 포기하고 집안에서 농사일을 도왔다. 18세 때부터 현 면화 가공 공장에서 일하다가 1976년 2월에 자원하여 군에 입대하였다. 군대에서 소대장과 교관, 간사, 창작원 등을 거쳐 1997년에 전역과 동시에 신문사에서 일하기 시작하였다. 해방군예술대학 문학과(1984~1986)와 베이징사범대학교의 루쉰문학원에서 문학 석사 학위를 취득하였다.

1981년부터 작품을 발표하기 시작하였다. 주요 작품으로 장편 소설 『붉은 수수밭 가족(紅高粱家族)』과 『천당 마늘종의 노래(天堂蒜薹之歌)』, 『열세걸음(十三步)』, 『술의 나라(酒國)』, 『풍만한 가슴과 살진 엉덩이(豊乳肥臀)』, 『탄샹싱(檀香刑)』, 『41포(四十一炮)』, 『생사피로(生死疲勞)』 등 10종이 있고, 중편 소설 『투명한 홍당무(透明的紅蘿卜)』, 『환락(歡樂)』, 『꽃을 품에 안은 여인(懷抱鮮花的女人』, 『폭발(爆炸)』, 『사부님은 갈수록 유머러스해지시네(師父越來越幽默)』 등 20여 종이 있으며 단편 소설 『백구와 그네(白狗秋千架)』, 『마른 강(枯河)』, 『엄지수갑(拇指銬)』, 『빙설미인(冰雪美人)』 등 80여 편이 있다. 이외에 극본 및 시나리오 작품으로 『붉은 수수밭(紅高粱)』과 『패왕별희(霸王別姬)』, 『우리의 형가(我們的荊軻)』 등이 있다.

장편 소설 『술의 나라(酒國)』(책세상, 2003), 『탄샹싱(檀香刑)』(중앙M&B, 2003), 『풍유비둔(豊乳肥臀)』(중앙M&B, 2004) 등이 번역 출판되었다.

샤롄성(夏輦生)

1948년 6월 8일 장쑤 성 출생. 동화 작가 겸 소설가, 기자. 30여 종의 저서가 있는데 대부분 300여 회 분량의 각종 텔레비전 드라마 대본과 1,000회 분량의 애니메이션 원고이다. 특히 '한류 삼부작(韓流三部曲)'으로 불리는 『선월(船月)』과 『호랑이 걸음의 망명(虎步流亡)』, 『천국으로 돌아가다(回歸天堂)』는 "한국 문단의 공백을 메워 주었다."라는 평가와 함께 한국에서도 커다란 호평을 받으면서 국제 문단의 주목을 받은 바 있다. 이러한 일련의 작품들이 미국의 하버드대학교, 예일대학교, 컬럼비아대학교, 영국 케임브리지대학교 도서관에 소장되었고, 관련 국제 한학자와 한국학 연구자 및 역사학자들의 연구 대상으로 주목받았다. 수차에 걸쳐 한국에 초청되어 출판학술대회 및 기념대회 등에 참석했고 이화여자대학교와 공주대학교, 전남대학교 등에서 강연을 하기도 했으며 한국 KBS TV와 여러 신문 매체에 보도되기도 하였다.

중국 TV '별빛상'과 '금동상(金童獎)', '금소상', 천보추이(陳伯吹) 아동문학상, 중국신문출판서 '3가지 100'공정상, 저장(浙江) 우수작가상 등 10여 종의 상을 수상했다.

양사오헝(楊少衡)

1953년 12월 푸젠 성 장저우(漳州) 출생. 소설가. 현 중국작가협회 전국위원회 위원, 푸젠 성 작가협회 부주석 및 문련 부주석. 중국 시베이(西北)대학교 중문과를 졸업하고 1979년에 처음으로 소설을 발표하기 시작하였다.

장편 소설 『금빛 세월을 기약하며(相約金色年華)』와 『황금 기와 조각(金瓦礫)』, 『해협의 아픔(海峽之痛)』 등이 있고, 아동 문학 장편 소설 『위험한 여로(危險的旅途)』, 장편 르포 문학 『하늘 강의 깃발(天河之旗)』, 중단편 소설집으로는 『다르만 혜성(彗星岱爾曼)』, 『서풍의 외로운 걸음(西風獨步)』, 『홍포사자(紅布獅子)』, 『비서장(秘書長)』, 『린 주인장의 총(林老板的槍)』 등이 있다.

제3회 마오타이배(茅台杯) 인민문학상과 2003, 2006년 전펑배(貞丰杯) 전국우수소설상, 제12회 백화상(百花獎), 2005년 우수중편소설상 등을 수상하였다.

장종(張炯)

1933년 11월 3일 상하이 출생. 평론가. 현 중국사회과학원 명예학부위원, 중국 작가협회 명예부주석 겸 이론비평위원회 주임, 마오둔(茅盾)문학상 심사위원회 주석, 중국당대(當代)문학연구회 회장, 세계화문(華文)문학학회 명예회장, 중국사회 과학원 교수.

1955년 베이징대학교에 입학하여 소설과 시, 시나리오 등을 문예지에 발표하면서 중문과 55학번 학생들의 집단 저술인 『중국문학사』 제2권, 제4권의 저작에 참여하였다. 이 책은 중국인민문학출판사에서 출간되어 각 대학교의 문과 교재로 채택되기도 했다. 1960년에는 과학원 문학연구소의 실습연구원과 보조연구원, ≪문학평론≫ 편집위원장 등을 맡으면서 ≪인민일보(人民日報)≫와 ≪광명일보(光明日報)≫를 비롯한 주요 신문과 잡지에 여러 편의 글을 발표했다. 잡지 ≪홍기(紅旗)≫의 문화부 책임자를 거쳐 중국사회과학원 문학연구소 연구실 주임, ≪문학평론≫ 주간, 중국사회과학원 학술위원회 위원 등을 역임했다.

평론집으로 『장종 평론선』, 『문학적 진실과 작가의 직무』, 『새로운 시기의 문학평론』, 『문학의 승화와 선택』, 『문학의 회고와 반성』, 『세기의 전환기를 향하여』, 『장종 문집』 등이 있고 전문 이론서로 『창작 사상의 방향』과 『마오쩌둥과 중국 신문학』, 『새로운 시기의 문학』, 『사회주의문학예술론』, 『사회 발전과 중국 문학』 등이 있다. 주편(主編)을 맡은 저작으로는 『신중국극본문학개관』과 『중국당대문학논고』, 『당대 문학의 새로운 사조』, 『중화문학통사』 10권, 『중국문학통전(通典)』 4권, 『중화문학발전사』 3권, 『신중국문학사』 2권이 있다.

중국 당대 문학에 대한 탁월한 연구로 국가도서관 추천상과 중국도서상, 중국사회과학원 최우수저작상 등을 수상하였고 국제 케임브리지 전기 센터에서 '20세기 성취상'과 함께 은상 포장을 받았다. 『중국문학대사전』과 『중국문학통전』, 『중국문학가전집』, 『중국현대작가사전』, 『중국당대문학사전』 등의 사전에 이름과 함께 구체적 연구 실적이 소개되어 있다.

장칭구어(張慶國)

1956년 10월 3일 윈난 성 출생. 소설가 겸 편집인. 현 윈난문학원의 초청작가, 윈난 성 영상창작지도 소위원회 위원, ≪디엔츠(滇池)≫ 문학 반월간 편집부장, 윈난 성 작가협회 부주석. 1983년 윈난사범대학교 중문과를 졸업하고 2003년 중국작가협회 루쉰고급연수반(편집인반)을 졸업하였다. 1982년부터 베이징, 상하이, 톈진, 광저우(廣州), 청두(成都), 푸젠, 하이난(海南) 등지에서 소설과 기타 문학 작품 300여 만 자 분량을 발표하였다.

중편 소설 『복숭아꽃이 찬란하다(桃花燦爛)』를 비롯하여 『질풍연면(疾風纏綿)』, 『황금화가(黃金畵家)』, 『금선유희(金錢游戲)』 등이 있고, 장편 소설 『장미의 날개(玫瑰的翅膀)』, 『지극히 높고 먼 부드러움(天高地遠的溫柔)』 등이 있으며, 산문집 『우멍(烏蒙)회관의 발견(烏蒙會館的發現)』이 있다. 이외에 단편 소설과 산문, 문학 평론, 문학 수필, 보고 문학 등 80여 만 자에 달하는 작품이 베이징의 ≪당대(当代)≫와 ≪청년문학(靑年文學)≫, 톈진의 ≪톈진문학(天津文學)≫, 상하이의 ≪새싹(萌芽)≫, 하이난도의 ≪천애(天涯)≫, 청두의 ≪청년작가(靑年作家)≫ 등 각지의 잡지에 발표된 바 있으며 TV 드라마와 TV 다큐멘터리의 원고 집필을 비롯하여 영화 제작과 편극 지도 등 다양한 활동을 펼치고 있다.

제7회 10월문학상, 윈난문학예술정부상 2등상, 윈난문학예술정부상 문학 작품 2등상, 제1회 쿤밍(昆明) 시 우수도서상, 제1회 쿤밍다화예술상 문학작품금상, 제2회 쿤밍다화예술상 문학작품 금상, 제3회 쿤밍다화예술상 문학작품금상 등을 수상하였다.

진런순(金仁順)

1970년 1월 24일 지린 성 출생. 소설가. 현 창춘(長春) 시 문련 소속 전업 작가. 1997년부터 지금까지 100만 자에 달하는 소설과 산문을 창작했다. 소설집 『애정냉기류(愛情冷气流)』와 『달빛아 달빛(月光啊月光)』이 있고, 산문집 『한바탕

백일몽 같네(仿佛一場白日夢)』가 있으며 영상 작품집 『녹차(綠茶)』와 『엄마의 된장찌개 집(媽的醬湯館)』이 있다.

『물가의 아딜리아(水邊的阿狄麗雅)』로 제1회 지린문학상을 수상했고 극본 「타인(他人)」으로 중국 제8회 희극제에서 연극제목상과 감독상, 연기상, 무대디자인상 및 조직상을 수상했다. 또한 2005년에는 제1회 창춘문학상 금상을 수상했다.

차오원쉬엔(曹文軒)

1954년 1월 9일 장쑤 성 출생. 소설가. 현 베이징대학교 중문과 교수, 중국작가협회 전국위원회 위원, 베이징작가협회 부주석. 상하이사범학교와 상하이대학교를 졸업한 후, 1984년 미국으로 이민을 가기 전까지 과학교사로 재직하였다. 이후 미국에서 하와이대학교를 졸업하였다.

대표적인 장편 소설로 『초가집(草房子)』과 『좁쌀(細米)』, 『빨간 기와(紅瓦)』, 『껀냐오(根鳥』, 표주박(天瓠)』, 해바라기(靑銅葵花)』, 『산양은 천당의 풀을 먹지 않는다(山羊不吃天堂草)』 등이 있고 주요 작품집으로 『우울한 전원(憂郁的田園)』, 『붉은 조롱박(紅葫芦)』, 『장미 계곡(薔薇谷)』, 『영원을 추구하다(追隨永恒)』, 『삼각지(三角地)』, 『차오원쉬엔 정선집(曹文軒精選集)』, 『차오원쉬엔 자선집(曹文軒自選集)』, 『차오원쉬엔 경전 작품(曹文軒經典作品)』 등이 있다. 또한 주요 학술 저서로 『중국 80년대 문학 현상 연구(中國八十年代文學現象研究)』와 『20세기말 중국 문학 현상 연구(二十世紀末中國文學現象研究)』, 『제2세계 — 문학예술에 대한 철학적 해석(第二世界-對文學藝術的哲學解釋)』, 『소설문(小說門)』 등이 있다. 2003년 중국 작가출판사에서 『차오원쉬엔 문집(曹文軒文集)』(전9권)이 출판된 바 있다.

국제안데르센추천상을 비롯하여 중국안데르센상, 숭칭링(宋慶齡)문학상 금상, 빙신(冰心)문학상 대상, 국가도서상, 금계상(金鷄獎) 최우수 편극상, 중국영화화표상, 테헤란국제영화제 황금나비상 등 40여 종의 상을 수상했다.

장편 소설 『빨간 기와(紅瓦)』(새움출판사, 2005), 『까만 기와(黑瓦)』(새움출판사, 2005), 『꿈의 무늬』(새움출판사, 2006), 『청동해바라기(靑銅葵花)』(사계절, 2007), 『비(雨)』(은행나무, 2007), 동화집 『바다소(海牛)』(다림, 2005) 등 다수의 작품이 영어와 독어, 프랑스어, 일어, 한국어 등으로 번역, 소개되었다.

천잉쑹(陳應松)

1956년 1월 21일 후베이 성 출생. 소설가. 현 중국작가협회 전국위원회 위원, 후베이 성 작가협회 문학원 원장. 문화대혁명 시기에 지식 청년으로 하방(下放)되었다가 전기공과 선원 생활을 거쳐 간행물 편집 업무에 종사했다. 우한(武漢)대학교 중문과를 졸업하였다.

장편 소설 『집을 지키지 않는 혼령(魂不守舍)』, 『말을 잃은 마을(失語的村庄)』, 『날 감동시키지 말라(別讓我感動)』, 『절명추살(絶命追殺)』 등이 있고, 소설집 『루쉰문학상 수상 작가 총서 ── 천잉쑹 소설(魯迅文學獎獲獎作家叢書 ── 陳應松小說)』과 『머리를 멍하게 하는 봄(呆頭呆腦的春天)』, 『암살자의 후예(暗殺者的後代)』, 『태평구(太平狗)』, 『언치새는 왜 우는가(松鴉爲什么鳴叫)』, 『광견사건(狂犬事件)』, 『마스링 사건(馬嘶岭血案)』, 『표범의 마지막 춤(豹子最後的舞蹈)』, 『대로 위의 선원(大街上的水手)』 등이 있다. 수필집 『세기말의 투상(世紀末偸想)』과 『엄지손가락 위의 밭갈이(在拇指上耕田)』, 『작은 읍의 세월(小鎭逝水泉)』 등이 있고, 시집으로 『꿈속을 떠도는 가수(夢游的歌手)』가 있다.

소설 작품으로 제3회 루쉰문학상과 제2회 중국소설학회 대상, 제12회 ≪소설월보(小說月報)≫ 백화상(百花獎), 제1회 전국환경문학상, 제6회 상하이중편소설대상, 2004년 인민문학상, 제1, 2회 후베이문학상, 2004년 후베이 성 문화우수산품 생산 특별공헌상, 제1회 ≪베이징문학·중편소설월보(北京文學·中篇小說月報)≫

상 등을 수상했고 2001년부터 2005년까지 5년 연속 중국소설학회에서 선정하는 '중국 소설 중편 소설 10대 우수 작품'에 선정되었다.

추푸진(儲福金)

1952년 8월 21일 상하이 출생. 소설가. 현 장쑤 성 작가협회 부주석. 중국작가협회 루쉰문학원과 난징대학교 중문과를 졸업하였다. ≪위화(雨花)≫ 편집부에서 소설 편집에 종사하였다.

장편 소설 『마음의 문(心之門)』과 『눈의 제단(雪壇)』 등 12종이 있고, 중편 소설 『벌거벗은 들판(裸野)』, 『사람의 법도(人之度)』 등 50여 편이 있으며, 단편 소설로 「빛깔, 이끼, 슬픔(彩·苔·愴)」, 「꿰매다(縫補)」 등 100여 편이 있으며, 산문집 『선원에서의 휴식(禪院小憩)』 등 두 권이 있다. 문학 이론 분야에서도 많은 글을 발표했으며 소설집이 영어와 프랑스어로 번역된 바 있다.

중국작가협회 1992년도 쫭쭝원(庄重文)문학상, 장쑤 성 정부 문학예술상, 즈진산(紫金山) 문학상, ≪베이징문학(北京文學)≫상, ≪상하이문학(上海文學)≫상, ≪중산(鐘山)≫문학상, ≪톈진문학(天津文學)≫상, ≪푸룽(芙蓉)≫문학상, 신생계 문학상, 새싹문학상 등을 수상했다.

황런커(黃仁柯)

1943년 3월 27일 상하이 출생. 소설가. 현 장쑤 성 작가협회 소설창작위원회 주임. 출판 또는 발표한 소설과 산문, 르포 문학 작품의 분량이 500만 자에 달한다.

장편 소설 『동영첩혈(東瀛喋血)』, 『세상의 끝은 없다(世界沒有末日)』, 『800장사(八百壯士)』, 『삼성장군의 생사선택(三星將軍的生死抉擇)』, 『민국현안(民國懸案)』 등이 있고, 장편 전기 문학 작품으로 『육군감옥(陸軍監獄)』, 『사밍하이 형제

의 풍운어록(沙孟海兄弟風語录)』, 『톈산의 생사 — 위슈쏭과 성스차이 형매(生死
天山 — 兪秀松和盛世才兄妹)』, 『루쉰예술학교 사람들 — 붉은 예술가들(魯藝
人 — 紅色藝術家們)』, 『위고(雨果)』, 『중국 도박금지 실록(中國禁賭紀實)』 등
이 있으며, 중단편 소설 『사령관 나의 할머니(司令我奶奶)』 등이 있다.

소설을 개작한 29회분 TV극 「기억의 증명(記憶的証明)」으로 2004년 중국 방
송 TV대상 비천(飛天)상 1등상과 최우수편극상을 수상하였고 2005년에는 중국
TV 금매상(金梅獎) 장편 TV극상을 수상하였다.

역자 약력

김태성(金泰成)

1959년 서울 출생. 한국외국어대학교 중국어과를 졸업하고 동대학원에서 박사
과정을 수료하였다. 호서대학교 중어중국학과 겸임교수로 있으며 중국학 연구 공
동체인 한성문화연구소(漢聲文化研究所) 대표로 활동하면서 이화여자대학교 통
역대학원과 한국외국어대학교, 동덕여자대학교 등에 출강하고 있다.

역서로 『굶주린 여자(飢餓的女兒)』, 『비가 오지 않는 도시(無雨之城)』, 『핸드
폰(手機)』, 『인민을 위해 봉사하라(爲人民服務)』, 『노신의 마지막 10년』 등 60여
권이 있다.

>>>

근대와 나의 문학

1판 1쇄 찍음 2008년 4월 25일
1판 1쇄 펴냄 2008년 4월 30일

지은이 · 고은 외
펴낸이 · 박근섭, 박상준
편집인 · 장은수
펴낸곳 · (주) 민음사

출판등록 1966. 5. 19. 〈제16-490호〉
(우)135-887 서울 강남구 신사동 506번지 강남출판문화센터 5층
대표전화 515-2000 / 팩시밀리 515-2007

www.minumsa.com

값 12,000원

ⓒ 대산문화재단, 2008. Printed in Seoul, Korea.
  www.daesan.org

ISBN 978-89-374-1218-9 03800

★ 이 책은 문화관광부, 한국문화예술위원회, 대산문화재단의 지원을 받아
출간되었습니다.